19세 미만 구독 불가

문희 장편 소설

선의 조건

YEWONBOOKS ROMANCE STORY

KB012937

예원

선의 조건

선의 조건

초판 1쇄 찍은 날 | 2016년 7월 22일
초판 1쇄 펴낸 날 | 2016년 7월 31일

지은이 | 문희
펴낸이 | 예경원

편집 | 유경화 · 안유진

펴낸곳 | 예원북스
등록번호 | 제396-2012-000132호
등록일자 | 2012. 7. 25
YRN | 제1-0154호

주소 | 경기도 고양시 일산동구 호수로 646-24 위너스21-Ⅱ 206A호 (우) 10401
전화 | 031-819-9431 팩스 | 031-817-9432
http://cafe.naver.com/yewonromance
E-mail | yewonbooks@naver.com

© 문희, 2016

ISBN 979-11-5845-180-6 03810

※ 파본은 구입하신 서점에서 교환하여 드립니다.
※ 저자와 협의하여 인지를 붙이지 않습니다.
※ 이 책은 예원북스와 저작자의 계약에 의해 출판된 것이므로 무단 전재 및 유포, 공유를 금합니다.
※ 이 도서의 국립중앙도서관 출판시도서목록(CIP)은 서지정보유통지원시스템 홈페이지(http://seoji.nl.go.kr)와 국가자료공동목록시스템(http://www.nl.go.kr/kolisnet)에서 이용하실 수 있습니다.

C • O • N • T • E • N • T • S

프롤로그

SD항공의 최신기에 VIP의 탑승이 이루어졌다. 긴장한 승무원과 기장은 모두 VIP의 눈치를 보느라 신경을 곤두세우고 있었다. SD항공의 모기업인 성도그룹의 김철훈 회장과 그의 손자인 김재훈 총괄사장이 전용기를 두고 특별히 일반기에 탑승을 했기 때문이다.

본사에서도 SD항공 사장의 특별지시가 내려질 만큼 신경을 쓰고 있었다. 승무원 중 최고 고참인 미나의 눈길은 두 명의 VIP에게 고정되었다. 조금의 실수도 용납이 되어서는 안 되는 일이었다.

외부 VIP보다 내부의 VIP가 훨씬 까다롭고 나중에 문제도 크게 되기 때문에 비행을 하는 기장도, 그리고 자신도 책잡힐 일을 해서는 안 되었다.

김 회장과 김 사장이 자리에 착석하고 일반 손님들이 하나둘씩 들어오자 미나의 신경이 더욱 날카로워졌다. 하지만 승무원의 특성상 미소를 잃으면 안 되기에 미나는 양쪽 입술에 경련이 일도록 힘껏 표정 관리를 했다.

"선배님, 기장님이 이거 선배님한테 주라고 하셨어요."

"이게 뭔데?"

"탑승객 변동사항이요. 환자 한 분과 블랙리스트의 고객 한 분이 탑승을 하셨답니다."

변동사항은 반갑지가 않았다. 특히 환자의 탑승이나 블랙리스트의 승객 탑승은 더더욱. 게다가 오늘은 VIP까지 있는 상황이라서 미나는 거의 폭발하기 일보 직전이었다.

"아니, VIP가 탄 줄 알면서 왜 우리야. 다른 항공기로 보내야지. 생각이 있는 거야 없는 거야?"

미나의 투덜거림에도 막내 신희의 눈은 VIP에게 가 있었다.

"뭐 해, 신희 씨?"

"너무 잘생기지 않았어요? 어제 본 한류스타 유성준보다 훨씬 잘생겼죠. 완전 연예인 같아요. 거기다 재벌이기까지 하니 완전 최고죠."

"신희 씨, 지금 정신을 어디다 두는 거야?"

"죄송합니다."

신희는 얼른 자리를 피했다. 미나의 시선이 VIP에게로 다시 향했다. 처음 김재훈을 봤을 때 미나도 지금의 신희처럼 완전히 들떠 있었다. 큰 키에 시선을 압도하는 명품 슈트발에 잘생긴 얼굴까지 삼박자를 모두 갖춘 그는 여자들의 로망이었다.

작고 마른 체격의 김철훈 회장과는 달라도 너무 달랐다. 너무나도 다른 할아버지와 손자의 모습이 참 신기해 보였다.

웬만큼 잘나가는 연예인들은 다 본 미나였지만 김재훈 사장의 아우라는 그 누구도 따라가지 못함을 알고 있었다. 목소리는 또 어떤지. 저음의 목소리로 승무원들에게 한마디를 하면 모두들 그 자리에서 녹아내렸다.

김재훈 사장은 언제나 그렇듯이 서류에 집중하고 있었다. 일벌레라고 소문난 그다웠다.

미나는 그들에게 조심스럽게 다가갔다.

"불편하신 건 없으십니까?"

"……."

그가 미나를 향해 대답 대신 미소를 지어 보였다. 순간 미나는 심장이 떨어지는 줄 알았다. 이 남자는 굉장히 위험했다.

"커피 드시겠습니까?"

"아니, 괜찮아. 우리 신경 쓰지 말고 자네 일 보게."

이번에는 회장이 웃으며 말했다.

그때였다. 기내가 갑자기 소란스러워졌다.

"조심해 주세요."

여자의 차분한 목소리에 재훈은 들고 있던 서류에서 눈길을 돌려 출구 쪽을 바라보았다. 건장한 남자가 오십대쯤 되어 보이는 여자를 안고 들어오고 있었다. 목소리의 주인공으로 보이는 여자는 먼저 들어와 안겨 들어오는 여자의 자리를 살폈다.

"조심, 조심해 주세요. 감사합니다."

별말은 아니었지만 여자의 목소리에는 상대방을 사랑하는 마음이 담뿍 담겨 있었다. 목소리의 주인공은 뒷모습만 보였다. 중간 정도 키의 날씬한 여자는 적당한 길이의 베이지색 스커트에 흰색 니트를 입고 있었다. 그리고 긴 생머리는 단정하게 묶여 있었다.

"선생님, 오래 앉아계셔도 괜찮을까요?"

여자는 중년 여자를 안고 들어온 남자에게 걱정스럽게 물었다. 그녀의 조용하고 부드러운 목소리가 재훈의 귀에 매력적으로 들렸다.

"비지니스석이라 다행히 의자가 180도로 눕혀지니까 침대처럼 누워 가실 수 있습니다."

남자는 웃으며 말했지만 여자를 안고 들어와서 그런지 가쁜 숨을 내쉬었다.

"그럼 괜찮으신 거죠?"

"네. 따님이 이렇게 효녀여서 부럽습니다. 우리 딸도 커서 이래야 할 텐데 말입니다."

환자 이송을 하는 남자는 입에 침이 마르도록 여자를 칭찬을 했다.

그때 여자가 뒤를 돌았다. 대각선에 위치해 있어서 재훈은 한눈에 그녀의 얼굴을 볼 수 있었다. 청초함이란 저런 것일까?

"죄송합니다. 어머니께서 좀 편찮으셔서요. 불편하시더라도 양해해 주세요."

주변 사람들에게 양해를 구하는 여자의 모습은 그가 이제껏 보았던 도도한 도시녀와는 사뭇 달랐다. 그렇다고 그녀가 촌스럽게 생겼다는 것은 아니었다. 하지만 참 예의 바르고 아름다운 여자였다.

재훈은 한참을 넋을 놓고 그녀를 바라보았다.

"뭘 그렇게 넋을 놓고 보냐?"

옆에 계시던 할아버지가 그에게 물으셨다.

"아니에요. 소리가 나서 그냥 본 거예요. 신경 쓰지 마세요."

궁금한 건 못 참는 분이시라 할아버지의 눈길이 바로 그녀에게 향했다.

"예쁘구나."

할아버지의 말에 대꾸를 하려는데 방향을 잘 살펴보니 지금 할아버지가 보고 있는 건 청초한 그녀가 아니라 늘씬한 승무원이었다.

"할아버지, 승무원들에게 그렇게 말하시면 성희롱이에요."

"아니, 내가 내 직원 예쁘다는데 어느 놈이 그래?"

승무원이 그들에게 와서 직접 그들의 자리를 살폈다.

"회장님, 불편하신 점은 없으십니까?"

"없네."

"사장님, 불편하신 점은 없으십니까?"

"우리보다 저기 환자가 탄 것 같은데……."

승무원은 그에게 그녀가 지을 수 있는 가장 환한 웃음을 지으며 말했다.

"네. 저희가 탑승 전부터 환자분이 필요하실 만한 비품들을 다 준비해 놓았고, 지금도 승무원 한 명을 전담으로 배치해 놓았습니다."

"그런데 승무원은 안 보이는데?"

"지금 탑승하신 환자 이송팀 의사선생님께 환자에 대한 교육을 받고 있습니다."

그의 눈길은 여전히 환자에게 가 있었다.

"너무 걱정하지 않으셔도 됩니다. 환자 이송 시스템은 국내 항공기 중에 저희 SD항공이 최고입니다."

승무원의 말에는 자부심이 가득했다. 재훈은 그녀에게 만족의 미소를 지었다.

그녀의 어머니는 창가 쪽으로, 그리고 선생님이라는 남자가 환자 옆에, 그리고 그 남자 뒤에 그녀가 앉았다. 그녀의 옆쪽에는 일행으로 보이는 또 다른 여자가 앉아 있었다. 자꾸만 시선이 그녀 쪽으로 가는 걸 막기 위해 재훈은 서류에 집중했다.

전용기를 놔두고 회사의 항공기를 이용하는 데에는 특별한 이유가 있었다. 성도그룹에 속한 SD항공사는 국내 최대의 항공사이자 세계 민항기 중에서도 손꼽히는 항공사였다.

SD항공이 가장 중점을 두는 건 서비스였다. 이번에 SD항공사는 최신형 항공기를 구입하고 승무원들의 교육을 강화시켜 세계적인 경쟁력을 더욱 높였다.

그런 이유로 불시에 본사의 회장과 사장이 직접 서비스를 점검하고 SD항공 직원들의 사기 또한 북돋우기 위해 이렇게 직접 탑승을 하는 것이다.

"비행할 때라도 좀 쉬어."

"이것만 보고요."

"너는 일밖에 모르냐?"

"이게 누구 때문인데요."

올해로 스물일곱 살인 재훈은 열 살 되던 해에 어머니와 아버지를 교통사고로 한꺼번에 잃었다. 재벌가에서 보기 드문 큰 사건에 세상은 놀랐고 할아버지와 할머니는 재훈을 사람들의 관심에서 보호하기 위해 많은 애를 쓰셨다.

그래서 그런지 재훈과 할아버지는 끈끈한 유대감부터 남달랐다. 할아버지께서 모든 걸 다 받아주셨기에 가능한 일이었다.

재훈과 할아버지 사이에 빠져서는 안 될 인물이 할머니셨지만, 작년에 갑작스럽게 돌아가셔서 지금은 재훈과 할아버지 둘뿐이었다. 아무리 대기업의 회장님이어도 재훈에게는 여느 평범한 가정처럼 편한 할아버지였다.

외가 쪽을 닮은 그와는 달리 할아버지는 작고 왜소한 체격의 소유자셨다. 그런데 할머니께서 돌아가시고는 더욱 마르셔서 요즘 재훈은 너무 걱정이었다.

"내가 뭘 어째서?"

"건강 좀 챙기세요. 자꾸 마르시잖아요."

"여기서 내 건강 얘기가 왜 나와."

"할아버지가 자꾸 건강을 안 챙기시니까 제 일이 늘어서요."

요즘은 재훈이 회장 대행으로 업무를 처리할 때가 많았다. 다시 재훈은 서류로 눈길을 돌렸다.

시간이 얼마나 지났을까 할아버지는 피곤하신지 깊은 잠에 빠지셨다. 그때였다. 기내에서 옥신각신하는 소리가 들렸다.

"죄송합니다."

승무원이 앞자리에 있던 손님에게 사과를 하고 있었다. 재훈이 고개를 내밀어 소리가 들리는 곳을 보자 50대 정도로 보이고 머리가 벗겨진 한 남자가 자리에서 일어나 있었다.

"미안하면 다야? 똑바로 해야지!"

남자는 화가 많이 났는지 목소리가 격앙되어 있었다. 비행기가 이륙한 지 얼마 되지 않았는데 이런 소란이라니. 재훈은 마음에 들지 않았지만 굳이 나서지는 않았다. 다만 잠들어 계시는 할아버지가 깨실까 그게 걱정이었다.

"죄송하면 다야? 그럼 경찰은 왜 있는데?"

손님의 말에 이번에는 옆에서 말리던 승무원의 얼굴이 빨개졌다.

"손님께서 우리 여승무원의 엉덩이를 만지셨기 때문에 놀라서 주스를 흘린 거 아닙니까?"

"뭐? 내가 어딜 만졌다고 그래? 그리고 좀 만지면 어때서 주스를 쏟고 그러냐고? 이거 어떻게 할 거야?"

"저희는 잘못이 없습니다."

퍽!

순간적인 일이었다. 손님이 잡지책을 말아 승무원의 머리를 내려쳤다. 맞은 승무원이 너무 당황해하고 있는 사이에 또 한 번 잡지책이 날아들었다. 다른 승무원이 다가와서 말렸지만 소용이 없었다.

재훈은 자리에서 일어났다. 무슨 일인지 몰라도 폭행은 절대로 안 되는 일이었다. 그런데 그가 가기도 전에 아까 그의 눈에 들어왔던 아가씨가 잡지책을 말아쥔 남자의 손을 비틀어 잡았다.

"아, 아, 이거 안 놔?"

"말씀으로 하셔야죠. 승무원 분들은 잘못이 없는 것 같은데요. 그리고 아까 여승무원의 엉덩이를 만지는 건 나도 봤어요. 그건 성추행입니다."

"나도 봤어."

여자의 옆에 있던 다른 여자도 거들었다.

"우리 엠마도 봤다네요. 증인도 이렇게 많은데 어쩌죠?"

"뭐, 이런 것들이 다 있어?"

남자는 끝까지 소리를 질렀다.

"제발 부탁인데 어리광은 집에서 부리시고, 아니, 술주정은 다른 데서 하시고 여기서 이러시면 다른 사람들이 피해를 봐요. 환자도 타고 있는데 조심하셨으면 합니다."

"……."

남자가 아무런 말도 하지 않자 여자가 남자의 손목을 야무지게 비틀었다.

"아, 아!"

"조심하시라고요."

"네."

남자의 입에서 대답이 나오자 여자가 손목을 놔주었다.

"사과하세요. 그러면 승무원 여러분도 용서해 주실 거예요. 기업 배지를 다셨네요. 언론에 공개되면 완전 망신살일 텐데, 잘릴지도 모르고."

남자는 한참을 망설이더니 승무원들에게 사과를 했고 사건은 일단락이 되었다.

재훈은 어느 정도 정리가 되자 자리에서 일어났다. 다행히 할아버지는 계속 주무시고 계셨다. 그는 조용히 화장실에 가는 척하며 남자를 가까이서 보았다.

그의 눈에 남자의 배지가 보였다. 유성그룹 사람이었다. 그가 화장실 쪽으로 가자 승무원은 자존심이 상했는지 눈물을 흘리고 있었다.

"괜찮아요?"

그의 말에 그들은 화들짝 놀라 눈물을 닦았다.

"죄송합니다."

"죄송하긴, 내가 다 봤는데. 고생이 많아요. 그리고 잘 참았어요."

그의 말이 그들에게는 위로가 되었을 것이다.

"그리고 도와준 여자 손님께 작은 선물이라도 드리세요. 기내에서 파는 물건 중에서 여성분이 좋아할 만한 걸로. 결제는 내가 할 테니까."

그의 말에 그녀들이 미소를 지었다. 그는 자리로 돌아오며 여자의 얼굴을 한 번 더 보았다. 자신과 눈이라도 마주치면 인사라도 할 생각이었는데 여자는 자신의 일행과 이야기를 하느라 정신이 없었다.

여자의 묘한 분위기가 자꾸만 그의 눈길을 잡아끌었다. 이렇게 여려 보이는 여자에게 어떻게 그런 용기가 있을까? 참으로 신기한 일이었다. 재훈은 미국에 도착할 때까지 그녀에게서 눈을 떼지 못했다.

서연은 자꾸만 엄마에게 신경이 쓰였다. 루게릭병으로 고생하는 엄마가 장시간의 비행을 잘 견딜지가 그녀의 가장 큰 걱정이었다. 물론 환자 이송 전문가가 타기도 했고 엄마가 아직 초기 단계여서 병원에서도 괜찮다고는 했지만 온 신경이 엄마에게 다 쏠려 있었다.

야구선수 루게릭의 이름을 딴 루게릭병은 근육이 마비가 되는 증상으로 나중에는 전신의 근육이 무기력해져서 죽는 병이었다. 다행히 엄마는 초기라서 미국의 루게릭병 전문병원에 가면 가망이 있다고 했다.

병을 치료하러 미국에 간다는 것만 놓고 보면 참 잘된 일이었지만 그들은 지금 아버지란 사람에게 내쫓겨 한국 땅을 떠나는 것이다. 자기밖에 모르는 아버지는 자신의 평판 때문에 본처인 엄마와 자신을 미국으로 보내 버리는 것이었다. 여론의 질타를 피하기 위한 방법이었다. 자신은 후처와 그 사이에 태어난 자식과 행복하게 살면서 말이다.

"사모님 어때?"

"엄마는 괜찮아. 엠마는?"

"나도 괜찮아."

엠마는 그녀를 길러준 유모였다. 그리고 그녀와 함께 엄마를 돌보고 있었다. 엠마는 필리핀 사람이어서 서연은 어려서부터 그녀에게 영어를 배우고 자랐다. 한국어와 영어에 능통한 엠마는 좀 엉뚱하기는 했지만 정이 많은 사람이었다.

작은 체구에 반짝이는 눈을 가진 엠마는 필리핀에서 대학까지 나온 간호사 출신으로, 필리핀 사람이라기보다는 한국 사람 같았다.

"나쁜 놈이 우리를 미국으로 아주 보내는 거야?"

"엠마!"

엠마는 아버지를 언제나 나쁜 놈이라고 했다. 엄마 앞에서는 안 하지만 그녀는 엠마와 허물이 없었다. 엠마는 서연에게 또 다른 엄마였다.

"나쁜 놈이 사모님을 아프게 한 거야?"

"아니야."

"아니긴, 서연이가 아까 저기 앉은 나쁜 놈한테 한 것처럼 팔을 비틀어 버렸어야 해."

엠마의 눈에 눈물이 고였다. 엠마는 정말로 그녀와 엄마를 가족처럼 사랑했다. 그래서 결혼도 하지 않고 그들의 곁을 지켰다.

"그리고 아까는 잘했어."

엠마는 서연의 어깨를 토닥여 주었다.

"뭐가 잘해."

앞에서 주무시는 줄 알았던 엄마가 갑자기 말을 했다.

"윤서연, 내가 합기도랑 태권도를 남의 일에 나서라고 가르쳤어? 그러다가 다치면 어쩌려고 그래?"

"죄송해요."

어려서부터 왜소한 체격의 서연이 걱정되었는지 무술을 가르쳤는데 가끔 서연이 겁 없이 나설 때면 엄마는 언제나 꾸중을 하셨다.

"엄마, 자요."

"아빠에겐 전화 없었어?"

"아니요, 잘 다녀오라고 하셨어요."

아픈 엄마를 위해 서연은 또다시 거짓말을 했다.

아버지는 서연이 6살 무렵 집으로 새 여자와 아기를 데리고 들어왔다. 그리고 엄마와 그녀를 집에서 내쫓았다. 집을 나올 때 엄마는 지금처럼 아프지는 않았지만 그래도 몸이 약했었다.

아버지에게 버림받았지만 엄마는 한 번도 아버지를 원망하지 않았다. 이상할 정도로 아버지를 사랑하는 엄마를 서연은 이해할 수 없었다.

집을 나온 지 올해로 14년이 되었다. 하지만 아버지는 아직 엄마와 이혼 상태가 아니었다. 재벌가의 특성상 소문이야 어떻게 돌든 본처가 있는 게 유리하다고 판단을 한 아버지였다.

어릴 때부터 아버지의 비서와 통화하는 게 익숙했다. 아버지와 직접 통화하는 일은 손에 꼽을 정도였다.

이번 일 역시 본처가 루게릭병을 앓고 있는데 후처와 산다는 게 언론에 공개될 위기에 놓이자 아버지는 그녀들을 치료 명목으로 미국으로 보내 버린 것이다.

모두가 아는 비밀이었다. 아버지의 호적에는 그녀와 그녀의 이복동생이 올라와 있었지만 후처의 이름은 없었다. 처음에는 아버지의 회사가 그렇게 주목을 받지 않았기 때문에 엄마와의 일이 남들에게 관심거리가 아니었지만 지금은 대주건설이 상장되면서 오너 일가도 주식시장의 관심거리가 되어버렸다.

쉬쉬하면 됐던 일이 이제는 그렇게 되지 않게 된 것이다. 마음이 좋지 않았지만 그게 현실이었다.

엠마와 이야기를 나누던 그녀는 자리에서 일어나 화장실에 갔다. 그리고 손을 씻고 나오다가 노신사와 정면으로 부딪쳤다.

"죄송합니다. 안 다치셨어요?"

"난 괜찮아요. 아가씨는?"

"저도요."

나이가 지긋한 노신사는 그녀 정도의 키에 상당히 힘이 있는 눈을 가진 사람이었다. 인상적이었다.

"갑자기 이렇게 물어서 미안하지만 아까 환자분이랑 같이 있어서."

노신사가 비행기에 환자가 타자 궁금하셨던 모양이었다.

"그 환자분은?"

"엄마예요."

"그래? 어디가 아프신가?"

"루게릭병이세요."

"아이고 저런……."

"초기라 괜찮으실 거예요. 그리고 치료 받으시면 꼭 나으실 거고요."

"그래야지."

"감사합니다."

"뭘……."

노신사가 웃으며 그녀에게 말했다. 모르는 사람과 말을 잘하는 편이 아닌데 이상하게 편안한 마음이 들어 말을 너무 많이 했다.

서연은 그를 피해 자리로 돌아가려는데 이번에는 승무원이 그녀를 잡았다.

"네?"

"이거 아까 저희들을 구해주신 보답이에요."

그녀는 작은 쇼핑백을 서연에게 건넸지만 서연은 받지 않았다.

"제가 구한 거 아닌데……."

"어쨌든 아까 너무 고마웠어요."

승무원이 웃으며 그녀에게 다시 작은 쇼핑백을 건넸다.

"받을 수 없어요."

"받으세요. 선물하신 분은 따로 계세요."

"누구……."

"그건 그분이 비밀로 해달라고 하셨어요."

서연은 승무원이 주는 선물을 억지로 받았다. 자리로 돌아가서 보니 수입 명품 화장품이었다.

"이게 뭐야?"

"선물."

"선물?"

엠마가 눈이 동그랗게 변하더니 다시 물었다.

"아까 도와줘서 고맙다고 승무원들이 줬어."

"이거 비싼 거잖아. 그 아가씨들이 돈을 얼마나 받는다고. 돌려줘."

"결제는 여기 다른 손님이 하셨대."

"뭐? 누군데?"

"비밀로 해달라고 하셨나 봐. 나한테 부담 없이 써도 된대."

"그럼 다행이고. 착한 일을 하니 보답도 받고 좋네."

엠마가 어린아이를 다루듯이 그녀의 머리카락을 귀 뒤로 넘겨주었다. 순간 그녀는 아까 화장실에서 부딪친 노신사가 선물한 게 아닌가 하는 생각이 들었다. 하지만 대놓고 물어볼 수는 없는 일이었다.

“나쁜 놈한테 연락해. 미국에 도착하자마자 바로.”

“왜?”

“사모님이 요즘 많이 보고 싶어 해.”

엄마는 나쁜 남자를 좋아하는 것 같았다. 서연 같으면 절대로 다른 여자와 사는 아버지를 용서하지 않았을 것이다.

“미국 도착해서.”

“그래.”

엠마가 눈을 감았다가 다시 뜨며 뭔가가 생각난 듯 그녀의 팔을 잡았다.

“왜?”

“아까 진짜로 잘생긴 남자를 봤어. 서연이가 그런 남자를 만나게 해달라고 엠마가 맨날 기도하고 있어.”

“누구?”

“뒤돌아보지 마. 내릴 때 엠마가 알려줄게. 진짜로 서연이와 잘 어울리는 남자야. 드라마에서 나오는 배우 같아.”

“진짜 연예인 아니야?”

“아냐.”

엠마가 아니라면 아니었다. 엠마처럼 한국 드라마를 사랑하는 여자도 없으니까. 드라마라면 아주 줄줄이 다 꿰고 있었다.

“엠마, 나 좀 잘래.”

"그래."

엠마가 그녀에게 담요를 덮어주었다.

서연은 눈을 감고 앞으로의 일을 생각했다. 엄마와 엠마와 함께 갑자기 아무런 연고도 없는 미국으로 간다는 게 두려웠다. 다만 그녀가 조금 위안이 되는 건 이제는 아버지의 얼굴을 안 봐도 된다는 것이었다.

그가 주는 돈을 받고 산다는 게 자존심이 상할 정도로 서연은 아버지가 싫었다. 미국이 꿈의 나라는 아니지만 최소한 지금은 어머니의 병에 도움이 될 수 있는 곳이고 그녀가 공부를 해서 성공할 수 있는 기회가 주어진 곳이라는 설렘이 있었다.

두려움과 설렘이 공존하는 가운데 서연은 잠에 빠져들고 있었다. 그녀의 운명의 상대가 비행기 안에 같이 있는 줄도 모르고.

제1장 만남 그리고 스파크

화려한 빛의 조각들이 눈부시게 그녀를 향해 떨어지고 있었다. 약간의 술기운에 기분이 좋아서 그런지 눈앞의 모든 게 만화경처럼 색색깔로 번져 보였다. 소주 반병을 마셨을 뿐인데 세상을 다 가진 듯 기분이 좋았다.

그렇다고 정신을 놓은 건 아니었다. 조금 기분이 좋을 뿐이고 세상이 예쁘게 보일 뿐이었다. 그녀의 복잡하고 더러운 기분과는 반대인 게 좋았다.

서울의 밤거리를 오랜만에 거닐었다. 3년쯤 되었나? 이 땅의 공기는 확실하게 달랐다. 나의 조국, 지긋지긋한 영어를 쓰지 않아도 그녀의 말을 다 알아들을 수 있는 곳, 이곳이 대한민국의 서울이었다.

서연은 한국에 이렇게 허무하게 다시 돌아올 줄 몰랐다. 세월이 흘러서 성공해서 오면 몰라도 아버지란 사람의 말 한마디에 이렇게 엄마의 병간호도 엠마에게 맡겨두고 갑작스레 돌아와야 한다니 정말로 자신이 한심하기 짝이 없었다.

그래서 오늘은 진짜로 그녀 자신에게 휴가를 주고자 마음먹었다. 내일이면 아버지란 사람이 내준 숙제를 해야 하니까 말이다. 오늘은 약간의 술과 그리고 남자가 필요했다.

왜냐면 그녀의 빌어먹을 처녀 딱지를 뗄 마지막 기회의 날이기 때문이었다. 실행에 옮길지는 아직 미지수지만 말이다.

사람이 해온 게 있는데 하루아침에 바뀌기란 쉬운 게 아니었다. 진짜 천재지변이 일어나지 않는 이상에 말이다. 그녀처럼 바른생활의 아가씨에게 탈선은 결코 쉬운 일이 아니었다.

"젠장, 아니야. 오늘은 반드시 엇나갈 테다!"

또각또각.

그녀의 가는 발목 아래 킬 힐이 위험스러운 섹시함을 머금고 걸음을 옮길 때마다 강남 거리에 울려 퍼지고 있었다. 일단 호텔에서 나올 때 만반의 준비를 하긴 했다. 초미니 스커트에 민소매 한 장이 그녀가 입은 전부였다.

마른 몸에 비해 풍만한 가슴이 화려하게 입지 않아도 몹시 섹시해 보이게 만들었다. 거기다 쭉 뻗은 각선미는 보는 이들로 하여금 감탄사를 자아내게 했다.

딱 한 잔만 더 하고 호텔로 돌아갈 생각이었다. 1차로 마신 집은 분위기도 아니고 남자들도 아니었다. 하지만 그냥 포기하고 들어가기에는 그녀가 정성스럽게 준비한 메이크업과 의상이 아까웠다. 그래서 한 곳만 더 가보기로 한 서연이었다.

"그래, 눈에 띄는 첫 집에 가는 거야."

서연은 그렇게 마음을 먹었다. 커다란 바의 간판이 화려하게 빛이 나서 그녀의 시선을 한눈에 사로잡았다.

"저기다."

술이 취한 건 아닌데 자꾸만 술 취한 사람같이 굴게 되는 것 같았다. 하지만 진짜 정신은 멀쩡했다. 끈적한 바라서 그런지 입구의 조명이 어두웠다. 이런 조명 아래서 키스를 한다면 참 좋을 것 같다는 생각이 들었다. 그런데 입구로 들어서는 그녀의 앞을 누군가 막아섰다. 굉장한 근육질의 남자였다.

"저기요, 비켜주실래요?"

"……."

남자가 아무런 대꾸도 하지 않자 이번에는 그의 등을 쿡 찌르며 말했지만 그는 대꾸도 없이 요지부동이었다. 단단한 근육이 마음에 들었지만 그녀는 바에 먼저 들어가고 싶었다.

"이봐요?"

한층 목소리를 높이자 누군가 뒤에서 그녀의 어깨를 잡았다.

"아가씨, 그 남자는 아무리 찔러도 답을 못해."

그러고 보니 남자가 아니라 스파이더맨 피규어였다. 왜 그랬을까? 얼굴이 확 달아올랐다. 취하려면 완벽하게 취했어야 했다. 이렇게 어중간하게 취하면 상황이 다 이해가 되니까 배로 창피하단 생각이 들었다.

"입구는 이쪽이야."

남자가 그녀의 어깨를 잡고는 바의 입구로 밀어 넣었다. 그 자신과 함께.

"난 약속이 있어서 이만 실례."

남자는 이 한마디를 남긴 채 사라졌다. 큰 키에 덩치가 좋은 남자였지만 자신이 방금 전에 한 일이 너무나 부끄러워서 그녀는 그의 얼굴을 쳐다보지도 못했다. 어차피 또 볼일 없을 테지만 말이다.

바에 앉은 그녀는 바텐더에게 위스키를 주문했다.

"한 잔 마시고 뻗을 거예요?"

바텐더가 걱정스러운 얼굴로 물었다. 꽤 어려 보이는데 손님을 생각할 줄도 아는 남자였다.

"위스키 말고 다른 걸 마셔요. 이미 한잔한 거 같은데……."

"독한 걸로 주세요."

젊은 바텐더는 섹시한 미소를 지으며 그녀를 위해 술잔에 술을 채우며 말했다.

"우울하신가 봐요?"

"많이요."

"그렇다고 술에 너무 취하면 집에 가기도 힘들어요. 일행도 없는 것 같은데……."

바텐더의 말은 틀리지 않았다. 내일 그 빌어먹을 선을 보려면 겉보기에는 멀쩡해야 하니까 말이다.

"무슨 일이신지 몰라도 말씀하시면 제가 들어드리죠."

레몬을 꽂은 도수가 약한 마티니 한 잔을 그녀에게 건네며 바텐더가 말했다.

"결혼을 해야 해서요."

"결혼요? 아직 결혼을 할 나이로는 보이지 않는데 일찍 하시나 보네요."

"제가 시집을 가야 우리 집이 편하거든요. 심청이가 인당수에 빠질 법한 일이죠."

"요즘 세상에도 그런 일이 있군요."

마티니를 원샷하고는 그에게 다시 잔을 내밀었다. 바텐더는 아무 말 없이 한 잔을 더 만들어 그녀에게 건넸다.

"결혼을 하기 싫으신가 봐요?"

"사랑하는 사람이 아니니까. 그리고 시키면 더 하기 싫은 법이죠."

사랑은 지금 그녀에게는 사치였다. 사랑이 문제가 아니라 순간

꼬여 버린 자신의 삶이 그녀를 미치게 만들고 있었다.

그녀가 세 번째 마티니 잔을 만지작거리고 있자 누군가 그녀의 옆에 앉았다. 슬쩍 보니 옆모습이 아주 멋진 남자였다. 한 잔만 더 마시고 싶었다. 그러면 기분이 좋아질 것 같았다.

"바텐 오빠, 한 잔 더요."

"그만 마시지, 충분히 마신 것 같은데."

잠긴 듯 낮은 저음의 목소리가 그녀의 귀를 간지럽혔다.

"웬 참견?"

"아까는 스파이더맨하고 시비더니, 이제는 난가?"

그녀는 고개를 들어 그를 쳐다보았다. 눈에 확 띄는 완벽한 얼굴의 소유자였다. 아까는 너무 창피해서 얼굴조차 못 봤는데 지금 보니 아까 안 본 게 후회가 될 정도였다.

짙은 눈썹에 쌍꺼풀이 없는 커다란 눈은 잘생겼다는 말로 부족한 강인함이 있었다. 그의 코는 동양인이라는 게 믿어지지 않을 만큼 오뚝했다. 그리고 인상적인 건 그의 입술이었다. 도톰한 입술일 것 같았는데 상당히 얇았다. 입술이 보이지 않을 만큼. 그리고 고집스러운 느낌도 강했다.

하지만 그의 얼굴에서 가장 마음에 드는 건 그의 강인한 턱 선이었다. 가운데가 폭 들어간 그의 턱은 면도가 잘되어 있었지만 파르스름한 것이 수염이 많을 것 같았다.

"어때, 마음에 드나? 내가 스파이더맨 피규어보다는 낫지."

"글쎄요."

"바텐, 나도 마티니 한 잔 주지."

그의 앞에 그녀와 똑같은 마티니가 놓였다.

"나한테 관심 있어요?"

"없는 건 아니지만 지금은 친구를 기다리고 있지."

"여자친구요?"

"아니, 애석하게도 남자야."

이 남자가 지금 그녀에게 관심이 없지 않다고 말했다.

"오늘 바빠요?"

불쑥 말이 나와 버렸다. 왠지 그라면 괜찮을 것 같다는 생각이 들었다.

"……."

"안 바쁘면 나랑 술 한잔할래요?"

이렇게 대놓고 남자에게 대시를 한 건 처음이었다. 어디서 이런 용기가 날까? 그녀 스스로도 신기할 따름이었다.

"술은 이미 충분히 된 것 같군."

남자는 자신의 마티니를 마시며 그녀의 눈을 그윽하게 보았다. 서연은 자신의 섹시함을 어필하게 위해 바에 몸을 기대 가슴으로 팔을 눌렀다. 그러자 그녀의 풍만한 가슴이 거의 반이나 남자의 눈앞에 드러났다.

"그럼 나랑 잘래요?"

최대한 나른한 목소리로 그에게 말했다.

"……."

"싫어요?"

서연은 다시 한 번 확인 사살을 했다. 지금은 한없이 막 엇나가고 싶었다. 지금 가장 크게 엇나가는 방법은 이거였다. 내일 보는 선에 아버지는 거의 목숨을 걸다시피 매달렸다.

서연에게는 재벌집에 시집을 간다며 평생 팔자를 고칠 수 있는 좋은 기회라고 했다. 누구의 팔자인지 모르겠지만 말이다.

그런데 이 결혼이 더 기가 막힌 건 그쪽에서 내건 조건이었다. 얼굴이고 몸매고 학벌이고 아무것도 안 보는데 딱 하나 보는 게 여자가 처녀여야 한다는 것이었다. 조선시대도 아니고 이 무슨 개 풀 뜯어 먹는 소리냐고 하는 사람들도 있겠지만, 이건 지금 엄연한 펙트다.

남자가 아주 결벽증이 있거나 변태이거나 둘 중에 하나가 분명했다. 지금 같은 현대 사회에서 정조라니 기가 막힐 일이었다.

"아무 남자에게나 이런 식으로 얘기를 하나? 아님 돈이 필요한가?"

남자의 말에 서연은 정신을 차렸다. 계속 말을 이어나가는 걸 보니 이 남자가 그녀에게 관심이 없지 않은 것 같았다.

"지금은 남자가 필요해요. 어떻게 생각하든 상관없어요. 당신이 싫다고 하면 다른 남자는 널리고 널렸으니까."

술은 이미 깨버렸다. 돈 주고 취하려고 왔는데 오히려 정신이 말짱해져 버렸다. 돈이 아까웠다. 술에 취해서 어떻게 해서든지 용기를 내보려고 했는데, 취하려고 마음먹으니 더 멀쩡해지고 있었다. 이러면 오늘 남자 사냥은 힘들 것 같았다.

"이름이 뭐지?"

서연은 남자의 얇은 입술에 시선이 자꾸만 갔다. 저 고집스러운 입술이 자신에게 닿는다면 어떤 느낌일까? 서연은 머리를 흔들었다. 지금 이렇게 넋을 놓고 있을 때가 아니었다.

"내 이름을 꼭 알아야 하나요?"

"몸을 파는 여자인가?"

몸을 파는 여자라니, 어이가 없었지만 지금 상황이면 누구든지 그렇게 생각할 수도 있었다.

"내가 그렇게 보여요?"

남자의 시선이 그녀를 위에서 아래로 훑어보았다.

"아니."

그래도 이 남자의 눈에는 그렇게 보이지 않아서 다행이라는 이상한 생각이 들었다.

"돈을 주고 술을 사 먹었는데 안 취하니 돈이 아깝네요."

"그런가?"

"네, 이만 실례할게요. 난 다른 남자를 찾아봐야 해서."

그녀가 일어서려고 하자 그가 그녀의 팔을 잡았다.

"왜요?"

그리고 자신의 마티니를 단숨에 비웠다.

"다른 남자는 찾을 필요 없어."

그가 그녀의 손을 잡고 바에서 나오며 바텐더에게 말했다.

"김 사장 오면 급한 일이 있어서 먼저 갔다고 얘기해 줘."

"네."

누군가를 기다린다는 말은 맞는 것 같았다. 서연은 그의 손에 이끌려 가면서도 자신이 호기롭게 내뱉은 말을 주워 담을 수 없었다. 왜 그런 말들이 갑자기 튀어나왔을까?

"후회하나?"

"아뇨."

생각 따로 말 따로라는 게 딱 지금 그녀의 상태였다. 이제는 더 이상 물러설 곳이 없었고 어쩌면 이게 아버지를 가장 골탕 먹일 수 있는 일이란 생각이 들었다. 평생 엄마를 볼모 삼아 그녀를 괴롭혀 온 아버지의 얼굴에 먹칠을 할 수 있는 마지막 기회인지도 몰랐다.

남자의 손은 따뜻했다. 왜 그렇게 느껴지는지 몰랐지만 말이다. 그의 차를 타고 어디론가 향했지만 그녀는 지금 아무런 생각도 나지 않았다.

그의 차가 멈춰 선 곳은 공교롭게도 그녀가 묵고 있는 호텔이었다. 남자는 익숙한 듯 방을 잡았다. 그는 이동하는 내내 그녀의 손을 잡고 있었다. 모두의 시선이 자신에게 쏠려 있는 것만 같아서 얼굴이 화끈거렸다. 어디서 이런 용기가 난 것일까? 막상 남자와 호텔방으로 들어가려니 온몸이 떨려왔다.

"가지."

"손은 놓고 가도 돼요."

서연이 손을 빼려 하자 그가 다시 서연의 손을 잡았다.

"도망 안 가요."

"알아."

"그런데……."

"이래야 남들 눈에 자연스러워 보이지 않겠어?"

그의 말이 맞았다. 이상하게 사람들이 그들을 쳐다봤다. 그녀의 생각인 건지 아니면 그가 너무 잘생긴 탓인지 알 수 없었다. 그녀의 생각으로 후자에 가깝지만 말이다.

남자는 여전히 그녀의 손을 놓지 않고 엘리베이터에 몸을 실었다. 벨보이 뒤에 서 있는 그들은 아무런 말이 없었다. 가장 꼭대기 층에 내린 그는 카드키로 문을 열고 그녀를 밀어 넣었다.

탁!

그녀를 벽과 자신의 사이에 가둔 그는 그녀의 턱을 손으로 들어 올렸다.

"이제 마지막으로 물을 거야. 그만두려면 지금 나가."

그의 눈빛이 칠흑같이 검어지고 있었다. 남자에 대해서는 잘 몰랐지만 지금 그가 굉장히 흥분했다는 건 느낄 수가 있었다.

"……."

"이젠 정말 멈출 수가 없을 거야."

그의 입술이 그녀의 입술에 격하게 내려와 앉았다. 태어나서 이렇게 열정적인 키스는 처음이었다. 미국에서 몇 번 당한 도둑키스와는 다른 아주 매혹적이고 진한 어른들의 키스였다.

그의 혀가 놀라 벌어진 그녀의 입술 안으로 거칠게 밀고 들어왔다. 그의 키스는 마치 그녀를 삼켜 버릴 것만 같았다. 그의 손이 짧은 그녀의 블랙 미니스커트를 걷어 올리며 그녀의 허벅지를 어루만지다가 점점 위로 올라왔다.

그녀의 입안에서 요동치고 있는 그의 혀와 자꾸만 올라오는 그의 손에 그녀는 정신이 나가 버릴 것만 같았다. 그의 손이 걱정했던 대로 그녀의 가슴을 움켜잡았다. 그는 그녀가 말릴 틈도 없이 먼저 공격을 해왔다.

"생각보다 크군."

마른 몸에 비해 큰 사이즈를 자랑하는 가슴이 이렇게 칭찬을 받으리라고는 상상도 하지 못했었다. 그의 손을 밀어내 보려 했지만 그의 아귀힘을 당할 수는 없었다.

"이제 와서 빼는 건 재미가 없지."

"빼는 게 아니에요."

"그래? 더 진한 걸 요구하는 건가?"

아니라고 얘기하기도 전에 그녀의 몸이 갑자기 공중으로 떠올랐다. 그리고 그는 아주 빠르게 침대로 향하더니 그녀를 침대 위에 올려놓고는 자신의 옷을 벗었다.

"부드럽게 할 거라고는 기대하지 마."

그녀는 아직 부드럽게 하는 게 뭔지 하드하게 하는 게 뭔지 몰랐다. 해본 적이 있어야 뭐라고 말을 할 텐데 지금은 솔직히 섹스 자체가 겁이 났다.

그가 섹시한 눈으로 그녀를 바라보며 옷을 다 벗었다. 그의 당당한 근육들을 보며 그녀는 마른침을 삼켰다.

남자 경험은 없지만 그가 첫 상대임을 감사해야 한다는 생각이 들 정도로 그의 몸은 훌륭했다. 다만 그의 가운데에 떡하고 버티고 있는 페니스를 본 순간 겁이 났다. 저게 몸속으로 들어온다면 그녀는 분명히 둘로 갈라질 것 같았다.

"왜 옷을 안 벗지? 벗겨주는 걸 좋아하나?"

안 벗는 게 아니라 떨려서 못 벗는 거였다. 하지만 그에게 처음 하는 섹스가 어설프게 보이고 싶지는 않았다.

"아, 아니에요."

남자는 매력적인 웃음으로 그녀를 바라보았다. 그리고 그녀가 옷을 벗을 때까지 기다려 주었다. 그녀가 옷을 다 벗자 그가 침대 위로 올라왔다. 완전히 벗은 채로 완벽하게 나신인 남자와 한 침대에 있다니 그것도 오늘 처음 보는 남자와. 정신이 나간 게 분명했다.

하지만 마치 필연처럼 그와는 모든 게 편하고 자연스럽게 진행이 되고 있었다. 거부감이란 없었다.

“천천히 해줘요.”

떨리는 목소리를 감추며 그녀가 마지막으로 부탁을 했다.

“아니, 그렇게는 못할 것 같아. 이미 충분히 참았거든.”

그가 그녀에게 달려들어 몸을 겹쳤다. 이미 불끈 솟아 있는 페니스가 그녀의 검은 숲에 닿아 있었다. 단단함과 물컹함이 동시에 닿자 서연은 얼굴이 후끈 달아올랐다. 이런 생소한 느낌은 처음이라서 뭐라 표현을 할 수조차 없었다.

“부드러워.”

그의 입술이 그녀의 입술을 미친 듯이 빨아들이며 말했지만 온 신경이 그와 맞닿아 있는 여성에 가 있는 서연에게는 들리지 않았다.

아무것도 하지 않았는데 그녀의 여성이 움찔거리며 애액을 쏟아내고 있었다. 자신이 이렇게 남자에게 빠르게 반응을 하는 몸인지 처음으로 알게 되자 얼굴이 화끈거렸다. 그가 그녀의 반응을 알아차리고는 자신의 페니스를 그녀의 여성에 문지르기 시작했다.

“물이 많이 나오고 있어. 아주 좋아.”

그다음부터는 그의 맹공격에 정신을 차릴 수가 없었다. 그의 입술이 그녀의 입술을 잡아먹을 듯이 빨아들이며 혀를 안으로 집어 넣었다. 축축하고 말랑한 혀에서는 마티니 맛이 났다. 그녀는 용기를 내어 그의 혀를 살짝 빨았다.

그랬더니 그가 신음을 내뱉으며 그녀의 목젖까지 깊숙하게 혀를 밀어 넣었다. 숨도 못 쉴 만큼 아찔한 키스에 그의 손이 그녀의 여성을 감싸고 있다는 것도 느끼지 못했다. 그때 뭔가 이물감이 그녀의 질 안에서 느껴졌다.

"너무 많이 젖었어."

그의 원색적인 말에 당황할 새도 없이 그가 그녀를 침대에 눕혔다. 그리고 그녀의 다리를 벌리고 그녀의 여성을 바라보았다.

"이렇게 예쁠 줄 알았어. 당신의 남자들이 아주 좋아했겠어. 핑크색이 아주 마음에 들어."

당신의 남자라는 소리에 그녀는 지금이 처음이라고 말하고 싶었다. 그는 그녀를 아주 경험이 많은 여자처럼 대했다. 이게 아닌데. 하지만 지금은 돌이키기엔 너무 끝까지 와버렸다.

"뭐, 뭐 하는 거예요?"

그의 혀가 그녀의 여성을 핥았다. 너무나 당황스러워 서연은 몸을 반쯤 일으켰다.

"왜, 오럴은 싫은가?"

"싫, 싫어요."

"하지만 난 생각이 달라. 이렇게 아름다운 여성을 맛보지 않는

다면 그건 남자가 아니지."

"안 돼요."

"이렇게 움찔거리며 핥아달라고 하고 있는데 무슨 말이야."

그가 단번에 그녀의 말을 잘라 버렸다. 공포가 현실이 되어가고 있었다. 그는 키스할 때와 마찬가지로 그녀의 여성을 힘 있게 빨아 들였다. 정신이 혼미해질 것 같았다. 그는 도톰한 여성을 자신의 이로 살짝 물었다가 놓더니 다시 그녀의 여성을 삼켜 버렸다.

그의 혀가 여성을 둘로 가르는 느낌이 들 때는 정말 온몸에 소름이 돋았다. 남녀 간의 섹스가 이렇게 친밀하리라고는 상상도 하지 못했었다.

자신도 보지 않는 그녀의 은밀한 곳을 그는 지금 마음껏 희롱하고 있었다. 그의 혀가 그녀의 클리토리스를 찾아내 건드리고 있었다. 둘이 부딪치는 소리가 야릇하게 그녀의 귓가에만 들렸다.

입술이 번들거린 채로 그가 일어나 눈의 초점을 잃은 채로 그녀를 바라보더니 그녀의 양쪽 다리를 자신의 어깨 위로 올렸다.

"이렇게 물이 많이 나오는 여자는 처음이야."

그가 자신의 페니스를 그녀의 젖은 여성에 문질렀다.

"아아아앙!"

자신의 입에서 나온 소리라고는 믿어지지 않는 교성이 방 안을 울렸다. 마침내 그가 동작을 멈추더니 그녀의 질에 자신의 페니스를 단 한 번의 동작으로 밀어 넣었다.

"아아악!"

이번엔 교성이 아닌 비명에 가까운 소리가 그녀의 입에서 나오자 그가 하던 동작을 멈추었다.

"처음인가?"

그의 표정에 놀란 기색이 강했지만 그녀에게 지금 고통을 주고 있는 페니스를 빼지는 않았다.

"이대로 멈출 수는 없어."

그는 어금니를 꽉 깨물고는 이렇게 말했다. 그리고 자신의 허리를 천천히 움직이기 시작했다.

"아, 너무 조여."

그녀의 질이 그의 페니스를 강하게 조이고 있었다. 그녀가 의도하지는 않았지만 고통을 참으려고 힘을 주다 보니 그녀의 질에도 힘이 자연스럽게 들어갔다.

그는 엉덩이를 계속해서 움직이며 빠르게 들어왔다 나갔다를 반복했다. 아프기만 하던 아랫부분이 이제는 조금씩 찌릿했다. 그리고 여성이 자꾸만 움찔움찔하며 쾌락의 맛을 알아가고 있었다.

퍽퍽퍽.

그와 그녀의 요란한 섹스 소리가 방 안을 민망할 정도로 크게 울리고 있었다. 그녀의 양쪽 다리를 잡고 있는 남자는 인상을 쓰며 있는 힘껏 그녀를 몰아붙이고 있었다. 그의 팔은 굵은 핏줄이 다 튀어나왔고 그의 가슴에는 땀방울이 흘러내리고 있었다.

"으윽."

그의 인상이 완전히 구겨졌다. 미치게 좋은 표정일 줄 알았는데 그는 너무나 괴로운 표정이었다.

"더 이상은 못 참겠어."

이제 막 클라이맥스에 도달할 것 같은 그녀는 아쉽다는 생각이 들었다. 그렇게 아팠는데 이제는 멈추는 게 싫었다.

퍽퍽퍽.

그의 이마에서 땀방울이 흘러내렸다.

"조이지 마."

그녀는 아무것도 한 게 없는데 자꾸만 여성은 그녀도 모르게 조여지고 있었다. 그가 좀 전과는 다르게 속도를 높였다. 그의 속도에 맞춰 그녀의 신음 소리도 높아만 갔다.

"아, 아아~"

그가 거친 숨을 내뱉더니 그녀의 배 위에 그의 분신들을 쏟아냈다. 그리고는 몸을 일으켜 수건에 물을 묻히고 와서 그녀의 몸을 닦아주었다. 수건에는 핏자국이 선명하게 보였다.

"왜 말하지 않았지?"

그는 인상을 쓰며 그녀에게 물었다. 굳이 말을 하지는 않았지만 그녀는 충분히 그에게 힌트를 주었다. 그가 도통 못 알아듣기는 했지만 말이다.

"그게 뭐가 중요해요."

"중요해. 그랬다면 난 널 갖지 않았을 테니까."

여전히 그녀의 몸을 닦으며 그는 고민이 가득한 얼굴이었다.

"진짜 그랬을까요?"

"그래, 처음은 여자에게 많은 의미가 있다고 생각하니까. 그리고 난 완벽하게 속은 기분이고."

그랬을 수도 있었을 것 같았다. 그는 일관되게 그녀가 경험이 많은 여자라고 생각하는 것 같았다. 짙은 화장에 섹시한 의상은 남자들에겐 경험이 많은 여자로 보이는 것 같았다.

"걱정 말아요. 책임지라는 소리 안 해요."

그녀는 몸을 일으켜 옷을 입기 시작했다.

"즐거웠어요."

이렇게 말하고 나니 진짜 경험이 많은 여자가 된 기분이었다.

"어딜 가려는 거지. 오늘 밤은 아무데도 못 가."

"어딜 가든 그건 내 자유예요."

"이건 내 자유고."

그가 그녀를 안아 침대에 눕혔다. 그리고 자신의 몸으로 그녀를 가두었다.

"처녀가 이렇게 대담하게 구는 이유를 알아야겠어. 하지만 지금은 너무 피곤해."

"아무 이유도 없어요. 그냥 짐 같아서 벗어버린 거예요."

"난 그 짐을 처분해 준 남자네."

"농담할 기분 아니에요."

"나도 지금 농담 같은 거 하고 싶지 않은데, 안 그러면 기분이 나빠질 것 같아."

"왜요?"

"아무것도 모르는 사기꾼에게 완전히 당한 기분이거든."

그의 무게 때문에 그녀는 도저히 그를 밀어낼 수가 없었다.

"가고 싶다고요."

"지금은 안 돼."

그가 다시 그녀를 안아 들고는 욕실로 향했다.

"뭐 하는 거예요?"

"그냥 잘 거야? 씻어야지."

"……."

그가 샤워기 앞으로 가서 그녀에게 클렌징 크림을 주었다.

"지워. 지금 완전히 도깨비 같으니까."

그가 왜 화장을 지우라고 하는지 알 것 같았다. 서연은 그에게 받은 클렌징 크림으로 얼굴을 닦아냈다.

두 사람은 같이 샤워를 끝내고 다시 침대로 나왔다. 수건으로 얼굴을 닦고 머리를 말리며 그녀가 오자 그는 그 자리에 서서 서연을 멍하게 바라보았다. 뭔가를 생각하고 있는 표정이었다.

"왜요?"

"……."

"뭐가 잘못됐어요?"

화장을 지우니 그의 스타일이 아닌가? 하는 생각이 들었다. 하지만 그래도 상관없었다. 그는 다시는 볼 사람이 아니었다.

그가 그녀를 침대에 눕혔다.

"물어볼 말이 있는데 내일 하자. 지금은 너무 피곤해."

그 말과 함께 남자는 그녀를 뒤에서 꼭 안고 놓아주지 않아 서연은 움직일 수가 없었다.

"자."

말은 자라고 하면서도 그의 손은 그녀의 가슴을 주무르고 있었다. 다시금 그녀를 갖고 싶은 눈치였지만 가슴을 어루만지는 것 이외의 행동은 하지 않았다. 그의 손길이 점점 느려지고 있었다.

"자요?"

"한 번만 더 움직이면 다시 한 번 할 거야."

"……."

그녀가 꿈틀거리자 그가 말했다. 꼼짝할 수 없이 그에게 걸려들었다는 생각이 들었다. 그가 잠들기를 기다리며 그녀는 아까 남자가 그녀의 민얼굴을 보고 놀라던 게 생각이 났다. 그는 왜 그랬을까? 그녀는 절대로 못생긴 얼굴이 아니었다. 남들은 그녀의 얼굴을 예쁘다고 했다. 그의 놀라던 표정이 자꾸만 마음에 걸렸다.

잠시 후 규칙적인 숨소리가 들려왔다.

"이봐요, 자요?"

"……"

진짜 잠이 든 것 같았다. 남자가 자는 틈을 타서 빠져나오려고 했지만 그는 꼼짝도 하지 않았다. 하는 수 없이 그가 더 깊이 잠들기를 기다리기로 했다. 그리고 한 시간이 지나서야 그녀는 그를 밀쳐 내고 무사히 방을 빠져나올 수가 있었다.

침대에 누워 정신없이 자고 있는 그의 얼굴을 보며 서연은 옷을 입었다. 혹시나 깰까 봐 얼마나 마음을 졸였는지 모른다.

"고마워요."

그녀는 이렇게 말을 하고는 서둘러 자신의 호텔방으로 갔다. 그래도 같은 호텔이라서 금방 도망을 올 수 있었다.

자신의 방 안에 무사히 들어온 그녀는 킬 힐을 벗어 던지고 정말 태어나서 처음 입어보는 천 쪼가리들을 벗어버렸다.

맨몸의 그녀가 유리창에 비치고 있었다. 어두운 밤이라서 그런지 유리창이 아닌 거울 같았다.

변한 건 없는 것 같았다. 여자로 거듭나면 뭔가 다를 줄 알았는데 아픈 걸 빼고는 똑같은 자신의 모습이었다.

"별거 아니네."

욕실로 간 서연은 거울에 비친 자신의 모습을 보고는 깜짝 놀랐다. 온몸에 그와의 섹스 자국들이 가득했다. 그가 빨아들인 유두는 화끈거리기만 한 줄 알았는데 밝은 데서 보니 그 주변으로 키스마크가 가득했다.

가슴뿐이 아니었다. 온몸 구석구석 가득했다. 오늘이 지나면 잊으려고 했는데 당분간 욕실에서 몸을 볼 때마다 그를 생각할 것 같았다. 그래도 목같이 드러나는 곳은 멀쩡해서 내일 선볼 때는 상관없을 것 같다. 안 그랬으면 이 더운 날 스카프를 매고 갈 뻔했다.

서연은 간단하게 샤워를 마치고 침대에 앉았다. 샤워를 두 번이나 했는데도 그의 체취가 아직 그녀의 몸에 남아 있는 것 같았다. 이곳에서 나갈 때는 처녀성을 버리겠다고 당차게 나갔지만 막상 일을 저지르고 나니 생각이 복잡해졌다.

서연은 자신이 상당히 쿨하다고 생각을 했는데 막상 이렇게 되고 보니 머리가 터질 듯이 생각이 많아졌다.

"아으~!"

그녀는 젖은 머리를 감싸고 소리를 질렀다.

"내가 무슨 짓을 저지른 거야!"

후회해 봤자 지난 일이었다. 내일 선을 보고 자신은 조건에 맞지 않는 여자임을 당차게 말하고 미국으로 떠나면 그뿐일 거라 생각했는데 지금은 자신이 밤을 함께 보낸 남자도 생각이 날 것 같아 그게 더 문제였다. 골치 아픈 문제가 하나 더 생긴 상황이었다.

처음을 함께 한다는 게 어떤 의미인지 몰랐을 때는 아무런 두려움이 없었지만 확실히 지금은 생각 자체가 달라졌다. 그녀의 한 번의 반항이 왠지 평생 그리워할 사람을 만들어 버린 것 같았다.

"잊을 수 있어."

이렇게 말은 해보지만 마음 한구석이 싸한 느낌이 들었다.

"아니, 문제는 없어. 오늘로 끝인 사람이니까."

굳게 다짐하며 침대에 풀썩 누운 서연은 괜히 두근거리는 가슴을 진정시키느라 쉽게 잠을 이루지 못했다.

제2장 선의 조건

Rrrrrrrr.

신경질적인 핸드폰 벨소리에 눈을 뜬 재훈은 심한 두통을 느꼈다. 베개에 얼굴을 묻은 채로 그는 손을 더듬어 핸드폰을 찾았다.

다시는 먹지 않으리라고 맹세했던 술을 어제 마셨다. 다른 건 몰라도 유난히 알코올 분해 능력이 떨어지는 그가 어제는 호기롭게 마티니를 여러 잔 마셨다. 그리고 여자까지.

여자라는 생각이 들자 그는 자신의 옆자리에 지금 아무도 없음을 깨달았다. 그가 평소에 하지 않는 세 가지의 일 중에 두 가지를 어제 하고야 만 것이다. 그것도 아주 기쁜 마음으로.

술, 여자 그리고 결혼. 그가 인생에서 결코 필요하지 않다고 생각한 세 가지이다. 술과 여자는 어릴 적에 많이 했지만 백해무익하다는 걸 온몸으로 느껴서 끊었고 결혼은 시도조차 해보고 싶지 않았다.

침대에 걸터앉아 그는 머리를 감쌌다. 알코올로 인한 건지 아니면 자꾸만 떠오르는 잔상 때문인지 그는 알 수가 없었다. 마치 꿈속을 헤매듯이 어제 그의 손에서 부서지던 여자의 모습이 꿈속에서도 그를 유혹하더니 꿈을 깬 지금도 그의 머릿속에 남아 유혹하고 있었다.

어디서 본 여자였다. 분명히 어디서 봤는데 기억이 나지 않았다. 화장을 하고 있을 때도 묘하게 끌렸는데 화장을 지운 모습을 보니 분명히 어디선가 그녀를 보았었다.

기억을 더듬으면 생각이 날 것 같았다. 그는 반드시 이 호기로운 처녀를 찾아낼 것이다.

Rrrrrrr.

"알겠습니다. 받습니다. 받아요."

그는 의자 위에 아무렇게 던져진 자신의 옷 속에서 핸드폰을 꺼내 들어 받았다.

"여보세요?"

[어디야?]

할아버지의 고함 소리에 고막이 터질 것 같았다.

[어딘데 다 큰 녀석이 외박이나 하고 다니고. 오늘이 무슨 날인

줄이나 알아?]

"알아요. 압니다."

[아는 녀석이 그러고 다녀? 정신이 있는 거야? 사업 파트너를 만나도 외모에 신경을 써야 하는데, 선을 보는데 어제 옷 그대로 입고 갈 거야?]

할아버지는 오늘 볼 선에 대해 아주 많은 관심을 가지셨다. 그냥 그가 사업의 연장선쯤, 아니, 야비한 사업 파트너의 자존심을 긁으려고 보는 선인데도 할아버지는 평소 선 한 번 안 본 그가 선을 본다니 좋으신 모양이었다.

"사무실에 옷 있습니다."

[그래?]

그제야 안심을 하는 것 같았다. 할머니가 돌아가시고 그의 옆에서 세세하게 챙겨줄 사람이 없다 보니 할아버지의 관심이 그에게 쏠려 있는 게 어쩌면 당연한 일이었다.

"네."

[얼른 들어와. 할 얘기가 있으니까.]

할아버지는 할 말만 하고 전화를 끊으셨다. 언제나 이런 식이었지만 재훈은 이제 익숙해져서 그러려니 했다. 침대에서 몸을 일으킨 그는 어젯밤에 그녀가 남겨놓은 시트 위의 흔적을 말없이 바라보았다.

"처녀였다니."

그녀를 처음 봤을 때 그 뒷모습에 시선을 빼앗겼었다. 스파이더맨에게 비키라며 꾹꾹 찌르던 여자의 뒷모습이 웃기면서도 묘하게 그의 시선을 사로잡았었다. 친구 현수가 급하게 만나자고 해서 간 자리였는데 약속도 잊고 그녀의 옆으로 자석에 이끌리듯이 갔다.

불빛과 끈적이는 음악 그리고 술이 어젯밤 그들을 하나 되게 만들었다. 이름도 묻지 않았고 그녀 또한 그에게 이름을 묻지 않았다. 이렇게 마음에 드는 여자를 그냥 놓친 적은 한 번도 없었다. 섹시함과 청순함을 동시에 가진 여자였다.

어쩌면 그를 알고 의도적으로 접근한 여자일지도 몰랐다. 그는 지금 대한민국에서 가장 핫한 싱글이니까 말이다.

"모르는 게 이상하지."

그는 몸을 일으켜 욕실로 향했다. 그녀가 다시 연락한다에 전 재산을 걸 수도 있을 것 같았다. 그녀와의 섹스를 생각하자 그의 아랫도리에 힘이 들어갔다. 얼마 만에 여자를 안았는지 이제는 기억조차 나지 않았다.

"내가 그동안 너무 굶었어."

이렇게 말을 하며 그는 샤워기 아래에 섰다. 그의 구릿빛 피부에 투명한 물이 갈색으로 물들어 흘러내리는 것만 같았다. 여자와 즐거웠던 기억은 한 번도 없었다, 더더구나 만족했던 기억은 전혀 없었다.

늘 회사 일로 복잡한 그는 깊은 잠을 잘 수 없었는데 어젯밤 그는 정말로 곤하게 잠을 잤다. 술 때문인지 그녀 때문인지 알 수는 없지만 말이다. 어쨌든 간만에 여자를 기다리는 재미를 느낄 수 있을 것 같았다.

화장대에 앉아 수많은 화장품들을 멍하게 바라보고 있었다. 삭신이 쑤신다는 말을 오늘 서연은 온몸으로 느끼고 있었다. 그녀 평생 있으리라고는 생각도 하지 않았던 원나잇을 어제 하고야 말았다. 허리도 아프고 아랫도리는 홧홧했다.

아버지 때문이라고 해도 그녀 스스로 택한 일이었다. 후회는 없었다. 처음으로 남자를 받아들였지만 그는 정말 최고였다.

어제 메이크업 박스와 명품 정장이 호텔로 배달되어 왔다. 깨끗한 피부 위로 기초 화장품을 바르는 그녀의 손길에 힘이 하나도 없었다. 기계적으로 손은 움직이고 있었지만 눈은 여전히 멍하게 메이크업 박스에 고정이 되어 있었다.

자신의 욕심을 채우기 위해서라면 물불을 안 가리는 아버지의 딸로 태어나서 그녀는 잃고 살아야 하는 것이 너무나 많았다. 아버지의 수많은 핍박을 받으면서도 엄마는 아버지를 아직도 사랑하고 계셨다. 일개 비서에서 업계 3위의 대주건설 며느리로 들어가 그녀를 낳기까지 엄마에게는 단 한순간의 행복도 없었다.

유난히 병약했던 엄마는 서연을 낳고부터는 몸이 더 약해졌고 아버지는 이런 엄마를 점점 멀리했다. 그리고 그 핑계로 아버지는 수많은 여자들과 염문설을 뿌리셨고 어머니는 그냥 허깨비처럼 사셨다.

아버지의 끝없는 바람기에 엄마는 지쳐 갔고 급기야 지금의 김 여사와의 사이에서 자식이 생겼다. 김 여사는 다른 여자들이 돈만을 원하는 것과는 다르게 대주건설의 사모님이 되고 싶은 욕심 많은 여자였고 아버지는 그녀의 등살에 못 이겨서 엄마와 그녀를 집에서 내쫓고 김 여사와 그녀의 딸을 집안으로 불러들였다.

하지만 그게 다였다. 아버지는 지금까지 김 여사를 호적에 올리지 않았다. 다만 딸만이 아버지의 호적에 올라 있었다. 아버지는 엄마와의 이혼을 원치 않았다. 그건 확실했다.

정확한 건 엄마도 말을 안 해서 모르겠지만 소문에 의하면 아버지가 대주건설을 인수하며 큰형님의 것을 빼앗자 아버지에게 실망을 한 엄마가 집을 나왔다는 얘기도 있었다.

화가 난 엄마가 아버지의 이혼 요구를 받아들이지 않았다는 말도 있었지만 엄마에게 들은 게 아니어서 확실하지는 않았다.

삼 년이 지나도록 연락 한 통 없던 아버지로부터 연락이 왔다. 그때를 생각하면 지금도 한숨이 나온다.

"여보세요?"

[나다.]

하도 오랜만에 듣는 목소리라서 처음에는 누군가 했다. 어머니의 병원비는 아버지의 비서가 꼬박꼬박 부쳐 주었기 때문에 아버지보다는 비서와 더 전화 통화를 자주한 서연이었다.

"누구세요?"

[넌 아버지 목소리도 잊었냐?]

"들어본 지가 너무 오래돼서요."

서연은 그동안 서운했던 마음을 담아 말했다.

[여전히 예의가 없어. 네 어미가 뭘 가르친 거야?]

엄마의 말이 나오자 서연은 이를 악 물고는 안부를 물었다.

"네, 그동안 잘 지내셨어요?"

[그래.]

"갑자기 어쩐 일이세요?"

[서연이 네가 한국으로 와야겠다.]

"네?"

뜬금없는 아버지의 말에 서연은 당황했다. 아버지는 모르는 사람처럼 그렇게 살면 되는데 왜 갑자기 그녀를 그들의 삶으로 끌어들이려 하는 것일까?

"제가 왜요?"

[오라면 올 것이지 뭐 그렇게 잔말이 많아.]

"아버지!"

너무나 황당한 마음이 들었다. 아픈 어머니 안부조차 묻지 않는 사람이 이제는 아버지로서 명령을 하고 있었다. 언제부터 아버지였다고.

[아참, 그리고 너 남자친구 없지?]

"네? 무슨 말씀이신지? 그리고 내용을 알아야 제가 가죠."

[여태까지 먹여주고 보살펴 준 게 누군데 지금 꼬박꼬박 말대꾸야?]

"그건 아버지니까 당연히 해주셔야 하는 거 아니에요?"

그녀도 지지 않고 말했다.

[그래, 널 지원하는 건 해줄 수 있지만 이혼할 와이프의 몫까지 챙겨줄 건 없지.]

"이혼요?"

[네가 이번에 이곳에 와서 결혼을 하지 않는다면 네 엄마와 이혼할 것이고 엄마에 대한 지원 역시 끊길 거다. 안 그래도 병원비하고 네 생활비를 대주느라 이쪽에 있는 식구들은 챙기지도 못하는데 잘된 일이지. 내 입장에선.]

"결혼이요?"

3년 만의 통화였다. 그런데 다짜고짜 결혼이라니, 무슨 조선시대도 아니고. 아버지는 그녀에게 신랑 얼굴도 모르는 결혼을 하라고 말하고 있었다. 결혼이라는 얘기에 다른 말은 아예 귀에 들어오지도 않았다.

"하하하, 아버지."

웃음이 났다. 기가 막힌다는 말은 이럴 때 쓰는 말 같았다.

[내 말이 우스운가 보구나. 그럼 당장 네 어미와 이혼 소송을 진행해야겠어.]

"이혼이라뇨. 이게 말이 되는 소리라고 생각하세요? 그럼 저희는 가만히 있어요? 위자료를 받아야죠."

[네가 모르는 게 있는데, 너랑 네 엄마를 집에서 내보낼 때 난 이미 위자료를 지급했어.]

그건 아버지의 말이 맞았다. 그래서 그들은 부유하진 않았지만 행복하게 살았었다. 아무리 생각해도 지금은 그들이 불리한 상황이었다. 머리를 써야 했다.

"아버지, 엄마가 요즘 상태가 많이 안 좋으세요. 차라리 미국보다 한국에 계시는 게 더 좋을 것 같아요."

[지금 딜을 하는 거냐?]

"아니요, 한번쯤은 엄마를 생각해 달라는 거예요."

[알았다. 네가 이 결혼을 성공적으로 해낸다면 네 엄마를 한국으로 데리고 오마.]

"알겠어요. 한국으로 갈게요."

엄마의 상태가 극도로 악화되어 가고 있었다. 의사도 가망이 없다는 듯이 말했고 마음의 준비를 하라는 말만을 되풀이했다. 엄마는 상황이 안 좋은데도 아버지를 가끔씩 찾았고 그럴 때마다 서연은 가슴이 아팠다.

"엄마를 한국으로 모시고 가야겠어."

면 타국에서 돌아가시게 하느니 차라리 한국에서, 그래도 아버지의 얼굴이라도 한 번 보고 돌아가시게 하는 게 나을 것 같다는 생각이 들었다.

결혼이야 그녀가 정한다고 되는 것도 아니고 상대 역시 마음에 들어야 하는 것이니까 미리 걱정을 할 필요는 없었다. 지금은 엄마만 생각하기로 했다.

아버지와 통화 후 이틀 뒤에 서연은 비행기를 탔다. 병원에 있는 엄마에게는 한국에 먼저 가서 엄마와 다시 한국에서 살 준비를 할 거라고 말했다. 루게릭병 때문에 점점 말라가는 엄마는 이제는 말만 겨우 하는 단계였다. 그래도 한국으로 온다니 행복해하는 엄마의 모습을 잊을 수가 없었다.

한국에 온 지 일주일이 지났고 아직 아버지의 얼굴도 보지 못했다. 아버지의 비서가 그녀를 돌보며 이 말 같지도 않은 선을 준비하게 했다. 하도 어이가 없어서 웃음뿐이 안 나오는 조건이 걸린 결혼이었다.

"처녀여야 한다."

그녀는 이제 처녀가 아니었고 아버지는 그녀를 미국으로 내칠 것이다. 엄마를 한국으로 모시고 오겠다는 일념하에 벌인 일이었다. 병원비야 뉴욕의 집을 팔면 충분했고 생활비도 벌면 그뿐이었다. 하지만 돌아가시기 전에 엄마가 한국에서 아버지와 재회의 기쁨을 누리게 해드리는 일은 가능성이 희박해지고 말았다.

너무나 단순하게 생각을 하고 한국에 왔는데 일은 쉽게 풀릴 것 같지 않았다. 아버지를 향한 복수심보다는 엄마를 향한 애틋한 마음이 더 강했기 때문에 가능했던 일이었지만, 아버지의 안중에는 엄마가 없기 때문에 이 모든 계획을 포기하고 미국으로 돌아갈 일만 남았다. 그전에 꼭 아버지가 망신을 당하고 사업에서 손해를 보게 만들 것이다.

"정신을 차려야 해."

이제 더 이상 아버지의 손에 놀아나고 싶지는 않았다. 진작에 이 방법을 택했다면 이곳에 오지 않아도 되는 것을 후회가 되었다.

그녀는 전화기를 들었다.

[여보세요.]

엠마의 목소리였다. 자주 전화를 하면 정말로 보고 싶을까 봐 그녀는 일부러 미국에 전화를 하지 않았었다.

[서연, 왜 이렇게 연락을 안 해. 보고 싶은데…….]

엠마의 목소리에 물기가 촉촉하게 느껴지고 있었다.

"엄마는?"

[사모님 많이 아파. 집에 가고 싶다고 해.]

"엠마도 한국에 오고 싶지?"

[응.]

"알았어. 내가 엠마하고 엄마 꼭 한국으로 오게 해줄게."

[어떻게?]

"내가 알아서 할 테니까 걱정하지 마."

뉴욕으로 가서 집을 팔고 한국으로 들어와야겠다고 마음을 먹었다. 일단은 약간의 돈이 있으니까 그렇게 하면 한국에서 살 수 있을 것 같았다. 오늘 일은 확실하게 매듭을 지어야 했다.

똑똑!

그녀의 치장을 돕기 위해 사람들까지 왔다. 굳이 안 와도 되는데 이번 선이 아버지에게는 중요한 것 같았다. 앞으로의 일을 생각하니 웃음이 나왔다. 아버지로서도 어쩔 수 없이 그녀에게 당할 일만 남았다.

재훈의 발걸음이 빨라졌다. 숙취로 인해 온몸이 나른했지만 일단 옷부터 갈아입고 회장실을 찾았다. 짙은 회색 슈트가 그의 몸에 피부처럼 착 감겨 있었다.

"회장님."

김철훈 회장이 손자를 마음에 들지 않는 표정으로 바라보고 있었다.

"얼굴 꼴이 그게 뭐냐?"

"제 얼굴이 어때서요."

"씨래기 길바닥에 집어 던져 놓은 것 같아."

부모님이 사고로 돌아가신 후에 할아버지는 그의 아버지이고 어머니였다. 그래서 잔소리는 얼마 전에 돌아가신 할머니의 몫까지 더해져서 언제나 4인분이었다.

"난 그 아이가 마음에 들더구나. 사진으로 봤을 때도 마음에 들었고 소문으로도 착한 아이인 것 같아서 말이다. 솔직히 윤대식 사장은 별로지만."

"……."

"근데 그 결혼 조건이라는 게 난 좀 그렇더구나. 처녀여야 한다고 대놓고 얘기하는 건 아가씨에 대한 실례 아니냐?"

"재벌가에 빼어난 미모, 거기에 학벌까지 갖춘 아가씨들은 널리고 널려 있습니다."

"그런데?"

"저는 윤대식 사장과 거래를 했습니다. 윤 사장은 옛날 왕과 귀족 간의 사돈을 맺는 일을 거론하면서 확실한 관계를 원하고 있었습니다. 그래서 저도 그에 걸맞은 조건을 내건 것뿐입니다."

재훈이 불만이 가득한 투로 말했다.

"이놈아. 무슨 일이 장난이야?"

"그리고 솔직히 윤대식과 같은 성격의 딸이라면 거절할 빌미도 있어야 한다고 생각했습니다."

"거절을 어떻게 해? 그리고 윤대식의 딸은 애가 괜찮다니까."

"어떻게 그렇게 잘 아십니까?"

재훈의 질문에 할아버지는 갑자기 말을 돌려 버렸다. 뭔가 뒷조사라도 하신 게 분명했다. 그러지 않고서야 이렇게 대놓고 편을 드실 수는 없었다.

"그래서 이번에는 어떻게 하려고? 확인할 수도 없는 일이고."

"만난 후에 병원에서 확인증을 받아오게 할 예정입니다."

"재훈아."

할아버지는 그의 이런 점을 못마땅하게 여기셨다. 상대를 누르려고만 하는 그의 성격이 언제나 고스란히 사업에도 반영이 되었기 때문이었다.

"대주건설과 사돈을 맺고 싶기는 한 거야?"

"이번에 대주유통을 인수 합병하는 대신에 건설사가 없는 성도그룹이 대주건설의 부실 채권을 막아주고 회사 경영에 힘을 실어주기 위함입니다."

"결혼을 그래서 하는 거야?"

"아닙니다. 대주건설 사장의 딸이 효심이 깊다는 건 다 아는 일 아닙니까? 그 아빠가 망나니라는 사실과 함께 말입니다. 물론 처녀라는 조건에 맞아야 하지만요."

할아버지가 미심적은 눈으로 그를 쳐다보았다.

"그래서 효심 때문에 결혼을 한다?"

"네."

“너나 효도 좀 해.”

“…….”

“아가씨의 얼굴은 보기라도 한 거야?”

“대주건설 사장의 딸이니 비슷하게 생겼겠죠. 그리고 오늘 보면 되고요.”

“그래서 정말 못생겼으면 어쩌려고?”

“사람이 얼굴로 결혼 생활을 하나요?”

“그런데 반드시 처녀여야 하고?”

할아버지가 마음에 안 드시는지 인상을 쓰셨다.

“처녀기만 해도 결혼합니다.”

“일단은 오늘 선에 대해선 좀 더 신경을 써.”

“네.”

회장실을 나온 재훈은 자신의 사무실로 들어갔다. 서른 살의 그는 앞만 보고 달려왔다. 어린 나이에 부모님을 잃고 할아버지의 밑에서 자란 그는 많은 사랑을 받았지만 까칠한 성격의 소유자이기도 했다. 그런 그를 대주건설의 사장이 건드리고 말았다.

건설의 불황을 만회하고자 대주건설은 무리하게 경험도 없는 유통 사업에 뛰어들어 시장 질서를 흔들어놓았다. 그리고 성도유통의 직원들을 마구잡이로 빼내가기 시작했다.

업계 1위의 성도유통이 신생 대주유통에 흔들리기 시작했다. 상황이 악화되자 재훈은 대주건설의 사장이자 대주유통의 대표인 윤대식을 만났다. 그때의 일을 생각하면 지금도 혈압이 상승했다.

조용한 한식집에서 만난 그는 작은 키에 비열한 웃음을 짓는 남자였다. 오랜 건설사 생활로 그는 뒤에서 로비하는 법부터 배운 아주 닳고 닳은 남자였다.

“무슨 일로 성도그룹의 사장님께서 이렇게 작은 회사의 사장을 다 만나자고 하시는지?”

“저도 이렇게 제가 나서게까지 일이 확대되지 않기를 바랐는데 말입니다.”

재훈은 그에게 지지 않았다. 그보다 빨리 말을 끝내고 이 자리를 뜨고 싶다는 생각뿐이었다.

“저희 직원들이 대주유통으로 많이 넘어간 모양입니다. 스카웃을 한 직원이 다른 직원을 스카웃해 오면 인센티브를 주신다고요? 그리고 입점 업체에게도 성도유통에 들어가지 않으면 수수료를 깎아주시고요?”

“우리의 영업 비밀을 정말 잘 아시네요.”

남자는 자신의 잘못된 영업 방식을 굳이 숨기려 하지 않았다.

탁!

“아직 저를 비꼬며 이야기하시기에는 이른 단계 같습니다만.”

재훈이 신랄하게 말을 하며 서류를 그의 앞에 던졌다.

“이건, 건설사의 수주현황이고 이건 대주건설의 재무현황입니다. 얼마 안 있으면 대금을 막으셔야 할 텐데 그걸 유통에서 끌어다 쓰신 모양입니다. 이러면 유통 업체들의 결제가 이루어지지 않을 거고 건설에 이어 유통까지 깔끔하게 두 달 내로 말아드실 것 같습니다만.”

“흐흠.”

재훈의 지적에 남자의 얼굴이 굳었다.

“1년은 잘 끌어오신 거죠. 성도유통에서 교육받은 유능한 직원들을 데려다가 말이죠. 거기에 마트에서 싸게 팔아서 돈을 끌어 모은 후에 건설사에 쏟아붓느라 유통 거래처의 결제는 뒤로 미루고 말입니다.”

“…….”

“그래서 말인데 오늘 제가 이곳에 온 이유는 하납니다. 대주유통을 저희에게 넘기십시오.”

그의 의도를 알아차린 윤대식의 눈이 반짝거렸다.

“그렇게 해서 팔아야 한다면 전 태양유통에 팔아도 됩니다만.”

“태양유통은 덩치만 큰 대주를 인수할 능력이 안 되죠. 싫으시다면 아깝기는 하지만 저희도 굳이 인수할 필요는 없습니다.”

재훈은 유통에 각별한 애정을 가지고 있었다. 성도그룹의 모든 계열사들은 할아버지에 의해 만들어졌지만 유통은 처음부터 그의 손에 의해 만들어졌기 때문이었다.

오늘날 그를 재벌가의 후계자가 아닌 전문 경영인의 반열에 오르게 한 것도 다 성도유통 때문이었다. 계속해서 업계 1위의 자리를 지키고 싶었다. 그리고 이번에 대주유통을 인수한다면 정말로 대한민국 최고의 유통망을 가지는 것이었다.

"제가 대주유통을 넘기는 대신에 대주건설의 채권을 막아주십시오."

"……."

예상하지 못한 부분은 아니었다. 그의 비열함이라면 충분히 그러고도 남을 일이었다. 하지만 재훈은 아무런 표정을 짓지 않았다. 그에게 쉽게 먹이를 던져 주고 싶지는 않았다.

"생각해 보죠. 전 거기까지는 아직 생각지 않았습니다."

"그리고 한 가지 더."

지금은 윤 사장이 지극히 불리한 상황인데도 자신의 요구 조건을 아주 당당하게 말하고 있었다.

"저에게 확실하게 성도가 저희 편이라는 걸 보여주셨으면 합니다."

"편이라면?"

"예전에도 서로 필요에 의해 왕과 귀족이 서로 사돈을 맺지 않았습니까? 저에게 여식이 있고 김 사장님도 아직 싱글이시니 사돈을 맺음이 어떨까 해서요. 그럼 대주유통이 성도에 합병이 되어도 세간에서는 담합이다 하는 말이 쏙 들어갈 것 아닙니까?"

비열함과 잔꾀로 무장한 인간이었다.

"그것 또한 생각을 해보지요."

"언제까지 제가 연락을 기다릴까요?"

"수일 내로 드리겠습니다."

"저도 그럼 답변을 기다리고 있겠습니다."

재훈은 한시도 지체하지 않고 그 자리에서 일어났다. 사돈을 맺자는 말에 놀라기는 했지만 그도 나름의 살 궁리를 한 것 같았다.

그렇게 해서 며칠 후에 그는 다시 윤 사장을 만났고 그의 조건을 수용하기로 했다.

선을 본 후에 마음에 안 든다 말하고 결혼은 하지 않으면 그만이었다. 그렇다고 그쪽에서 계약을 파기할 수는 없으니까 말이다. 그래서 그는 윤 사장에게 아주 자존심이 상하는 조건을 걸었다. 딸이 처녀여야 한다는 조건이었다. 그런데 화를 내야 할 그가 아주 당연하다는 듯이 그의 조건을 받아들였다.

"우리 딸이 처녀면 무조건 결혼하시는 겁니다. 하하하."

그는 오히려 이렇게 또 한 번 재훈을 열 받게 만들었다.

그 나물에 그 밥이라고 했던가? 저런 아비 밑에서 보고 배운 게 다 그렇겠지라는 생각이 들었다. 그렇게 하고 별로 신경을 쓰지 않았는데 그가 자신의 딸과 결혼한다는 얘기를 할아버지에게 흘렸고 할아버지는 지금 그를 이렇게 들들 볶고 있었다.

어차피 싫어하는 사람의 딸이라서 별 관심도 없는 그는 그녀에 대한 조사를 하지도 않았다. 그저 반반하게 생긴 버릇없는 재벌가의 딸일 것이라는 선입견이 그의 머리에 강하게 자리 잡고 있었기 때문이었다.

"사장님."

그의 상념을 박 비서실장이 깨웠다.

"레베카의 김 사장님께서 계속 전화를 하셨습니다. 그리고 이건 대주건설의 채권 상황에 관한 서류입니다."

"알았어요."

그는 개인 핸드폰을 들어 친구인 현수에게 전화를 걸었다.

"무슨 일인데 어제부터 안달이야?"

현수는 어릴 때부터 유일한 친구였다. 유성그룹의 막내인 그는 사업을 너무나 싫어해서 지금은 가족들의 반대에도 강남에 바를 하나 오픈하고는 조용히 살고 있었다. 한마디로 자유로운 영혼이었다.

[어, 미안해. 내가 좀 급해서.]

"돈 때문이야?"

유성그룹의 막내가 돈 문제로 이렇게 안달이 나지는 않을 것이고 뭔가 중요한 일이 있기는 한 것 같았다.

[그건 아니고 만나서 얘기하자.]

"오늘은 나 선봐야 해."

[아, 그래? 그럼 너 선보는 장소를 말해. 보나마나 그 여자 찰 거잖아.]

"빙고, 역시 너란 녀석은."

약속 장소를 말하고 전화를 끊은 그는 쌓인 서류에 사인을 하기에 바빴다. 앞으로 닥칠 일에 대해서는 꿈에도 모르고 말이다.

거울에 비친 그녀의 모습은 상상 이상이었다. 패션을 전공하는 그녀가 보아도 오늘 자신의 모습은 너무나 아름다웠다. 긴 생머리는 굵은 웨이브 스타일로 탈바꿈을 하였고 그녀의 얼굴은 화장을 한 듯 안 한 듯하게 해서 청순함을 살려주었다.

요 며칠 센 척하고 다니느라 짙은 스모키 화장을 했는데 오늘은 완전히 고급스러운 공주님의 컨셉이었다.

"어쩜 이렇게 예쁘세요?"

스타일리스트라 자신을 소개한 여자는 계속해서 그녀를 칭찬하기에 바빴다. 그리고 그녀의 스태프들도 서연의 미모를 입에 침이 마르게 칭찬했다.

벌컥!

노크도 없이 아버지가 그녀의 방 안으로 들어왔다. 놀란 건 그녀뿐이 아니었다. 그녀를 돕기 위해 모인 사람들의 시선이 문 앞으로 향했다.

"준비가 다 된 것 같구나. 어디 한번 볼까?"

아버지의 비서가 스태프들을 모두 방 안에서 내보냈다. 아버지는 소파에 앉아서 그녀를 마치 팔 물건을 쳐다보듯이 바라보았다.

"이만한 상품이면 최고지. 내가 만들긴 잘 만들었어."

이제는 아예 물건 취급이었다.

"어쩐 일이세요?"

이런 아버지에게 곱게 말이 나가기란 힘이 들었다.

"어쩐 일이긴, 딸이 선을 보러 나가는데 당부의 말을 하려고 왔지."

"제가 알아서 해요."

"알아서 하기엔 이번 선이 아주 중요하거든. 너나 나나."

아버지다운 얘기였다. 이익을 위해선 물불을 가리지 않는 사람이었다. 자기 자신만을 아는 사람이었다. 윤대주, 큰아버지가 일구어놓은 대주건설을 그냥 통째로 날로 먹은 사람이 아버지였다.

평생을 건설밖에 모르시던 큰아버지에게 횡령 혐의를 뒤집어씌우고 측근들을 포섭해서 큰아버지가 하는 일마다 방해를 하는 등 큰아버지가 젊은 시절부터 일구어놓은 대주건설의 사장이 되기까지 아버지는 온갖 비열한 짓은 다 저지른 사람이었다.

뭐든 자신에게 유리한 일이면 물불을 가리지 않는 그에게 가족은 밟고 일어설 대상 이외에 아무것도 아니었다.

"너의 처녀성은……."

"아버지!"

딸 앞에서 못하는 소리가 없었다. 처녀성을 운운하는 아버지나 그녀에게 처녀성을 요구하는 남자나 둘 다 매한가지였다. 그래서 아버지도 사진을 보여주지 않았지만 그녀도 선을 볼 남자에 대한 신상을 알아보지 않았다. 얼마나 무례한 인간인지 굳이 찾을 필요도 없었다. 궁금하지도 않았으니까 말이다.

"그래, 알지. 무사히 잘 지키고 있으리라는 것을 말이다. 그래야 김재훈에게 밉보이지 않거든. 그리고 첫 번째로는 네가 마음에 들어야 하는데 아마 그건 통과가 될 듯하구나. 넌 네 엄마와 똑 닮았어. 날 안 닮아서 다행이다."

그건 서연도 동감이었다. 작은 키에 못생긴 아버지는 자신의 아름다운 비서에게 꽂혀 결혼을 했으니까 말이다. 어머니는 아버지를 사랑해서 한 결혼은 아니라고 했다. 뱃속에 그녀를 임신했기 때문에 결혼을 했다고 했다. 하지만 이왕 결혼을 한 거 아버지만 바라보며 살기로 했다는 어머니의 말이 기억이 났다.

서연은 엄마에게 그냥 결혼하지 말지 그랬냐고 말한 적이 있었는데 엄마는 그때는 아버지가 대주건설의 사장도 아니었고 사랑은 하지 않았지만 그의 적극적인 구애에 마음이 움직였었다고 했다. 그게 얼마 가지 못했지만 말이다.

불쌍한 엄마, 루게릭병에 온몸이 굳어가지만 아직도 고운 마음을 가진 그녀의 엄마를 지금 아버지란 사람이 볼모로 잡고 있었다.

"아참, 내가 한 가지 말해두려고 왔다. 뉴욕에 집은 내 명의로 되어 있어. 그럴 리는 없겠지만 네가 딴생각을 할까 봐."

서연은 갑자기 멍해졌다.

"우리 딸의 얼굴이 그렇게 굳어지면 내가 어떻게 생각을 하겠어? 이번 일만 잘 성공시키면 네 엄마는 다시 서울에 오는 거야. 너도 재벌가로 시집을 가 더 좋은 환경에서 엄마를 돌볼 수 있을 거고. 어떻게 해서든지 그 뺀질거리는 김재훈을 사로잡으란 말이야."

눈물이 왈칵 쏟아질 것만 같았다. 아버지는 그녀의 머리 위에 있었다. 지금 후회해 봤자 소용이 없었다. 어떻게 해서든지 이 상황을 모면해야만 하는 상황이었다.

"왜 그렇게 이 결혼에 신경을 쓰시는 거죠?"

"대주건설의 운명을 틀어쥐고 있는 게 지금 성도그룹이란 말이다. 어떻게든 사돈 관계를 맺어야 돼. 그래야 네 엄마의 병원비도 대줄 수 있고."

끝까지 어머니를 볼모로 내세우고 있었다.

"네가 효녀라는 소문이 나서 성도그룹의 회장이 널 좋게 본 모양이더라. 우리에겐 더없이 잘된 일이지만 말이다. 이따가 잘해. 네가 잘해야 모두가 편안해지니까."

아버지는 이렇게 자기 할 말만 하고는 호텔방을 나갔다. 30분 후면 이 호텔 레스토랑에서 아직 얼굴도 모르는 남자를 만나야 한다.

시계가 6시 50분을 가리키고 있었다. 드디어 10분 전이었다. 서연은 몸을 일으켜 약속 장소인 레스토랑으로 향했다. 도살장에

끌려가는 소처럼 그녀는 지금 기운이 없었다. 아버지에게 복수한답시고 벌인 일이 상황을 악화시켜 버렸다. 그녀는 아버지를 이기기에는 아직 한참 아래였다.

속이 타들어가는 게 이런 것일까. 클러치 백을 든 그녀의 손에 자꾸만 땀이 배어 나왔다. 뉴욕의 집을 너무 믿었었다. 이렇게 되면 엄마의 병원비가 당장 문제였다.

"젠장!"

예쁘게 옷을 입고 화장까지 곱게 한 그녀였지만 지금 입에서는 거친 말들이 쏟아져 나오고 있었다. 원래 이렇게 무계획의 사람이 아닌데 아무래도 말도 안 되는 상황에 처하다 보니 서연 자신도 너무 생각 없이 굴었던 것 같았다.

아니, 너무 생각을 해서 자신의 꾀에 자신이 발목을 잡힌 꼴이 되어버렸다.

그녀가 씩씩거리며 가자 사람들이 서연을 힐끔거리며 보았다. 지금은 사람들의 시선 따위는 아무것도 아니었다. 그녀의 처녀성이 이렇게 중요한 일이 되어버릴 줄은 몰랐다.

그동안은 엄마의 병간호를 하느라 남자친구를 만들 시간조차 없었다. 꼭 처녀성을 지키고 싶은 건 아니었다. 그냥 지켜졌다. 그리고 그녀는 어제 그걸 훌훌 벗어버렸다.

"후~"

한숨이 나왔다. 일단은 그를 만나서 잘 얘기를 하는 수밖에 없었다.

"처음 보는 남자와 처녀성을 가지고 얘기를 해야 하다니."

생각할수록 기가 막혔다. 레스토랑에 예약된 자리에 앉았다. 아직 그는 오지 않고 있었다. 창밖으로 보이는 도심의 모습이 뉴욕 병원에서 바라보던 야경과 많이 닮아 있었다.

"어쩌지?"

눈물이 나올 것 같았다. 잠시 철없던 생각 때문에 일이 복잡해져 버렸다. 가지고 있는 돈으로는 서울에서 전셋집도 못 구하고 당장 엄마의 병원비도 감당이 되지 않았다. 지금 오는 남자에게 자신이 처녀가 아니라는 사실이 알려진다면 아버지는 불같이 화를 내며 그들 모녀를 죽이려 들 것이다.

정신이 하나도 없는데 앞에 앉은 남자가 자꾸만 그녀를 쳐다보고 있었다. 신경이 쓰였지만 지금은 그냥 무시하는 게 상책이었다.

30분이 지났는데도 상대 남자는 오지 않았고 앞의 남자는 점점 더 노골적인 시선을 보내왔다.

앞의 남자는 캐주얼 차림이라 선을 보러 온 것 같지는 않았다. 눈길을 주지 않으려고 애를 쓰고 있었지만 참 신경에 거슬렸다.

"저기……."

그 남자가 다가와 웃으며 그녀의 허락도 없이 맞은편에 앉았다. 마치 그녀를 만나러 온 사람처럼 아주 자연스럽게 자리에 앉는 그를 서연은 어이없다는 듯이 쳐다봤다.

"누구시죠?"

"이런 말 하면 이상하게 들리실지 모르겠지만 너무 아름다우셔서요."

"네?"

"제 마음에 들었단 말입니다."

서연은 기가 막혔다. 그동안 남자들이 많이 꼬이기는 했지만 어제오늘처럼 남자들이 하루하루 다르지는 않았다. 남자의 난이었다.

"죄송한데 오늘 제가 약속이 있어서요."

"이렇게 30분이나 아름다운 숙녀 분을 기다리게 하는 시간관념이 없는 남자는 만나지 않는 게 좋습니다."

그는 일어나려고도 하지 않았다. 인물을 보니 어디 가서 빠지는 얼굴은 아니었다. 그리고 이렇게 여자에게 마구 덤비는 스타일 같지 않게 그는 고급스러움을 풍기고 있었다.

"성함이 어떻게 되시죠?"

"……."

"민망하네요. 말씀이 없으시니. 저는 김현수입니다. 이건 제 명함이구요."

그가 명함을 그녀 앞으로 놓았다.

"레베카……."

분명 어디선가 본 이름인데 기억이 나지 않았다. 여전히 앞의 남자는 환한 미소를 지으며 자리에서 일어날 생각을 하지 않고 있는데 선볼 상대인 김재훈이라는 남자는 나타나지 않고 있었다.

"저 그렇게 나쁜 사람 아닙니다."

남자는 쉴 새 없이 자신에 대해 이야기를 하고 있었지만 서연은 그저 출구만을 바라보았다. 5분 내로 그가 오지 않는다면 아버지에게 전화라도 할 생각이었다. 지금은 그녀가 기분이 나쁘다고 해서 선을 볼 상대를 만나지 않고 갈 수 있는 상황이 아니었다.

"이름이라도 가르쳐 주시면……."

앞의 남자의 목소리는 이제 아예 그녀에게는 관심이 없었다. 남자에게 바람을 맞아 자신의 얘기조차 할 수 없다면 진짜로 난감한 상황이 되는 것이었다.

"제발……."

서연은 애타게 출구 쪽을 바라보고 있었다.

오늘따라 길이 많이 막혔다. 특별히 약속 시간을 어기는 사람은 아니었는데 그녀와는 인연이 아닌 것 같았다.

"죄송합니다. 길이 너무 막혀서요."

운전기사가 어쩔 줄을 몰라 하고 있었다.

"괜찮아."

지금 아쉬운 건 그가 아니라 그녀였다. 한 시간을 기다린다고 해도 할 말이 없을 것이다. 하지만 지금 그가 걱정을 하는 건 현수였다. 뭔가 급하게 부탁을 할 게 있는 것 같은데 현수와는 며칠째 타이밍이 맞지 않고 있었다.

이렇게 자신을 찾으며 뭔가를 말하려고 애쓰는 스타일이 아닌데 무슨 일인지 궁금했다. 안 좋은 일이 아니길 바랄 뿐이었다. 아니면 유성그룹의 골칫거리인 예나가 또 사고를 쳤든지 말이다.

예나는 현수의 쌍둥이 누이동생이었다. 여자가 얌전할 거라는 걸 여지없이 무너트린 친구였다. 하지만 지금은 미국에 체류 중이라서 그건 아닌 것 같은데 이상하게 안 그러던 녀석이 보채니까 걱정이 되었다.

그들 사이에 가장 문젯거리는 예나이긴 했다. 단지 그때의 일을 지우고 싶기 때문에 현수나 재훈 둘 다 예나의 얘기를 안 한 지는 오래되었다. 설마 미국에서 치료 중인 예나의 일은 아니겠지? 재훈은 아니기를 바랐다.

이런저런 생각을 하다 보니 서울호텔에 도착했다. 하루 종일 그를 괴롭혔던 어제의 기억이 다시 떠올랐다.

서울호텔, 낯선 여자와 밤을 보냈던 호텔에 하루 만에 다시 오니 기분이 묘했다. 불같은 여자였다. 처음이라고는 믿어지지 않을 만큼 여자는 젖어 있었다.

태어나서 처음 원나잇을 한 그였다. 어릴 적에도 그는 원나잇은 하지 않았다. 하지만 어제는 무슨 일인지 그는 자신의 몸이 이끄는 대로 행동했다. 그렇게 자신을 끌어당긴 여자는 한 번도 없었다.

그의 품 안에서 미친 듯이 열정적이었던 그녀는 처녀였다. 지금도 그 생각을 하면 아찔했다. 그녀는 본능적으로 그를 리드할 정도로 섹시했고, 마치 그를 위해 만들어진 여자 같았다. 그래서 그는 멈출 수가 없었고 지금도 그녀가 생각이 났다.

지금은 언제쯤 그녀에게 연락이 오게 될지 은근히 기대 중이었다. 제발 오래 기다리지 않기를 바라면서 말이다.

한 가지 걸리는 게 있다면, 여자는 어디서 본 듯 자꾸만 낯이 익었다. 어디서 본 적이 있기는 한데 술집 아가씨 같진 않고 분명히 그는 그녀를 보았다. 그것도 아주 가까이서 말이다. 사람을 잘 기억하는 편은 아니었지만 그녀는 분명 그의 기억에 있었다.

그러다 문득 선을 보러 가면서 다른 여자를 생각한다는 게 우스운 일이라는 생각이 들었다.

레스토랑에 도착한 그는 자신을 알아본 지배인의 안내로 예약된 테이블로 향했다. 오늘따라 레스토랑 안에는 사람이 많지 않았다. 그래서인지 누가 그를 기다리는지 한눈에 들어왔다.

재훈의 시선이 여자를 향했다. 그리고 그의 미간이 점점 좁아졌다. 옆모습이었지만 그녀의 생김새가 선명해질수록 그의 머릿속에 떠오르는 이미지와 가까워지고 있었다. 자신의 심장이 이렇게 미친 듯이 뛸 거라고는 상상도 하지 못했었다.

그녀였다. 자신의 품 안에서 불나방같이 몸을 불태웠던 그녀가 지금 그의 눈앞에 있었다.

"잠깐, 내가 갈 테니까 됐어요."

지배인을 보내고 그는 여자의 앞으로 한발 한발 다가갔다. 그의 눈엔 어제와 많이 다른 모습의 여자가 앉아 있었다. 어제도 아름다웠지만 오늘에 비할 바가 아니었다. 그리고 그는 그녀를 어디서 보았는지 기억해 냈다.

비행기 안에서 효심이 강했던 그녀였다. 대주건설의 효심 깊은 딸 윤서연이 그가 그토록 오매불망 그리던 여인이었다는 게 믿어지지 않았다. 하지만 그녀 앞에는 남자가 앉아 있었다. 어디서 많이 본 실루엣이었는데 지금 그는 그걸 신경 쓸 때가 아니었다.

오늘은 청순 버전으로 남자를 유혹하고 있는 그녀였다. 섹시한 모습이든 청순한 모습이든 그녀는 남자들에게 위험한 존재임에는 틀림이 없었다.

그녀 앞의 남자가 그녀에게 명함을 건네고 있었다. 남자에게 명함을 받은 것만 봐도 그의 눈에서 레이저가 나오려고 하는데 그녀는 한술 더 떠서 뭐라고 남자에게 말을 했다.

속이 탔다. 빠르게 발걸음을 옮기고는 있었지만 그가 다가가기까지 그녀와 남자는 적지 않은 대화를 나누고 있었다.

"나 만나러 온 거 아니었나?"

재훈은 여자를 보며 위험스러운 낮은 저음으로 말했다. 그의 눈에는 그에게 등을 지고 앉아 있는 남자 따위는 안중에도 없었다. 그의 등장에 남자가 자리에서 일어서려고 하자 재훈이 그의 어깨를 눌러 다시 앉혔다.

놀란 여자와 재훈의 눈이 공중에서 뜨겁게 부딪쳤다. 여자의 놀란 눈 안에 그가 가득 차 있었다.

앞의 남자가 그의 행동에 액션을 취해야 하지만 남자는 그냥 그를 올려다볼 뿐이었다. 남자와 눈이 마주친 재훈은 깜짝 놀라고 말았다. 현수였다.

하지만 놀란 건 그만이 아니었다. 마치 죄를 짓다 들킨 사람처럼 여자의 얼굴도 하얗게 질려 있었다. 아마도 이렇게 재회하리라고는 상상도 못했던 것 같았다.

"재훈아, 선보는 거 아니었어? 난 아주 마음에 드는 아가씨를 만나서 어필 중이시다. 벌써 차고 온 거야?"

현수는 오히려 반갑게 그를 맞으며 자신의 어깨 위에 놓인 그의 손을 잡았다. 귀티가 나는 현수는 남성스럽게 생긴 재훈과는 다른 외모의 소유자였지만 부드러운 인상 때문에 여자들에게 인기가 많았다. 그리고 현수도 여자를 어떻게 유혹하는지 잘 아는 친구였다.

"아니."

"그럼?"

재훈이는 아주 신이 난 아이처럼 말을 하고 있었다.

"김재훈 씨인가요?"

놀란 토끼 눈을 한 그녀가 떨리는 음성으로 물었다. 분명 그녀는 떨고 있었다.

"오늘 만나기로 한 윤서연입니다."

기가 막힌다는 표현이 딱 맞았다.

"뭐야?"

당황한 현수가 상황을 물었다.

"오늘 선보는 게 이 아가씨야?"

"그런 것 같아."

재훈은 당황스러웠지만 현수의 물음에 대답했다.

"현수야, 오늘은 네가 자리를 비켜줘야 할 것 같아. 이 아가씨와 얘기가 길어질 것 같거든."

현수가 자리에서 일어나 그의 목에 팔을 두르며 뒤로 돌아섰다.

"뭐야, 마음에 드는 거야?"

"마음에 들든 안 들든 저 아가씨와 할 얘기가 많아서 오늘 약속은 못 지키겠다. 내일 전화할게."

"뭔데? 난 대시도 못하고 까이는 거냐?"

"응, 일단 빨리 가라."

"뭔가 수상해."

현수는 다시 한 번 여자를 보더니 아주 정중하게 인사를 하고는 사라졌다. 재훈은 자리에 앉자마자 현수의 명함을 찢어버렸다.

"남자를 유혹하는 재주가 남다르군."

재훈은 최대한 빈정거리는 투로 말했다. 그녀가 남자와 있었다는 게 몹시 거슬렸다.

"역시 한국 사람은 한국에 살아야 하나 봐요. 뉴욕에서는 없던 인기가 여기서는 포텐을 터트리니 말이에요."

보기와는 다르게 서연 또한 그의 말에 기죽지 않고 빈정거리며 말했다.

"오늘은 청순 컨셉인데 말은 걸 크러쉬군."

순간 여자가 입을 다물었다. 순간 뭔가 이러면 안 되겠다는 얼굴이었다.

"내가 여기에 온 건 거절하기 위해서였지."

"……."

그의 말에 기뻐해야 할 여자의 얼굴이 사색이 되어가고 있었다.

"내가 거절을 하면 안 될 것 같은 분위기군. 어제저녁에 내가 마음에 들긴 했나 봐."

눈치 빠른 재훈이 이렇게 말하자 그녀가 움찔했다. 아무래도 정곡을 찌른 것 같았다. 뭔가 이유가 있다는 생각이 들었다. 요즘 같은 세상에 아버지의 말만으로 결혼을 정하는 여자는 없으니까 말이다.

"원래 이렇게 무례한 사람은 아니라고 생각했어요."

"내가 지금 무례했나? 사실을 말하고 있는 거라고 생각했는데?"

"미안해요. 저도 오늘은 좀 예민해진 것 같아요. 원래 이렇지 않은데. 이해해 주세요."

자신의 생각을 들키자 서연은 감정에 호소하려고 했다. 어림없는 일이었다.

"나도 사람에 따라 다르지. 특히 나의 돈을 보고 덤벼드는 꽃뱀의 경우는 더더욱."

"저는 돈을 요구한 적이 없는데요."

여자의 말이 맞았다. 그녀는 그에게 돈을 요구한 적은 없었다. 여자는 당당하게 말했다. 아직 자신의 위치를 잘 모르는 것 같았다.

"아직은 없지. 지금 할지도 모르고 내일 원할지도 모르는 일이지."

"왜 그렇게 삐뚤어진 거죠?"

"내가? 날 이렇게 만든 게 누군데?"

갑자기 화가 났지만 최대한 목소리를 낮추며 그는 말했다.

"그게 나라는 건가요?"

"당신이 아니고 당신 아버지."

"……."

서연은 말이 없었다. 하지만 그녀의 입술이 파르르 떨리는 게 보였다.

"참 보기와는 다르게 영악한 구석이 있는 사람이었어. 보기에는 청초해 보이는데……."

"전 영악하지 않아요."

서연은 그의 앞에서 당당함을 잃지 않았다.

"그 나물에 그 밥이라고 아버지가 교활하니 딸은 영악할 수밖에."

"왜 사람을 그렇게 판단하죠?"

"그럼 어떻게 판단을 해야 할까?"

재훈은 아름다운 서연의 얼굴을 다시 한 번 보았다. 이렇게 순수한 얼굴을 하고 있으니 그가 헷갈릴 수밖에 없는 것이다.

"난 당신과 결혼해야 해요."

서연이 그에게 직격탄을 날렸다. 그것도 아주 당당하게 말하고 있었다.

"뭐?"

"당신에게 마음에 드는 여자가 되도록 노력할게요. 그리고 당신은 이미 내가 마음에 들지 않았나요?"

갑작스러운 그녀의 말에 재훈은 당황했다. 여자는 조용히 말을 하고 있었지만 눈빛은 타오르고 있었다. 마치 승부욕에 불타오르는 듯한 눈빛을 보내고 있었다.

"어떻게 노력한다는 거지?"

그건 살짝 궁금했다. 그들의 밤이 끝내주리란 걸 그는 알고 있었다.

"뭐든 다요."

"뭐든 다는 이미 어제 다 하지 않았나?"

"아뇨, 아직요. 난 배울 게 더 많아요. 어제가 처음이었으니까요. 당신이 가르쳐 주면 더 좋고."

"노골적이군."

그의 말에 여자의 얼굴이 붉어졌다. 새삼 느끼는 거지만 진짜로 아름다운 여자였다. 어제처럼 그녀는 그를 끌어당기고 있었다. 그는 속으로 생각했다. 윤대식 사장에게 이번엔 그가 크게 당한 것 같다고 말이다. 여자는 너무나 매혹적이었다. 윤서연 이 여자가 자꾸 마음에 들려고 하고 있었다.

"엄마가 아프세요."

이건 또 무슨 뜬금없는 작전인지 갑자기 또 강하게 굴던 서연이 여린 여자가 되어 있었다.

"동정에 호소하는 건가?"

"동정이든 뭐든 상관없어요. 아버지가 이번에 결혼을 성사시키지 못하면 어머니에 대한 원조를 끊겠다고 말했어요."

지금 그녀의 눈을 보니 진실을 말하고 있는 것 같았다. 지금 그녀는 아픈 어머니의 원조가 끊길까 봐 전전긍긍하고 있었다. 그게 그의 눈에 보였다. 서연은 아마 그가 아니더라도 아버지가 원하는 상대와 결혼을 해야 하는 입장인 것이다. 어머니의 병원비를 위해서 말이다.

"난 지금 당신이 필요해요."

이 말이 그의 가슴에 박혔다.

"그래서 어제 의도적으로 접근했나? 처녀임을 몸소 확인시켜 주기 위해서?"

그는 이렇게 가족을 생각하는 그녀가 왜 그런 짓을 했는지 이해가 가지 않았다.

"그런 건 아니지만 일이 그렇게 되어버렸네요."

분명히 뭔가를 숨기고 있었다.

"그래서 책임을 져라."

"책임을 져주시면 좋겠어요."

서연의 눈에 눈물이 가득했다. 이제 그의 선택에 달린 것 같았다.

"난 여자가 우는 건 좋아하지 않아."

"나도 남자 앞에서 우는 거 좋아하지 않아요."

"그런데 왜 울지?"

"내가 우는 건 엄마 때문이에요. 난 엄마를 위해서라면 뭐든지 할 거예요."

"아무 앞에서나 울지 마."

그렇게 말은 했지만 은근슬쩍 자신의 손수건을 그녀에게 건넸다. 굉장히 신경이 쓰이는 여자였다. 그녀는 손수건을 받아 들고는 눈물을 닦았다.

"고마워요."

"한번 생각해 보도록 하지."

"생각 가지고는 안 돼요. 전 이 자리에서 확답을 들어야겠어요."

그의 생각대로 그녀는 조용하지만 아주 당찬 여자였다.

"성도그룹의 안주인은 준비가 된 여자여야 해. 할머니도 그러셨고 어머니도 그러셨어. 다만 아쉽게도 우리 집엔 여자가 없어. 가르쳐 줄 여자가 없단 얘기지."

"전 뭐든 금방 배워요."

손수건을 치우고 여자는 적극적으로 말하고 있었다. 그 모습이 귀엽다고 느껴졌다. 지금 그녀는 사랑하는 엄마를 위해 이렇게 애를 쓰고 있었다.

그는 어머니에 대한 기억이 거의 없었다. 사고로 돌아가신 지가 너무 오래되었기 때문이었다. 이렇게 지키고 싶은 어머니가 있는 서연이 순간 부럽다는 생각이 들었다.

"지금은 어디에 있지?"

"여기 묵어요."

그녀는 담백하게 말했다.

"여기?"

"사실은 어제 조금 놀랐어요. 당신이 이곳으로 와서."

"어제는 성도호텔로 갈 수 없었으니까."

서울호텔과 어깨를 나란히 하는 성도호텔에 호텔의 주인이 낯선 여자를 데리고 간다면 아마 그룹 내에 소문이 삽시간에 번질 것이다. 그런 위험을 감수하고 싶지 않았다.

"배가 고프군."

왠지 정리가 되니 그의 배꼽시계가 울리고 있었다.

"저도요. 하지만 그전에, 우리는 결혼을 하는 건가요? 확실하게 말해줘요."

"그래."

"고마워요. 이렇게 일이 돌아갈 줄은 상상도 못했지만 엄마에게는 잘된 일이에요."

"당신 아버지에게도."

"어떻게 생각하든 그건 재훈 씨 마음이지만 이해해 줘서 고마워요. 정말 노력할 거예요."

"여기는 스테이크가 맛있어."

그는 얼른 말을 돌렸다. 더 이상 그녀에게 끌려가고 있다는 느낌을 받기 싫었기 때문이었다.

"그럼 저도 그걸로 해주세요."

보기에는 여려 보이는데 자신이 원하는 걸 기어코 차지할 줄도 아는 여자였다. 어머니가 그녀에게는 반드시 지켜야 할 존재 같아 보였다.

"어머니는 어디에 계시지?"

잠시 후 테이블 가득 음식이 준비되었고 재훈은 스테이크를 썰며 그녀에게 물었다.

"미국에요."

"미국 어디?"

"뉴욕에 계세요. 거기에 세계적인 루게릭 병원이 있거든요."

루게릭 병원이 뉴욕에 있는 줄 몰랐었다.

"모셔 와야 하지 않나?"

"모셔 오고 싶어요. 하루 종일 병원에 계시지만 창밖의 풍경이 고국의 풍경이길 바라시니까요."

어머니를 생각하는 마음이 느껴졌다.

"그럼 어머니는 혼자 계시나?"

"아뇨, 엠마가 같이 있어요. 엠마는 저를 키워준 유모예요. 엄마가 집에서 쫓겨났을 때 우리와 함께 집을 나와서 함께 산 가족 같은 사람이죠."

"엠마?"

"필리핀 사람이거든요."

이름이 이국적이라고 생각했는데 외국인이었다.

"어머니를 위한 일이라고 해도 모르는 남자와 결혼은 쉽지 않은 일인데……."

"당신이라서 다행이라는 생각은 들어요."

"왜지?"

"모든 여자들의 로망 같은 남자니까."

"칭찬으로 받아들이지."

여자가 매혹적으로 웃었다. 그녀를 웃게 할 수 있다면 뭐든지 하게 만들 수 있는 미소를 가진 그녀였다.

그녀가 음식을 먹는 내내 그는 몰래 그녀를 훔쳐보았다. 비행기 안에서의 그녀는 정말로 어머니를 생각하고 불의를 보면 못 참는 아주 괜찮은 아가씨였다. 하지만 지금은 아버지에 의해 이용당하는 불쌍한 여자였다.

왜 아버지에게는 그렇게 당당하지 못한 걸까? 맞서 싸운다면 충분히 도와줄 의사가 있었다. 지금은 그녀의 모습에 혼란스러웠다.

"잘 먹었어요."

"나도 오랜만에 잘 먹었어."

"우리 이제 결혼 준비를 하는 건가요?"

"그래."

그녀의 얼굴 표정에 다행이라는 글자가 쓰여 있는 것 같았다. 식사 후 그는 그녀를 그녀가 묵고 있는 방으로 데려다주었다. 어제 둘이 걸었던 좁은 복도와 비슷한 구조였는데 오늘은 이상하게 가슴이 뛰었다.

"다 왔어요. 오늘 감사했어요."

그녀가 진심을 담아 그에게 인사를 했다. 그리고 그녀가 자신의 방문을 열자 재훈은 자신도 모르게 그녀를 방 안으로 밀어 넣었다. 그리고 자신과 벽 사이에 그녀를 가두고 문을 닫았다.

"오늘은 당신이 어떤 노력을 하는지 보고 싶군."

제3장 몸으로 먼저

그녀가 묵고 있는 호텔의 객실이 오늘따라 작게 느껴졌다. 그의 커다란 덩치는 스위트룸이나 되어야 커버가 될 것 같았다. 단단히 가로막힌 공간은 그들만을 위한 최상의 은밀한 장소가 되어 있었다.

탁!

그의 손에 의해 문이 닫혔다. 객실까지 따라오게 하는 게 아니었다. 하지만 그녀 스스로도 뭔가 기대를 했던 것 같았다. 어제의 황홀했던 기억이 몸으로 되새김질되고 있었다. 아랫배가 찌릿찌릿했다.

그와 벽 사이에 갇혀 있을 뿐인데도 왠지 모를 기대감이 온몸에 전류처럼 흐르고 있었다. 재훈의 눈빛이 어젯밤처럼 어두워졌다. 그가 무엇을 하려는지 알 것 같았다. 하지만 그는 그저 바라볼 뿐 말이 없었다.

미칠 것 같은 침묵. 서연은 마른침을 삼켰다. 그의 손가락이 그녀의 입술을 만지작거렸다. 그녀의 촉촉한 입술을 따라 선을 그리는 그의 동작에 심장이 미친 듯이 뛰었다. 이런 친밀한 행동은 오랜 세월을 알아야 할 수 있고 사랑해야 할 수 있다고 생각했었다.

하지만 남녀 간의 일은 정말로 모를 일이었다. 어제는 원나잇을 하고 오늘은 그 남자와 다시 한 번 밤을 보낼 것이다.

"이렇게 빨리 만날 줄은 몰랐어."

"……."

그가 손가락을 그녀의 벌어진 입안으로 넣었다. 그리고 그녀의 혀를 만지작거렸다. 이 단순한 행위에 서연은 다리 힘이 다 풀리는 것 같았다.

"처음이란 게 믿어지지 않을 만큼 민감하군."

"……."

그의 키스를 원했다. 어제처럼 잠시나마 복잡한 상황을 모두 잊을 수 있는 그런 키스를 원했다. 그의 얼굴이 애타게 천천히 그녀에게 다가오고 있었다. 흐릿한 그의 향이 점점 강하게 다가오는가 싶더니 그의 입술이 그녀의 입술을 삼켰다.

여태까지 그녀를 애태웠던 그가 돌변해 지금은 마치 잡아먹을 듯이 그녀에게 거친 키스를 퍼붓고 있었다. 그의 혀가 그녀의 입 안에서 미친 듯이 움직이고 있었다. 그녀의 목이 꺾일 정도로 그는 깊이 들어왔다.

"으으읍!"

숨조차 쉴 수가 없게 그는 쉴 새 없이 그녀를 몰아붙이고 있었다. 키스만으로 그녀의 속옷이 젖어들고 있었다. 몸이 공중으로 들리는데도 그들의 입술은 떨어질 줄을 몰랐다. 엉덩이에 딱딱한 무언가가 닿았다. 그녀가 놓여진 곳은 침대가 아니었다.

테이블 위의 물건들은 그의 손에 의해 사방으로 흩어졌다. 이런 일에 익숙한 듯 그는 그녀의 치마 안의 팬티를 한 손으로 찢어버렸다. 흰색 레이스 팬티는 힘없이 바닥으로 떨어졌다.

그녀의 치마 속으로 손을 넣은 그가 만족한 듯 미소를 띠었다.

"항상 이렇게 젖어 있어서 좋아."

"왜 그런 말을 해요."

"부끄러운가?"

서연은 얼굴이 빨개져서 고개를 끄덕였다.

"난 뭐든 진실해야 한다고 생각하지. 그게 몸일 때는 더더욱."

그의 입술이 다시 그녀의 입술을 집어삼킬 듯이 빨아들이고 그의 손은 그녀의 여성을 만지고 있었다. 그의 손가락이 그녀의 여성을 가르며 클리토리스를 자극할 때 서연은 머릿속이 하얗게 변함을 느꼈다. 미끈거리는 애액으로 인해 그가 클리토리스를 건드릴 때마다 부드럽게 미끄러지고 있었다.

"너무 자극적이야. 손가락을 빨아들이고 있군."

그의 손가락이 질 안으로 들어가자 그가 그녀의 귀에 대고 속삭인 말이었다. 하지만 서연은 그의 손가락을 조금이라도 깊이 받아들이고 싶어서 엉덩이를 그를 향해 밀고 있었다. 하나로는 성에 차지 않았다. 그 마음을 그가 읽기라도 한 것처럼 손가락 하나를 더 넣었다.

"아아아흐."

미칠 것 같았다. 그의 커다란 페니스가 그녀의 몸 안으로 들어와 그녀를 둘로 갈라놓았으면 좋겠다는 생각이 들었다.

"어서 넣어줘요."

"뭘?"

그가 소리 없이 웃으며 말했다. 서연은 대답할 힘도 없었지만 그가 자꾸만 그녀를 놀리는 것 같아서 이번엔 대담하게 그의 옷 위로 그의 페니스를 잡았다.

"이거요."

그의 눈동자가 위험스럽게 짙어졌다.

"경험도 한 번뿐인 주제에 대담한데?"

"너무 훌륭한 첫 남자를 만나서요."

그가 그녀의 입술에 깊은 키스를 한 후에 보란 듯이 바지를 내렸다. 어제 한 번 보았지만 오늘 보니 그의 페니스는 너무나 거대했다. 서연은 자신도 모르게 그의 페니스를 손으로 잡았다.

"아직 기지도 못하면서 달리려고 드는군."

말은 그렇게 했지만 서연의 손에 잡힌 그의 페니스를 빼지는 않았다. 한참을 망설이는 서연의 손을 그가 잡고는 아래위로 움직였다.

"몸 안에 넣었을 때처럼 움직이면 돼."

서연은 말 잘 듣는 아이처럼 그가 시키는 대로 했다. 손을 위아래로 움직일 때마다 그의 커다란 페니스가 점점 더 커지는 것 같았다. 한 손에 쥐기도 버거운 크기였다. 하지만 그의 욕망이 깃든 표정을 보자 서연은 용기가 생겼다.

이 남자를 기쁘게 해주고 싶다는 생각이 들자 서연은 좀 당황스러웠다. 지금 그녀는 아버지에 의해 팔려가는 거나 마찬가지인 상황이었다. 그 또한 그녀를 사랑하는 게 아니었다. 그저 그녀의 몸이 좋을 뿐인 것이다.

"으윽!"

그가 더 이상은 참기 힘든지 신음을 내뱉자 서연 또한 아래쪽에서 찌릿함을 느꼈다. 그가 갑자기 그녀의 손에서 자신의 페니스를 빼더니 그녀의 다리를 활짝 벌렸다. 그의 등 뒤로 보이는 유리창에 그녀의 모습이 적나라하게 비치고 있었다.

다행히 바로 앞에 건물이 없어서 누가 볼 걱정은 되지 않았지만 당장 자신의 눈에 보이는, 욕망에 젖은 낯선 여자의 모습에 서연은 자신의 다리를 오므리려 했다. 테이블 위에 누워 있는 자신이 남자를 향해 이렇게 적나라한 모습을 보이고 있으리라고는 꿈에도 상상하지 못했다.

"벌려."

"싫어요, 창으로 다 보인단 말이에요."

"너의 여기는 너무 예뻐. 핑크색의 살들이 파르르 떨리는 것도 너무 미치겠고."

"그만해요."

부끄러움에 그녀가 얼굴을 붉힐 새도 없이 그의 페니스가 그녀의 질 안으로 들어왔다.

"아아악!"

고통은 어제뿐일 줄 알았다. 보통은 하루를 보내고 나면 편해진다고 알고 있었는데 어제보다 오늘이 더 고통스러운 것 같았다. 하지만 어제의 길었던 고통은 오늘은 들어갈 때뿐이었다. 묘한 쾌감이 질에서부터 그녀의 몸 전체로 퍼져 나가고 있었다.

탁탁탁 퍽퍽퍽.

테이블이 벽에 부딪치는 소리와 그와 그녀의 살이 부딪치는 소리가 묘하게 방 안을 울리고 있었다. 그의 거대한 페니스를 그녀의 질이 본능적으로 꽉 조이고 있었다. 그와 그녀는 둘 다 옷을 입은 채로 하나가 되어 있었다.

서연은 완전히 벗은 채로 서로의 살을 부딪치고 싶었다.

"우리 침대로 가요."

"뭐?"

"옷을 벗고 싶어요."

"여기서는 싫은가?"

"아뇨, 당신을 만지고 싶어요. 아앙."

그의 피스톤 운동에 신음 소리를 내뱉으며 그녀는 솔직하게 말했다. 그가 그녀를 안아 들고는 침대로 향했다. 그리고 그녀 앞에서 당당하게 옷을 벗었다. 서연도 그를 바라보며 자신의 옷을 벗었다. 그의 옷이 하나둘 사라질 때마다 서연은 마른침을 삼켰다.

그녀의 시선이 그의 탄탄한 근육을 훑고 지났다. 마치 조각을 해놓은 듯한 그의 근육들을 만질 생각에 서연의 손이 떨려오고 있었다. 옷을 다 벗은 그는 너무나 당당하게 그녀의 앞에 서 있었다. 그리고 그녀를 욕망을 가득 품은 눈동자로 쳐다보았다.

숨이 막힐 것 같은 시선이 계속되었다. 마침내 그가 침대로 올라오고 그의 무게로 매트가 내려앉자 그녀는 마음과는 다르게 뒤로 물러났다.

서로의 시선이 불꽃을 튀며 얽히고 있었지만 서연의 몸은 침대 헤드까지 물러나 있었다. 이제 더 이상 뒤로 갈 데도 없었다.

"두려운가?"

"아니오."

떨리는 목소리로 말했다. 그가 서연의 몸을 힘껏 끌어안았다.

그의 맨가슴에 그녀의 가슴이 부딪쳤다. 서연은 그의 눈을 보며 아까부터 만지고 싶었던 그의 가슴에 손을 얹었다.

"눈빛이 마음에 들어."

그가 이렇게 말하더니 그녀의 입술을 삼켰다. 더운 열기가 그의 입안과 온몸에서 느껴지고 있었다. 미칠 것 같은 욕망에 그녀만 취해 있는 건 아닌 것 같았다. 부드러운 입술을 빨던 그가 그녀의 혀를 자신의 혀로 찾아내 강하게 빨아들이기 시작했다.

"으으음."

그의 손이 그녀의 가슴을 쥐었을 때는 신음 소리가 절로 나왔다. 서연의 손이 미끄러지듯이 그의 어깨로 올라가 그가 주는 자극을 견디기 위해 매달렸다. 입은 숨을 쉴 수 없을 만큼 깊은 키스를 받았고 그녀의 유두는 그의 손가락에 의해 비틀어지고 있었다.

"날 원하는군. 이렇게 딱딱해진 걸 보니. 아래도 날 원하는지 볼까?"

그의 말을 이해하기도 전에 그가 서연을 침대 위에 눕혔다. 그리고 그녀의 다리 사이에 손을 넣고는 그녀의 여성을 감싸 쥐었다.

"역시 아까보다 더 젖어 있어."

그의 손가락이 그녀의 질 안에 부드럽게 들어가 질 벽을 긁고 있었다.

"하나로는 부족한 것 같군."

그가 손가락 하나를 더 넣었고 엄지손가락으로는 클리토리스를 건드렸다.

"역시 민감해."

자극으로 인해 헐떡거리는 그녀의 귀에 대고 그가 속삭였다. 그리고 그녀의 길고 가느다란 목을 따라 자신의 혀로 훑어 내렸다.

"미치도록 흥분이 돼. 여자에게 이렇게 흥분을 느낀 건 처음이야."

그의 속삭임에 서연도 흥분이 되었다.

"이제 넣어도 될 것 같아."

그가 몸을 일으키더니 그녀의 다리를 벌리고 그녀의 작은 엉덩이를 손으로 들어 올렸다. 질척이는 소리를 내며 그의 커다란 페니스가 그녀의 질 안으로 부드럽게 들어갔다. 아까와는 다르게 하나도 아프지 않았다.

"날 삼켜 버렸어."

"아흐."

"미칠 것 같아?"

그녀가 몸을 뒤틀자 그가 말했다.

"나도 미칠 것 같아."

미친 듯한 허리 짓이 시작되자 그의 이마에 땀이 흘러 튀어나온 힘줄 사이로 흐르고 있었다. 그의 눈은 서연의 속까지 들여다보는 것같이 그녀를 빤히 보았다. 그 노골적인 시선에 서연은 고개를 돌렸다. 뭔가를 들킬 것 같다는 생각이 들었다.

서연은 그의 단단한 가슴에 손을 댔다. 그의 미칠 듯이 뛰는 심장이 손바닥 아래 그대로 느껴지고 있었다. 살이 부딪치는 소리가 커져 갈수록 서연은 그에게 사정없이 끌리는 자신을 느끼고 있었다.

확실히 김재훈이라는 남자는 매력이 넘치는 사람이었다. 그를 앞으로 어떻게 감당을 해야 할지 서연은 자신이 없었다. 어젯밤부터 미친듯이 만지고 싶었던 그의 탄탄한 근육을 그녀는 원없이 만지고 있었다.

서연은 손을 아래로 뻗어 그의 엉덩이를 살짝 만져 보았다. 자신의 엉덩이와는 다르게 그의 힙은 돌덩이처럼 단단했다. 그의 몸 어디 하나 단단하지 않은 곳이 없었다.

"마음에 들어?"

서연은 그의 갑작스러운 말에 자신도 모르게 고개를 끄덕였다. 그의 깊은 웃음소리가 방 안에 울렸다. 그러더니 그가 자신의 페니스를 빼고 그녀를 들어 올려 엎드리게 했다. 그의 손에 그녀는 너무나 가벼운 물건 같았다.

"매트를 짚고 엉덩이는 나를 향하게 해."

"……."

"이렇게."

그가 자리를 잡아주었다. 그리고 그녀의 뒤쪽에서 자신의 페니스를 집어넣었다.

"아악!"

그의 페니스가 너무 깊이 삽입이 되어 그녀의 자궁 끝까지 닿는 것 같았다. 이런 자세로도 할 수 있다는 게 신기했다. 이런 건 영화에서나 나오는 자세인 줄 알았다. 그가 부딪쳐 올 때마다 그녀는 고통과 함께 쾌감을 동시에 느끼고 있었다. 그의 말대로 그녀는 잘 느끼는 여자 같았다.

그의 거침없는 몸짓은 계속되었다. 그녀의 어깨는 점점 매트 위로 향했고 엉덩이는 들어 올려졌다. 그를 조금 더 깊이 받아들이기 위한 본능의 몸짓이었다.

한참을 뒤에서 하던 그가 그녀를 일으켜 다시 침대 위에 눕혔다. 이제는 마지막으로 향한다는 걸 그녀도 본능적으로 느끼고 있었다. 그의 몸이 땀으로 흥건하게 젖어 있었다.

"아, 쌀 것 같아."

그렇게 한마디를 한 그가 폭풍 질주를 하더니 그녀의 안에 자신의 분신들을 쏟아냈다. 문득 그녀는 피임을 하지 않았다는 생각을 했다.

"왜 바깥에 안 했어요?"

"이제 결혼할 건데 굳이 피임이 필요한가?"

두 번의 만남, 두 번의 잠자리 끝에 그들은 결혼을 하게 되었다. 아버지는 뛸 듯이 기뻐하겠지만 그녀는 조금 혼란스러웠다.

"우리 진짜 결혼하는 거 맞죠?"

불안한 마음에 그녀가 다시 한 번 물었다.

"당신이 결혼해야 한다고 하지 않았나?"

"그렇지만."

"나도 나이가 차서 어차피 해야 하는 결혼이었어. 상대가 누구든지 상관은 없지만 이렇게 잠자리가 맞는 상대라면 굳이 마다할 필요가 없지. 그리고 우리 둘은 이렇게 섹스에서도 잘 맞고."

"……."

"결혼하기 싫은가?"

"아, 아니오."

그가 피식 웃으며 그녀를 안아 들었다. 이제는 그가 안는 게 익숙한 것 같았다.

"가벼워서 좋아. 하지만 좀 더 살찌울 필요는 있을 것 같아."

"아이를 원해요?"

"남자가 세상에 태어난 이유지. 종족 번식."

그는 그녀를 데리고 욕실에 들어가 씻겨주었다. 그녀의 뒤에 바짝 붙어서 있는 그의 단단한 몸이 서연은 마음에 들었다. 그의 살이 주는 느낌이 너무나 야릇했다.

그가 비누로 그녀의 몸을 문지르기 시작했다. 타월로 거품을 내는 게 아니라 딱딱하고 부드러운 비누로 그녀의 몸에 그대로 문지르고 있었다. 비누가 지날 때마다 그녀의 아래가 다시 움찔거리고 있었다.

"이상해요."

"야한데? 난 그냥 비누질만 할 뿐인데."

"아니잖아요."

그녀의 목소리가 욕망으로 갈라지고 있었다. 비누 거품이 가득한 그녀의 몸에 그가 바짝 다가섰다. 그녀의 엉덩이 위에 그의 단단해진 남성이 닿았다.

"녀석은 벌써 서연을 원하는군."

그가 갑자기 샤워기의 물을 잠갔다. 그리고 그녀를 욕실 벽에 밀어붙였다.

"읍!"

그의 기습적인 키스에 서연은 숨을 쉬는 타임을 놓쳐 버렸다. 그의 키스는 거칠었다. 욕실 벽에 그녀의 머리가 부딪힐 정도로 강한 키스에 정신이 혼미한 틈을 타서 그가 그녀의 다리 한쪽을 들고는 자신의 페니스를 밀어 넣었다.

두 번의 경험이 전부인 서연에게 그는 너무나 많은 자세를 속성으로 가치고 있었다. 정신없이 몰아붙이는 그 때문에 욕실에서 한바탕 전쟁을 치른 그녀는 그야말로 녹초가 되어 있었다.

거의 실신을 한 그녀를 안아 든 그는 수건으로 정성껏 그녀를 닦은 후에 침대에 그대로 눕혔다.

"난 더 이상은 못해요."

"뭘?"

"진짜 이럴 거예요?"

하품이 입에서 나왔다. 그가 그녀를 자신의 품에 꼭 안았다. 그의 살 냄새가 그녀의 코끝을 자극하고 있었다. 그의 품 안이 너무나 따뜻했다. 서연의 눈꺼풀이 무겁게 내려앉았다.

그와는 확실하게 섹스는 잘 맞았다. 이걸로 평생을 만족하며 살 수 있을지는 모르겠지만 일단은 한 가지라도 맞는 게 있다는 건 좋은 징조였다.

그에게 결혼을 하겠다는 확실한 말을 들었기 때문인지 서연은 편안한 마음으로 잠이 들었다. 행복한 미소를 지으면서.

무슨 여자가 이렇게 단번에 잠이 드는지 참 신기했다. 그의 품 안에 여자가 안겨 잠을 잔 적은 단 한 번도 없었다. 품 안에서 느껴지는 여자의 나긋한 느낌이 재훈을 사로잡고 있었다. 다른 건 몰라도 서연에게는 잠자리에 대한 불만은 느끼지 못할 것 같았다.

그는 그녀의 정수리에 코를 대고 깊이 숨을 들이켰다. 샴푸 향과 그녀의 냄새가 묘하게 섞여 그를 자극하고 있었다. 그의 페니스가 오늘 미친 게 틀림이 없었다. 다시 그녀의 안으로 들어가 달라며 단단해지고 있었다.

"미치겠군."

재훈이 이렇게 낮게 중얼거렸지만 서연은 이미 깊게 잠이 들었는지 규칙적인 숨을 내쉬고 있었다. 재훈도 눈꺼풀이 무거워지고 있었다. 예전의 트라우마로 그는 오랜 불면증에 시달려 왔지만 어제 모처럼 깊은 잠에 빠져 들었었다.

운 좋게 하루는 그럴 수도 있었지만 오늘도 수면제를 먹지 않았는데도 그의 눈이 자꾸만 감겨왔다. 그는 서연을 당겨 안았다. 겪은 지 이틀밖에 되지 않았지만 왠지 그들의 인연이 길어질 것만 같았다. 그리고 이 여자와 결혼을 하는 게 당연하게 느껴지고 있었다.

Rrrrrrr.

날이 밝기는 했지만 이른 아침에 몹쓸 핸드폰의 벨소리가 그의 단잠을 깨우고 있었다. 손으로 더듬어 겨우 핸드폰을 찾은 그는 핸드폰을 끊어버렸다. 모처럼 깊은 잠을 잤다. 한 번도 깨지 않았고 그를 진저리치게 괴롭히던 꿈도 오늘은 꾸지 않았다.

그의 품 안에는 몸을 동그랗게 말고 있는 서연이 있었다. 아기 고양이 같은 그녀를 보자 그는 자신도 모르게 미소가 지어졌다.

Rrrrrrr.

핸드폰이 또 울리자 그녀의 미간이 찌푸려졌다. 이번에는 서연이 깰까 봐 침대에서 일어나 재훈이 전화를 받았다. 휴일인데도 아침부터 전화가 오자 재훈은 미간을 찌푸렸다.

"여보세요?"

[나다.]

할아버지였다. 아마 또 어제 집에 들어가지 않은 것 때문에 화를 내실 게 분명했다. 액정을 보고 받는 건데 실수를 했다.

"네."

[어제 선은 본 거야? 선을 봤으면 집에 들어와서 보고를 해야지 어디서 외박이야? 내가 모르는 여자라도 있는 거야?]

"선본 게 궁금하시죠?"

[그걸 말이라고 해?]

"아주 마음에 듭니다."

[그래? 아가씨도 널 마음에 들어 하고?]

"그럼요. 할아버지, 저 밖에 나가면 인기 많아요."

[결혼은 할 거야?]

"네."

[뭐? 결혼할 거라고?]

할아버지는 그의 대답에 놀라신 것 같았다. 무슨 말을 해도 결혼을 안 한다고 했던 녀석이 선본 여자가 마음에 들어서 결혼까지 한다니 기분이 좋으신 모양이었다.

[너 어디야? 당장 들어와.]

어제 선을 본 내용이 궁금하신 게 분명했다. 하지만 지금 집에 들어가기는 싫었다. 침대에 누워 있는 미래의 신부를 두고 갈 수는 없었다.

"할아버지, 이따가 집에 들어가서 말씀드릴게요."

[언제 오냐고?]

"빨리 가도록 노력할게요."

이렇게 말을 하고 그는 전화를 끊었다. 그리고 아름다운 실루엣을 자랑하는 그녀의 뒤로 누워 그녀를 안았다. 그리고 손으로 그녀의 가슴을 살며시 쥐었다. 이미 깨어 있었던 서연이 몸을 경직시켰다.

"일어난 거 알아."

"……."

그녀가 일어남과 동시에 그의 페니스도 일어나 그녀의 엉덩이를 건드리고 있었다.

"잘 잤어?"

"네."

"나도 잘 잤어."

그녀의 가슴을 만지던 손이 자꾸만 욕심을 부리고 있었다. 서연의 유두가 단단하게 일어선 순간 재훈은 그녀를 바로 눕히고는 어린아이처럼 그녀의 가슴을 빨기 시작했다. 그녀의 유두가 혀에 닿는 촉감이 너무나 환상적이었고 그가 유두를 빨 때 내뱉는 그녀의 신음 소리도 듣기 좋았다.

"아아아앙, 아흐."

여자의 신음 소리에 이렇게 자신의 몸이 격하게 반응을 하는 줄은 몰랐었다. 도저히 그녀 안으로 안 들어가고는 못 버틸 만큼 그의 페니스가 발기해 있었다.

"이건 서연이 탓이야."

그는 이렇게 말을 하고는 그녀의 질에 자신의 페니스를 꽂았다. 많이 애무를 못해줘서 걱정을 했지만 그녀의 질은 벌써 흥분한 그녀의 애액으로 가득했다.

"으윽."

이번에는 그의 입에서 그녀와 같은 신음 소리가 흘러나왔다. 그녀의 질이 자신의 페니스를 조이는 느낌이 너무나 좋았기 때문이었다. 그녀가 아직은 그의 페니스를 받아들이기가 버거운지 아파하고 있었다.

"아, 아파요."

"조금 있으면 괜찮아."

그녀의 여성을 많이 만져 줬어야 하는 건데 그의 욕심이 자꾸만 그녀가 경험이 부족하다는 걸 잊고 있었다. 그는 천천히 자신의 허리를 돌렸다. 이번에는 최선을 다해 그녀를 위해 참고 있었다.

그의 페니스를 조이는 서연 때문에 그는 관자놀이에 힘줄이 튀어나올 정도로 몸에 힘을 주고 있었다. 그녀는 모르고 하는 행동이었지만 그는 지금 극도의 쾌감 때문에 사정을 할 것만 같았다.

선무당이 사람을 잡는다더니, 지금 딱 서연이 그를 폭발시키기 일보 직전이었다.

"아하!"

그의 입에서 신음 소리가 자신도 모르게 나왔다. 서연이 그의 가슴에 손을 올리며 몸을 비틀었기 때문이었다. 그녀의 작은 움직임도 지금 사정을 참고 있는 그에겐 커다란 영향을 미치고 있었다.

그의 페니스를 삼키고 있는 그녀의 질이 자꾸만 움찔거리며 그를 쾌락의 세계로 인도하고 있었다. 재훈은 더 이상 참을 수 없음을 느끼고 허리를 움직이기 시작했다.

"너무 참았어. 더 이상은 힘들어."

퍽퍽퍽.

그는 참은 만큼 세게 그녀를 향해 돌진하고 있었다. 서연도 처음보다 나은지 신음 소리만 낼 뿐 아프다는 말은 하지 않았다.

그래도 그는 마지막까지 욕심을 채우고 나서야 그녀를 안고 욕실로 향했다. 그리고 욕조에 물을 받고는 간단하게 샤워한 그녀를 욕조 안으로 넣고 자신도 욕조 안으로 들어갔다.

그는 그녀의 뒤로 들어가서 그녀를 안았다. 그의 손안 가득 들어오는 그녀의 가슴의 감촉이 너무나 부드러웠다. 그의 정신 나간 페니스가 다시 꿈틀거리기 시작했다. 미친 게 분명했다. 30년 동안 아주 정상이라고 생각했는데 서연을 만난 순간부터 이 녀석이 얼마나 섹스에 굶주린 녀석인지를 알았다.

그는 그녀의 가슴을 부드럽게 쥐고는 그녀의 긴 목에 입술을 묻었다.

"원래 남자들은 이렇게 해요?"

그의 키스를 받으며 그녀가 물었다.

"뭐가?"

"알잖아요."

"모든 남자들이 그런 건 아니지. 내가 그들보다 조금 더 건강할 뿐이지."

그의 말에 서연이 한숨을 쉬었다. 그와의 섹스가 버거운 모양이었다.

"왜? 앞으로가 걱정이야?"

그녀가 솔직히 고개를 끄덕였다.

"걱정하지 마. 이 녀석도 정신을 차리겠지."

그가 벌써 발기가 되어 그녀의 엉덩이를 찌르고 있는 녀석을 움직이며 말했다.

"뭐라고요?"

"내 탓이 아냐. 다 이 녀석 탓이지."

서연의 여성이 그 때문에 많이 부어 있어서 그는 더 이상 서연을 괴롭히지는 않았다. 조금 시간을 두고 천천히 적응을 시켜야겠다고 생각했다.

욕실에서 나온 그들은 룸서비스를 불러 아침식사를 했다. 빵으로 간단히 아침식사를 한 그들은 커피를 마시며 이야기를 나누었다.

“오늘은 휴일인데 약속 있나?”

“…….”

그녀가 커피를 마시다 말고 그를 보았다.

“약속이 있어도 취소하고 오늘은 나와 함께 있어.”

“여기서요?”

서연이 하마터면 커피를 그에게 뿜을 뻔했다.

“마음은 여기서 며칠 동안 서연이를 안고 싶지만 오늘은 갈 곳이 있어.”

“어디를요?”

“실망했나? 그럼 호텔에 있을까?”

“아니요.”

그녀가 정색을 하고 말했다.

“커피 마시고 바로 나갈 준비 해. 30분이면 되겠나?”

“네.”

서연이 준비를 할 동안 재훈은 어딘가로 전화를 걸었다.

“아저씨, 안녕하세요? 부탁 좀 드릴 일이 있어서요.”

그는 전화를 끊으며 미소를 지었다. 그리고 그도 나갈 준비를 하기 위해 자신이 어제 입고 온 양복을 입었다. 오늘 분위기와는 맞지 않지만 지금은 방도가 없었다.

욕실에 들어간 서연은 아직 준비가 덜된 모양이었다. 그는 소파에 앉아 핸드폰으로 인터넷을 검색하고 있었다.

"이렇게 가도 돼요?"

욕실에서 나온 그녀는 이십대가 아닌 십대 소녀 같았다. 청반바지에 흰색 티를 입고 머리를 포니테일로 묶은 그녀가 흰색 운동화를 신고 나왔다.

"격식을 차려야 하는 자리예요?"

"아니, 오늘은 내가 오히려 안 맞지."

어제의 슈트 차림을 가리키며 말했다.

"미국에서 올 때 가지고 옷들은 다 이래요."

"예뻐."

그는 그녀의 손을 잡고 호텔방을 나왔다. 앞으로 벌어질 일에 대해 생각하자 괜히 웃음이 나왔다. 이렇게 여자에게 신경을 써본 적이 없는 그가 변하고 있었다.

그는 사람들이 많은 곳에서 여자와 손을 잡고 걸어본 적이 한 번도 없었다. 주로 밤에만 여자들을 만났지 날이 밝았을 때 여자와 술집과 호텔 이외의 장소를 가는 건 처음이었다.

지금 이렇게 하는 게 자신이 맞나 싶게 그는 다른 모습이었다. 하지만 신기한 건 이게 모두 그가 원해서 하는 것이었다.

그는 차에 탈 때까지 서연의 손을 놓지 않았다. 김재훈의 삶에 확실히 이상한 변화가 생기기 시작했다. 아주 달달한 변화가 말이다.

제4장 하나 더하기 하나는 하나

호텔에서 나와서 그와 아무 말도 하지 않고 차를 타고 간 지 한 시간이 넘었다. 아버지로부터 전화가 계속 오고 있었지만 서연은 받지 않았다. 지금 그녀의 상황이 가장 궁금한 사람은 아버지였다. 그래서 서연은 순순히 지금의 상황을 알려주기 싫었다.

그녀는 아버지의 모든 것이 미웠다. 재훈이 마음에 든다고 해서 아버지를 용서한 건 아니다. 다만 지금은 애가 타게 놔두고 싶었다. 그리고 그와의 좋은 시간을 아버지로 인해 망치고 싶지 않았다.

이미 충분히 그들의 관계가 순수하지 않음을 알고 있었다. 아버지로부터 다시 확인하고 싶지는 않았다.

"아직 멀었나요?"

그녀는 자신의 불안한 마음을 숨기기 위해 그에게 먼저 말을 걸었다.

"조금만 더 가면 돼. 피곤한가?"

"아뇨, 아무 말씀도 안 하시기에."

"그래? 내가 좀 그렇지."

그가 앞을 보며 가볍게 웃었다. 이렇게 웃을 줄도 아는 사람이었구나를 생각하며 그녀는 그를 힐끔 쳐다보았다. 옆모습도 잘생겼구나. 못난 게 없는 사람이었다. 어쩌면 이렇게 멋진 사람이 있을까? 겉보기에 그는 그녀의 완벽한 이상형이었다.

그가 마음에 들수록 서연은 자신이 작아짐을 느꼈다. 만난 지 얼마 되지 않았지만 서연에게 재훈은 많은 의미를 갖는 사람이 되어버렸다. 하지만 그에게 그녀는 사업상 결혼을 하게 된 계약 결혼의 상대일 뿐이었다.

이렇게 점점 그에게 진심이 되어가는 초라한 자신이 싫었다.

"뭘 그렇게 생각하지?"

"인연이란 게 참 신기하구나를 생각했어요. 며칠 전만 해도 전 재훈 씨의 존재조차 몰랐으니까요."

"그렇군, 사람의 인연이란 참 묘한 거지."

그랬다. 며칠 전까지만 해도 이렇게 멋진 남자와 꿈같은 시간을 가질 거라고는 상상조차 하지 못했었다. 엄마의 긴 병이 그녀를 또래의 아가씨들과 다르게 만들었다.

"서울을 조금 벗어나니 이렇게 다르네요."

하늘 높은 줄도 모르고 솟아 있던 빌딩 숲 대신 진짜 산들이 그들의 눈과 마음을 정화시켜 주었다. 길게 뻗은 나무들이 끝없이 솟아 있는 모습에 언뜻 다른 나라에 와 있는 듯한 기분이 들 정도였다.

"좋네요."

창문을 열고 그녀가 공기를 들이마셨다. 폐 속까지 정화시켜 주는 공기였다. 숲 내음이 매연으로 찌든 그녀를 맑게 해주고 있었다.

"좋은가?"

"네, 이렇게 상쾌한 공기는 오랜만이에요."

"뉴욕에도 센트럴파크가 있지 않나?"

이곳은 센트럴파크와는 비교도 되지 않았다. 그곳은 공원이고 지금 그가 달리는 이곳은 숲이었다.

"엄마가 계시는 병원과 학교가 제가 다닌 뉴욕의 전부였어요."

"그렇군."

그녀가 창문의 공기를 마시며 기분 좋게 미소 지었다.

"고마워요. 잊고 있었던 일들이 생각나네요. 엄마가 심하게 아프기 전에는 주말이면 동해바다에 가곤 했는데. 기차도 타고 버스도 타고. 아빠 없이 자라는 게 엄마는 많이 미안하셨던 것 같아요."

아버지의 기억은 그녀의 기억 속에 거의 없었다.

"소문이 맞았군."

"네?"

"윤대식 사장의 가정사, 그리고 그의 인품."

그녀가 가만히 있다고 해서 세상이 모르는 것은 아니었다. 아버지가 사람들 앞에서는 굉장히 잘해 나간다고 생각했었다. 하지만 사람들도 진실을 알고 있는 것 같았다. 수완 좋은 사업가가 얼마나 개인적으로는 지저분하게 사는지 말이다.

언론 플레이를 좋아하는 아버지는 광고에도 직접 출연하는 열성을 보였다. 그렇게 대중의 눈에 노출이 되면 사생활이 화젯거리가 된다는 걸 아버지는 몰랐던 것 같았다.

"난 당신의 아버지를 좋아하지 않아."

"……."

그의 직설적인 말에 서연은 말을 하지 못했다.

"놀랐나 보군. 하지만 서연의 경우는 다르지. 당신이 아픈 어머니에게 굉장히 헌신적이라는 건 들어서 알고 있지."

그가 큰 도로를 벗어나 작은 도로로 접어들었다. 이곳이 서울과 한 시간 정도의 거리라고 생각하니 신기했다. 진짜 산과 나무만 보이는 곳이었다. 새소리도 들리고 높은 나무 때문에 햇볕이 들지 않는 산길을 따라 들어가니 아주 커다란 저택이 등장했다.

"여기는……."

"우리 꼰대의 별장이지."

별장이라고 하기엔 너무나 근사한 저택이었다. 마치 영화 속에 나오는 작은 궁전 같았다.

"할아버지가 잘 오시지 않아서 거의 비어 있지만 은퇴하시면 이곳에서 사실 거라고 하실 만큼 애착이 있는 곳이지."

그녀가 보기에도 좋아 보이기는 했다. 산으로 둘러싸여 있어서 조용하고 공기도 너무나 좋았다. 복잡한 세상을 등지고 살기에는 너무 좋아 보였다.

"이곳의 가장 큰 장점은 대학병원이 10분 내의 거리에 있다는 거지. 광림성도병원이 이 산만 넘으면 있어."

"아."

성도그룹에는 종합병원이 세 개가 있었다. 세 병원 모두 엄청난 규모였다.

"노인들이 생활하기엔 굿인 장소지."

집 앞에 도착하자 나이가 지긋하신 아저씨가 마중을 나와 계셨다. 재훈은 그를 별장지기라고 소개했다.

"오셨습니까, 도련님?"

"네, 잘 지내셨습니까?"

"저희야 덕분에 잘 지내고 있습니다."

그녀의 손을 잡고는 그는 집 안으로 들어갔다. 밖에서 보는 것과 안에서 보는 게 약간은 달랐다. 밖의 느낌이 고풍스러운 느낌이라면 집 안은 완전히 모던한 현대적인 느낌이었다.

가구가 생각보다 없다는 말이 맞을 것이다.

“여기는 휠체어가 잘 다닐 수 있도록 가구 배치가 거의 없어.”

그녀의 생각을 읽은 듯이 그가 말했다.

“여기는 어떤 것 같아?”

“할아버님께서 많이 편찮으신가 봐요?”

“아니, 그분은 걱정이 많으신 분이긴 해도 아프시진 않아.”

“다행이네요.”

“여기는 서연이 어머님이 계실 곳이야.”

“네?”

만난 지 이틀밖에 되지 않은 남자가 그녀의 어머니를 위한 집을 말하고 있었다.

“서연이가 나와의 결혼생활에 충실하려면 어머니도 편하게 지내셔야 한다고 생각했어. 그러자 이 집이 떠오르더군. 지금은 비어 있기도 하고.”

“하지만 할아버지의 허락은…….”

“할아버지는 걱정하지 않아도 돼. 내가 결혼한다고 하면 이 집을 통째로 주실 분이니까.”

그는 결혼이 중요한 모양이었다.

“뭐라고 말을 해야 할지…….”

"그냥 고맙다고 하면 돼. 그리고 어머니는 빠른 시일 내에 한국으로 모실 수 있게 내가 도와줄게."

서연이 자신도 모르게 재훈의 품에 안겼다. 이렇게 생각해 주는 그가 너무나 고마웠기 때문이었다.

"진짜 고마워요."

그가 그녀를 꼭 안아주고는 머리를 쓰다듬었다. 아주 서툰 손길로.

Rrrrrrr.

전화벨이 쉼 없이 울리는데도 서연이 겁 없이 전화를 받고 있지 않았다. 윤 사장은 마치 불안한 사람처럼 다시 버튼을 눌렀다. 역시 신호만 갔지 전화는 여전히 받지 않고 있었다.

팍!

윤 사장은 전화기를 집어 던졌다.

"여보!"

은숙이 차를 들고 들어오다가 깜짝 놀라 소리를 쳤다.

"무슨 일이에요?"

그녀의 예쁜 입술이 불만을 가득 담아 얘기를 했다.

"아니야."

"아니긴요. 서연이 때문 아니에요?"

은숙은 그의 앞에 차를 놓으며 말했다.

"뭘 안다고 그래?"

"왜 나한테 화를 내요? 홍차예요. 임 이사가 이번에 영국에 다녀오면서 사 온 거래요. 부하직원은 해외여행도 잘 보내주면서 나하고 수연이는 맨날 집에만 있고, 이게 뭐예요?"

은숙은 그칠 줄 모르는 허영심을 가지고 있는 욕심 많은 여자였다. 뭐든 남들이 하는 건 다 해야 했다. 아니, 더 해야 직성이 풀리는 여자였지만 윤 사장은 그런 은숙이 예뻤다.

"왜요?"

"아니야."

"맨날 아니래. 아니, 미국에 송금하는 돈만 없어도 수연이 미국으로 유학 보낼 수 있는데 형님 때문에 이게 무슨 고생이에요. 당신도 할 만큼 했으니까 이제 그만 송금해요."

"아니라니까. 수연이 보고 싶어서 어떻게 유학을 보내."

"거짓말."

요즘 들어 송금에 부쩍 반대를 하는 은숙이었다. 풍족하게 돈을 주었지만 그녀는 만족하지 못하는 것 같았다.

"그만해."

"어머, 지금 나보다 형님을 더 생각하시는 거예요?"

은숙의 가장 문제는 그가 아직 본처를 못 잊어하고 있다고 생각하는 것이었다. 가끔은 그런 은숙이 피곤했다. 요즘처럼 사업이 힘들 때면 더 했다.

Rrrrrrr

던져 버린 핸드폰이 울리기 시작하자 윤 사장은 재빨리 달려가 핸드폰을 받았다.

[사장님.]

그의 비서였다. 실망감이 엄습해 왔다.

"무슨 일인가?"

윤 사장의 목소리에 짜증이 묻어났다.

[아가씨와 김 사장님이 어제 함께 호텔에 계셨습니다.]

"뭐?"

갑자기 윤 사장의 얼굴에 미소가 떠올랐다.

[그리고 아침에 두 분이 호텔에서 나가시는 게 포착되었습니다.]

어제 비서에게 연락이 없어서 서연이 잘 안 된 줄 알았는데 확실한 상황을 보고하려고 했던 모양이었다.

"그래?"

굼벵이도 구르는 재주가 있다더니 얌전할 줄만 알았던 서연이 재주를 부리고 있었다. 뭐든 어떻게 해서라도 김 사장의 마음을 잡아야 했다.

[까다로우신 김 사장님께서 아가씨가 굉장히 마음에 드신 듯합니다.]

"알았어."

비서의 말에 윤 사장의 얼굴에 특유의 비열한 미소가 걸렸다.

"무슨 일이에요?"

은숙이 윤 사장의 얼굴을 쳐다보며 물었다.

"잘하면 서연이가 월척을 잡을 것 같아."

"네?"

윤 사장은 더 이상의 말은 하지 않았다. 서연이 성도그룹의 며느리가 된다면 대주건설의 미래는 당연히 밝을 것이다.

"이제 돈줄을 확실하게 잡은 거야."

"무슨 소리예요? 서연이가 성도그룹 손자를 꼬시기라도 한 거예요? 설마요."

"굼벵이도 구르는 재주가 있었어."

윤 사장은 언제나 서연과 본처가 미웠다. 서연의 엄마인 희자는 그의 눈에 들어 결혼한 여자였다. 눈부시게 아름다운 그녀에게 한눈에 반한 그는 서연을 임신시켜 억지로 결혼을 했다. 하지만 그녀는 병약했고 세상에는 여자들이 많았다.

그가 처음부터 대주건설의 사장은 아니었다. 형님을 밀어내고 자신이 그 자리에 서기까지 그 또한 많은 노력을 했다. 그리고 그 자리에 올랐을 때 희자는 그의 곁을 떠났다. 형님의 자리를 빼앗아서는 안 된다고 말이다.

다른 사람들은 그가 그녀를 내쫓은 줄 알지만 사실은 그녀가 그를 먼저 버렸다. 웃기지만 그게 사실이었다. 물론 그가 지금의 은숙을 내연녀로 두고 다른 여자들과도 바람을 피웠지만 희자가 자신을 먼저 떠난 건 용서가 되지 않았다.

그런 이유로 처음엔 이혼을 해주지 않았고 그다음은 그녀가 아팠기 때문에 그녀를 괴롭히기 위해 더 이혼을 해주지 않았다. 물론 생각보다 적은 위자료를 주었고 생활비도 주었지만 말이다.

평생을 증오하는 남자의 돈을 받으며 사는 게 어떤지, 언제 돈이 끊길지 두려워하며 사는 게 어떤 건지 느끼게 해주고 싶었다.

"아빠."

눈에 넣어도 안 아픈 수연이 그에게 왔다. 정이 이상하게 안 가는 서연과는 달리 수연은 그가 사랑하는 딸이었다. 수연이 하는 건 뭐든 용서가 되었다. 교복에 책가방까지 메고 들어온 딸을 윤 사장은 애정이 듬뿍 담긴 눈으로 보았다.

"아이고, 우리 딸 왔쪄."

윤대식의 목소리가 괴기스럽다고 느껴질 정도로 부드러워졌다.

"아빠는, 내가 애야?"

심통을 부리는데도 귀여운 녀석이었다. 서연이 희자를 빼닮았다면 수연은 자신을 빼닮은 붕어빵 딸이었다. 짧은 팔다리하며 네모난 얼굴까지 하다못해 발가락까지 닮은 딸이었다. 그래서 애정이 더 가는지도 모르겠다.

"아빠, 이번 방학에 쌍수 해주면 안 돼?"

그의 옆에 착 붙어 앉아서 팔짱까지 끼며 애교를 떨었다.

"쌍수?"

"쌍꺼풀 수술. 우리 반에서 나만 쌍꺼풀이 없단 말이야."

"쌍꺼풀이 없으면 어때? 개성 있고 예쁜데."

윤 사장이 보기에 수연은 너무나 예뻤다. 남들이 너무 몰라봐 줘서 그렇지.

"내 별명이 뭔 줄 알아? 단춧구멍이라고."

"누가 우리 딸을 놀리는 거야?"

수연이 다니는 사립고등학교는 재벌가 아이들의 집결 장소였다. 그래서 일개 건설사 사장의 딸은 명함도 내밀지 못했다.

"내가 그 학교 가지 말라고 했지?"

"엄마가 거기 가야 재벌 소리 듣는다고 했어."

그건 은숙의 말이 맞았다. 아이들도 그래야 좋은 인맥이 생긴다며 유치원서부터 첩의 딸이라는 소리를 들으면서도 사립 유치원서부터 고등학교까지 다 사립으로 보낸 극성 엄마였다. 정작 그녀는 엄마들 사이에 끼지도 못하면서 말이다.

"아빠, 서연이는 왜 한국에 들어온 거야? 서연이 대신에 내가 미국 가면 안 돼?"

수연이는 서연이 때문에 자신이 유학을 못 가는 거라고 생각하는 모양이었다. 한참이나 언니인데 수연은 서연에게 한 번도 언니라는 호칭을 쓰지 않았다.

"우리 수연이가 아빠 곁에 있었으면 좋겠는데."

그의 말에 수연이 입을 삐쭉 내밀더니 자신의 방으로 들어가 버렸다.

"역시 내 딸이야. 성질머리 하고는."

윤 사장은 삐쳐서 들어가는 모습마저도 마냥 예뻤다.

"수연이 좀 생각해 줘요."

딸이 방으로 들어가자 은숙이 윤 사장을 조르기 시작했다.

"서연이가 성도그룹에 시집가면 수연이 유학 보내요. 알았죠? 요즘 유학파가 아닌 애들이 없잖아요. 서연이도 유학 가서 시집 잘 가는 거고."

그가 미국으로 모녀를 내쫓은 걸 알면서도 은숙은 끝까지 서연을 유학파라고 말했다.

"우리 수연이도 시집 잘 가야 하잖아요. 수연이가 조금만 더 컸어도 성도그룹으로 시집보내는 건데. 서연이 계집애가 다 뺏어갔어요. 우리 불쌍한 수연이."

은숙이 정말 약이 올랐는지 눈가의 눈물을 닦았다.

"그나저나 왜 이렇게 전화가 안 오는 거야."

윤대식은 답답한 마음에 소리를 지르며 자리에서 일어났다. 더 이상 은숙의 얘기를 듣고 싶지 않았다.

일하시는 아주머니가 점심을 차려주셔서 맛있게 먹고 난 서연과 재훈은 2층의 테라스에 앉아서 커피를 마셨다. 산새들이 지저귀는 이곳에서 엄마가 치료를 받을 수 있다는 게 서연은 생각만 해도 너무나 좋았다.

"진짜 좋아요. 이곳."

"그런가? 마음에 든다니 다행이군."

커피 잔을 내려놓고 서연은 테라스의 난간을 잡고 섰다. 숲의 향이 다 그녀에게로 쏟아지는 것 같았다.

그가 그녀의 뒤에 서서 살며시 서연을 안았다. 이런 스킨십이 어색하기는 했지만 그의 품 안이 따뜻하다는 건 인정하지 않을 수 없었다.

"숲하고 서연이하고 잘 어울리는 것 같아."

그의 입술이 그녀의 목으로 내려오자 서연은 주위를 둘러봤다. 누가 보면 어쩌려고 이러는지 서연은 너무나 떨렸다.

"엄마하고 이런 곳에서 살면 좋을 것 같아요."

말을 돌렸지만 여전히 그의 입술은 그녀의 뒷목에 가 있었다.

"서연이는 결혼 전까지 이곳에 있으면 돼."

"진짜요?"

"물론."

"정말 고마워요."

그녀의 허리를 감싸고 있는 재훈의 손을 살며시 잡았다.

"재훈 씨가 이렇게 우리 모녀에게 도움이 되리라고는 상상도 못했어요. 고마워요."

진짜 진심이었다.

"고마우면 감사를 표해야 하지 않나?"

그가 뭘 말하는지 너무나 잘 알기에 서연은 피식 웃었다.

"왜 웃지?"

"이렇게 뻥 뚫린 곳에서 할 수 있을까? 라는 생각이 들어서요."

말을 해놓고도 쑥스러워 얼굴이 붉어졌다.

"우리 서연이가 이렇게 야한지 몰랐는걸?"

"한다는 게 아니라 그냥 그렇다고요."

그의 손이 그녀의 작은 엉덩이를 손으로 감싸 쥐었다.

"설마?"

"난 여자의 바람을 저버릴 만큼 나쁜 놈이 아니야."

그가 그녀의 손을 난간 위에 얌전히 놓았다.

"여기선 싫어요."

"왜 말을 바꾸지?"

"그래도……."

"꽉 잡아. 그리고 사람들이 들으면 안 되니까 소리는 내지 말고."

그가 그녀의 치마를 걷어 올리더니 팬티를 내렸다. 그리고 자신의 버클을 풀었다.

"재훈 씨."

"쉿!"

그는 이렇게 말을 하고는 그녀의 뒷목에 입을 맞추었다. 짜릿한 쾌감이 목을 타고 흘러내렸다.

"제발……."

"제발 더 원한다고 말해."

그가 그녀의 여성을 손으로 감쌌다. 서연은 혹시나 사람들이 지나갈까 봐 노심초사하며 난간을 있는 힘껏 잡았다.

"여기는 거짓말을 하지 않는군."

그가 그녀의 뒤에 이렇게 속삭이며 귓바퀴를 빨았다. 이제 서연은 버티고 서 있기조차 힘이 들었다. 그때 그가 자신의 페니스를 그녀의 질에 삽입했다. 섹스에 익숙하지 않은 그녀에게 후배위는 너무나 이상했다.

"사람들이 봐요."

"누가? 그리고 난간에 가려서 아래서는 우리가 뭘 하는지 몰라."

그는 이렇게 말을 하며 그녀의 허리를 더욱 바짝 끌어당겼다. 그가 움직일수록 서연은 야릇하게 느껴지는 쾌감을 조금씩 느껴가고 있었다. 과연 이래도 되는 걸까?

순간 아래서 소리가 들리기 시작했다. 들어올 때는 분명히 마중나온 사람들이 두 명뿐이었는데 꽤 많은 사람들의 목소리였다.

"사장님!"

밑에서 나이 지긋한 아주머니가 그를 부르며 손을 흔들었다. 난감한 상황이었지만 그는 아주 편안한 목소리로 그녀에게 말했다.

"잘 지내셨어요?"

"그럼요. 얼른 내려오세요. 맛있는 거 해드릴게요."

"네."

서연도 가만히 있을 수가 없어서 난간을 잡은 손에 힘을 주고 최대한 아무렇지 않은 표정으로 그녀에게 목례를 했다. 그녀도 서연에게 목례를 하더니 안으로 들어갔다.

"마무리는 지어야지."

그가 그녀의 손을 잡고는 방으로 들어가 그녀의 다리를 들어 올리고는 선 자세로 그녀를 가졌다. 이렇게 그가 밝히는 남자인지 서연은 새삼 느끼고 있었다. 재훈이 자신의 주머니에 있던 속옷을 그녀에게 건넸다.

"당신이 벗고 있으면 또 갖고 싶을 것 같아서."

참 답이 없는 사람이었다.

"재훈 씨."

그는 다시 서연의 입술에 진한 키스를 하고는 그녀의 손을 잡고 사람들이 기다리는 1층으로 향했다. 별장지기 부부와 별장에서 일하는 사람들이 모두 와서 그들에게 인사를 했다. 모두들 그가 데리고 온 여자에 관심이 큰 것 같았다. 서연은 사람들의 시선이 부담스러웠지만 그들은 서연을 따뜻하게 맞아주었다.

성북동의 고급 주택가에 아침부터 까치 소리가 요란하게 들리고 있었다. 반가운 사람이라도 오는 모양인지 현수의 단잠을 까치가 깨우고 있었다.

"아으으윽."

기지개를 켜자 안 그래도 큰 키가 더욱더 커 보였다. 어제는 할머니 제사여서 본가에서 모처럼 잠을 잤다.

며칠 전에 미국에 있던 예나가 한국에 들어온다는 전화를 받았다. 예나는 그의 쌍둥이 여동생으로 그의 일생에서 사업만큼이나 골치 아픈 존재였다.

유성그룹이야 형이 맡아서 하면 그뿐이었지만 예나는 다른 문제였다. 그만 골치가 아픈 게 아니라 집안 식구 전체가 예나 때문에 신경을 곤두세우고 있었다.

똑똑!

"도련님, 아침 식사 하십시오."

메이드의 목소리가 문밖에서 들렸다. 그는 몸을 일으키며 혼잣말을 했다.

"예나가 온다고 한 거지 온 건 아니니까."

예나의 소식을 그는 전해야 했다. 지금 예나를 재훈이 본다면 아마 받아들이기 힘든 상황일 것이기 때문이었다. 고민 끝에 그제 밤에 재훈에게 만나자는 말을 했고 어제도 눈치 없이 재훈이 선을 보는 장소에 갔었다.

물론 생각하고 싶지 않은 일도 있었지만 말이다. 재훈과 선을 보기 위해 나온 여자에게 명함을 주다니, 어제는 정말로 제정신이 아니었던 게 분명했다.

하지만 재훈과 선을 보는 여자는 딱 자신의 스타일이었다. 아름답고 여성스러운 느낌에 약간의 슬픈 눈빛까지 뭐 하나 마음에 들지 않는 구석이 없었다. 미안하지만 제발 재훈의 스타일이 아니길 바랐다.

"내가 너무 여자가 고픈가 보네."

이런 엉뚱한 생각까지 하다니, 유성그룹의 막내 김현수답지 않았다. 그는 다시 당장의 고민거리인 예나를 떠올렸다. 지금은 자신의 여자가 급한 게 아니라 예나가 한국으로 들어온다는 게 시급한 일이었다.

3년 전 예나는 세 번의 자살기도와 두 번의 가출로 집안 식구들의 걱정을 한 몸에 받았었다. 천재에 가까운 예나가 미치광이가 된 건 바이올린과 재훈 때문이었다. 이란성 쌍둥이인 그들은 태어날 때부터 동지애 같은 게 있었다. 같은 것을 좋아하고 닮은 점도 많았다.

현수는 예나를 너무나 아꼈지만 3년 전 그 사건 이후로는 그녀가 무서웠다. 이번에는 재훈에게 피해가 가지 말아야 하는데 걱정이었다. 그녀의 말로는 이제 많이 좋아졌다고는 하는데 왜 이리 걱정이 되는 건지. 불안했다.

"오늘은 무슨 일이 있어도 재훈이에게 말해야 해."

그는 대충 옷을 입고는 가족들이 모여 있는 식당으로 향했다.

"안녕히 주무셨어요."

"그래."

아버지는 언제나 점잖은 분이셨다. 유성그룹 얘기가 나오지 않으면 그처럼 호인이 없었다. 문제는 형이었다. 언제나 그에 대한 얘깃거리를 먼저 꺼내 아버지의 화를 돋우고 있었기 때문이었다. 형만 아니었다면 벌써 그의 손에 맞아도 백번은 더 맞을 위인이었다.

"레베칸지 뭔지는 아직도 하고 있어?"

또 시작이었다.

"네."

다섯 살이 많은 형은 언제나 그에게 존댓말을 쓸 것을 강요했다. 물론 형이 나쁘지만은 않았다. 유성그룹을 아버지와 함께 발전을 시킨 건 맞았다. 업무적인 능력은 1등인 사람이었으니까.

"빨리 때려치워. 언제까지 아버지 일을 나 몰라라 할 거야?"

"형, 그만하세요. 제가 알아서 해요."

현수는 형의 빈정거림이 싫어서 말대꾸를 했다.

"뭐야!"

아버지의 고함 소리가 식당에 울렸다. 아버지는 언제나 형의 편이었다. 어디서 감히 동생이 형한테 대드냐고 생각하시는 분이셔서 이렇게 그가 형에게 말대꾸를 하면 언제나 불호령이 떨어졌다.

"다 큰 녀석 공부를 시켜놨더니 물장사나 하고. 쯧쯧쯧."

아버지는 그가 회사 일을 돕지 않는 것도 마음에 들어 하지 않았다.

"지금은 제 걱정을 할 때가 아닙니다."

현수는 본론을 꺼내려고 했다.

"뭐야?"

"예나가 미국에서 돌아오겠다고 연락이 왔어요."

예나는 가족들에게 많은 상처를 주었다. 물론 그녀가 가족을 직접적으로 공격하지는 않았지만 그녀가 한 일련의 행동들이 가족들을 모두 그녀에게 등 돌리게 만들었다. 그들은 예나가 두려웠다. 더 이상 예나는 가족구성원에 끼기가 힘들었다. 예나를 낳은 어머니조차 딸을 두려워하고 있었다.

"……."

모두가 숟가락을 든 채로 그의 얼굴을 바라보았다. 설마라고 얼굴에 쓰여 있었다.

"미국에 전화해."

아버지가 미국으로 전화를 하라고 하자마자 형이 전화기를 들었다. 어머니는 주방에서 그대로 쓰러지셨고 형수가 어머니를 부축했다. 집 안 전체가 어수선한 가운데 미국의 예나의 집엔 연락이 안 되고 있었다.

현수는 불길한 생각이 들었다. 연락을 안 받는 것이면 출발을 했다는 말이었다.

현수는 머리가 쭈뼛 솟는 게 느껴졌다. 소름이 돋는 느낌이었다. 벌써 왔으면 안 되는데, 라는 생각이 들기도 전에 그는 차가운 눈빛으로 식당의 기둥 뒤에 서 있는 예나와 눈이 마주쳤다.

현수는 심장이 떨어질 만큼 놀라서 얼굴까지 창백해지고 말았다.

"예, 예나야!"

현수의 목소리는 안쓰러울 정도로 떨렸다. 그의 눈에 식당의 입구에 서서 그들을 무심한 눈길로 보고 있는 예나의 모습이 보였다.

"내가 온 게 반갑지가 않아?"

목소리는 아주 차분했지만 냉기가 가득했다.

"……."

짧은 핫팬츠에 찢어진 티셔츠를 입고 캐리어를 손에 붙들고 있는 예나의 모습은 흡사 히피족 같았다.

"반, 반갑지."

현수는 가족 중에 가장 먼저 예나에게 다가가 안아주었다. 다행히 한국에서 갈 때보다 얼굴은 훨씬 좋아진 것 같았다. 3년 만에 처음 보는 예나의 모습에 식구들은 모두 놀란 눈치였다.

"엄마, 밥 줘."

쇼크로 정신이 없는 어머니 대신에 형수가 재빠르게 예나의 밥상을 차렸다.

"아가씨, 진지 드세요."

"고마워요, 언니. 여전히 예쁘네."

말도 부드러워진 것 같고, 일단은 겉보기에는 좋아 보였다.

"아빠, 왜 말이 없으세요?"

집안에서 유일하게 아버지를 얼어붙게 만드는 아이가 예나였다.

"음, 잘 왔다."

아버지의 목소리가 어색하기 그지없었다.

"진작에 불러주시지, 난 멀쩡했는데."

의자에 앉아서 반찬을 젓가락으로 휘휘 저으며 예나가 말을 했다.

"왜 말 없이 왔어?"

가장 궁금한 걸 형이 물었다.

"내가 말을 했으면 올 수 있었을까요? 병원에서 내 우울증 증상은 괜찮아졌대요. 완벽히 나은 거예요. 그러니까 올 수 있었죠."

모두 다 정신이 없는 아침을 맞이하고 있었지만 정작 당사자는 너무나 편안해 보였다. 식사를 다한 예나가 현수의 팔을 잡았다. 왠지 소름이 끼쳤지만 현수는 예나가 하는 대로 놔두었다.

"이제 정말 괜찮은 거야?"

"응."

보기에는 멀쩡해 보였다. 하기야 지금껏 재훈의 얘기는 한마디도 나오지 않았으니 조금은 기대를 해볼 만도 했다.

"너 바 한다며?"

뜬금없이 예나가 레베카에 대해 물었다.

"그래."

"나 취직 좀 시켜주라."

"어?"

이건 또 무슨 자다가 봉창을 두드리는 소린지. 그런데 예나가 몇 년 만에 처음으로 그에게 미소를 보였다.

"쫄지는 말고."

예나가 그의 가슴을 툭하고 쳤다.

"안 잡아먹어."

"바에서 무슨 일 하려고?"

"바이올린 연주를 하고 싶어."

"그럼 연주회를 열어. 넌 충분히 할 수 있어."

"나 요즘 재즈가 좋아. 그래서 재즈 음악을 연습할 겸 겸사겸사 부탁하는 거야."

미국에 있을 때 우울증과 자해에 대한 치료를 하면서 그녀는 바이올린 공부도 같이 병행했었다. 정말 아까운 재능이었다.

"정말 이제 괜찮은 거야?"

"응."

"좋아. 그러면 매일 한 시간 정도 연주할 수 있게 해줄게."

"고마워. 역시 너뿐이다."

현수는 불안하기는 했지만 재훈과 부딪치게만 하지 않는다면 괜찮을 것 같다는 생각이 들었다. 자신의 방으로 들어가는 예나의 뒷모습을 보며 현수는 한숨을 쉬었다.

"현수야."

형이 그를 불렀다.

"예나 정말 괜찮은 거야?"

"괜찮아 보이기는 하는데 지켜봐야 할 것 같아요."

모든 걸 다 갖춘 집안의 유일한 아픈 손가락이었다. 현수가 사업을 안 하고 고집을 피우는 건 집안의 걱정거리는 아니었다. 그는 언젠가 유성그룹으로 돌아갈 테니까. 하지만 예나는 조금 다른 문제였다.

언제나 예나의 이상한 행동에 아버지는 사람까지 붙여두고 감시를 하셨지만 예나는 언제나 그들보다 한 수 위였다. 일이 터지기 전에 예나의 행동을 막아본 적이 없었다.

하지만 지금도 현수가 아버지에 대해 인정을 하는 점은 예나의 일이 절대로 밖으로 새나가지 않는다는 것이었다.

"형, 이거."

그가 주머니에서 담배 한 대를 꺼내 형에게 주었다.

"너 담배 끊었잖아?"

"며칠 전부터 다시 피워요."

그는 형에게 담뱃불을 붙여줬다. 형이 담배 연기를 길게 뿜어냈다.

"예나 때문에?"

"……."

집안에 근심의 그늘이 드리워졌다.

여자의 손이 이렇게 부드러운 감촉이라고 한 번도 느낀 적이 없었다. 낯선 여자에게 느끼는 감정이라고 하기엔 그가 느끼는 감정은 깊었다. 첫눈에 반했다고 말하는 사람들을 비웃던 그가 지금 만난 지 이틀 만에 결혼을 결심하게 되었다.

차를 운전하는 내내 그는 서연의 손을 놓지 않았다. 이런 적이 있었는지 아무리 생각을 해보아도 없는 그였다. 여자라면 질릴 만큼 만나던 적도 있었다.

어린 시절 방황을 그는 예쁜 여자들을 만나면서 풀었다. 연예인서부터 모델에 이르기까지 동서양을 막론하고 그는 모든 여자를 만났었다. 물론 회사에 들어가기 전의 일이지만 말이다. 대학 내내 그의 주변에는 널리고 널린 게 여자였다.

어릴 때 스키를 타다가 십자인대가 파열되어 군 면제를 받은 그는 다른 남자들에 비해 이른 나이에 경영수업을 받았다. 그가 회사에 들어가기 전에 할아버지와 약속을 한 건 사내연애 금지였다. 그 정도로 어릴 적에 할아버지의 속을 꽤나 썩인 그였다.

"뭘 그렇게 생각해요?"

그가 한참이나 말이 없자 서연이 그를 보며 물었다.

"어릴 적 일들."

"재훈 씨의 어릴 적은 어땠어요?"

서연이 자신의 일에 관심을 가져주니 왠지 기분이 좋았다.

"나? 나는 완벽했지."

"네?"

그녀가 미소를 지었다. 슬픈 눈을 한 그녀를 볼 때마다 그는 이렇게 웃게 해주고 싶었다.

"난 말썽꾸러기였어. 부모님이 일찍 돌아가시는 바람에 어릴 때는 좀 심하게 방황을 했었지."

"그래서 약간 거칠어 보이는구나."

"내가 거칠어 보이나?"

"곱게 자란 범생이 같아 보이진 않죠."

재훈의 입가에 미소가 걸렸다. 그가 어떤 어린 시절을 보냈는지 안다면 그녀는 아마 결혼이고 뭐고 도망가기에 바쁠 것이다.

"범생이하고는 많이 달랐지."

서연을 데려다주는 내내 그의 머릿속에는 이 여자와 지금 헤어지기 싫다는 생각뿐이었다. 서연을 안고 침대로 들어가 마음껏 탐하고 싶었다. 하지만 지금은 현수에게 가봐야 했다.

"헤어지기 싫지?"

"네?"

자신의 마음을 그녀에게 돌려 말하자 서연은 당황했고 그는 즐거웠다.

"나랑 헤어지기 싫어 하는 게 느껴져서."

"……."

"아닌가?"

"맞아요."

역시 이 여자는 그보다 한 수 위였다. 서연의 말에 그의 심장이 두근거리고 있었다.

"오늘 즐거웠어요. 운전 조심해요."

서연은 이 한마디를 남기고 호텔로 사라져 버렸다. 그는 멍하게 서연이 그의 시선에서 사라질 때까지 자리를 지키고 있다가 현수의 가게로 향했다.

분명히 중요한 일이니까 그를 그렇게 애타게 만나고 싶어 했을 것이다. 핸드폰을 보니 부재중 전화가 장난 아니게 와 있었다. 모두가 현수의 전화였다. 재훈은 지체하지 않고 속도를 내서 강남에 있는 레베카로 향했다.

차를 세워두고 출입구에 서자 그제 서연이 붙들고 있었던 사람

크기의 스파이더맨 피규어가 보였다.

"내 여자 꼬시지 마."

이렇게 스파이더맨에게 말한 그는 휘파람을 불며 바 안으로 들어갔다. 토요일이라서 그런지 오늘은 한가했다. 금요일까지는 너무 바쁘지만 주말엔 바에 손님들이 거의 없었다. 그나마 근처에서는 레베카가 제일 장사가 잘되는 곳이었다.

"김 사장!"

바텐더와 무슨 얘기를 심각하게 하고 있던 현수가 그를 보자 손을 들어 인사를 했다. 친구지만 참 잘생기고 괜찮은 녀석이었다. 서연에게 침을 흘린 건 빼고 말이다.

바에 앉은 그는 일부러 현수의 등을 손으로 한 대 쳤다.

짝!

"아퍼, 인마."

그냥 씩 웃은 재훈은 자리에 앉았다.

"마티니."

"미친놈, 비싼 거 먹어."

"마티니."

현수가 재훈이 때린 등을 손으로 문지르며 마티니를 만들었다. 술을 못하는 재훈을 알기에 그는 말은 이렇게 하면서도 친구를 위해 약하게 술을 만들어주었다.

"자, 먹어라."

"땡큐, 그런데 왜 보자고 했어?"

"그게……."

방금 전과는 많이 다른 얼굴이었다. 확실히 문제가 있긴 했다. 언제나 낙천적인 현수가 아니었다.

"뭔데?"

"그게……."

"빨리 말해."

재훈은 마티니를 홀짝거리며 현수를 바라보았다.

"예나가 왔다."

푸흡!

마시고 있던 마티니가 분수처럼 뿜어져 나왔다. 현수가 그에게 물수건을 건넸다.

"오기 전에 말하려고 했는데 타이밍이 좋지 않았고 그사이에 예나가 와버렸어."

"언제?"

"오늘."

재훈은 잘 못 마시는 술을 단숨에 들이켰다. 이러지 않고서는 진정이 될 것 같지가 않았다.

"오늘 아침에 전화를 그렇게 해도 받지 않은 네 잘못도 있어."

"이제는 괜찮은 거야?"

"응, 겉보기에는 멀쩡했어."

겉보기에는 멀쩡하다는 얘기는 아직 확실하지 않다는 말이었다. 3년 전 그날의 일은 그의 뇌리에서 몰아낸 지 오래였다. 그는 그 후로 여자를 더더욱 가까이하지 않았다. 충분히 지치고 힘이 들었다. 지금도 왜 예나가 그랬는지 이해할 수가 없었다.

"그래서 말인데 앞으로 레베카에 오지 마라. 그 얘기 하려고 전화했었어."

"예나가 이리로 올 것 같아서?"

"오기로 했다. 여기서 연주를 하고 싶대."

확실히 바이올린을 든 예나는 광기에 사로잡힌 천재 음악가였다. 하지만 예나는 클래식인데. 레베카와는 맞지 않았다.

"예나랑 이곳은 맞지 않아."

"나도 그렇게 생각해. 그런데……."

"그런데?"

"요즘 재즈에 심취해 계신단다."

"후~"

자기도 모르게 한숨이 나오는 재훈이었다. 얼른 이 자리를 피하고 싶었다. 아직 예나를 만나기엔 마음의 준비가 되어 있지 않았다.

"나 간다."

"그래, 얼른 가. 전화할게. 전화 좀 받아."

"알았어."

대답과 함께 자리에서 일어나려던 재훈은 공포에 질린 현수의 얼굴을 보았다. 설마, 예나가 오지는 않았을 것이다. 하지만 현수는 그의 기대를 저버렸다.

"예, 예나야."

말까지 더듬는 현수였다. 재훈은 돌아보고 싶지 않았다. 그러면 사고 났을 때의 모습이 다시 떠오를 것만 같았다. 너무 지독해서 잊고 싶었던 그 장면을 이제야 조금 잊어가는데, 또다시 밤마다 잠을 이루지 못할까 봐 재훈은 두려웠다.

재훈은 고개를 천천히 돌려 현수의 시선이 머문 곳을 쳐다보았다. 거기에는 예나가 소름이 끼치도록 아주 밝은 표정으로 서 있었다. 예전의 그 모습 그대로 웃으며 재훈을 바라보고 있었다.

순간 숨이 턱하고 막히고 그날의 공포가 떠올라 재훈은 자신도 모르게 손을 부르르 떨었다. 아직 예나를 볼 마음의 준비가 되지 않았건만 급작스러운 재회였다.

제5장 원치 않은 인연

재훈의 얼굴이 굳어졌다. 소름 끼치도록 싫었던 기억이 실타래 풀리듯 풀어지고 있었다. 3년 전 그날의 기억이 지금 바에 서 있는 예나의 모습과 오버랩되어 떠올랐다.

"생각보다 빨리 만났네? 한참 후에 만날 줄 알았는데……."

예나의 아무렇지 않은 모습에 안심이 되었지만 그날의 기억은 그에겐 많은 트라우마를 남겼다.

"예나 왔어? 이리 와서 앉아. 재훈이는 바빠서 가려던 참이야."

"토요일인데 바빠?"

예나가 재훈의 팔을 잡으려고 하자 현수가 재훈을 잡아당겼다.

"응, 집안에 일이 있거든. 아참, 제사야. 어서 빨리 가. 재훈아."

그의 등을 현수가 밀며 얼른 나가라고 했다. 현수는 죄지은 것도 없는데 고양이 앞의 쥐 마냥 예나 앞에서 쩔쩔매고 있었다. 재훈은 바를 나와서 자신의 집으로 향했다.

어떻게 집에 들어왔는지 아무런 생각도 나지 않았지만 지금 그는 자신의 소파에 몸을 기대고 있었다. 그리고 떠올리고 싶지 않은 그날의 기억을 떠올렸다. 눈만 감으면 떠오르는 그날의 일을 지우려고 그렇게 노력했고 지웠다고 생각했는데 예나를 본 순간 봉인이 풀려 버렸다.

"미치겠군."

그는 소파에 길게 누워 손으로 얼굴을 감쌌다. 그리고 세수를 하듯이 마구 비볐지만 그날의 기억은 자꾸만 밀려들었다.

사장으로 취임한 지 얼마 되지 않은 재훈은 바쁜 나날을 보내고 있었다. 친구인 현수와 예나와도 연락을 안 한 지 꽤 오래되었다. 오늘따라 그런 재훈을 심란하게 만든 건 이번 회사의 광고 모델과의 스캔들 때문이었다.

그냥 광고 촬영장에 갔을 때 보았고 며칠 전에 호텔에서 우연히 마주친 게 다인데 그게 사진 찍혀서 기사화가 되어 며칠째 기자들을 피해 다니느라 곤혹이었다.

윙~

무슨 일인지 예나에게 자꾸만 전화가 왔다. 귀찮은 생각이 들었지만 그는 전화를 받았다.

"어, 예나야."

[왜 이렇게 전화를 안 받아?]

"어, 좀 바빠서."

[민서희랑 있는 건 아니고?]

"뭐? 너까지 왜 그래? 나도 그 기사 때문에 죽겠다."

핸드폰 너머로 거친 숨소리가 들렸다. 마치 100m 달리기를 한 것 같은 거친 숨소리였다. 하지만 그러거나 말거나 지금은 신경 쓰고 싶지 않았다.

"너, 운동해?"

[아니, 응, 운동이라고 할 수도 있지.]

"어? 뭔지는 모르겠지만 급한 일 아니면 끊자. 바빠."

[오늘 만나자.]

"오늘 안 될 것 같은데."

[오늘 만나야 해. 안 그러면 날 영영 못 볼 테니까. 장난 아니야.]

도통 모를 소리만 하는 예나였지만 이렇게까지 말한 적이 없어서 재훈은 알았다고 얘기하고 전화를 끊었다.

"무슨 일이지?"

예나는 그의 절친인 현수의 쌍둥이 동생이었다. 어머니 아버지 두 분 다 그리 큰 키는 아니었는데 현수나 예나는 어렸을 때부터 굉장히 큰 아이들이었다. 그래서 키가 큰 그와 자연스럽게 짝꿍이 되거나 옆에 앉으면서 친한 사이가 되었다. 언제부터 친했는지 기억은 나지 않았지만 여러모로 비슷한 환경에서 자란 그들은 금방 친구가 되었고 부모님이 돌아가시면서는 예나의 과보호가 시작되었다.

하도 오래전부터 시작된 일이라서 그냥 그러려니 하고 넘겼다. 하지만 대학에 들어가면서부터는 재훈이 약간의 거리를 두었었다.

그리고 그 무렵 예나에게는 새로운 집착거리가 생겼었다. 그건 바이올린이었다. 어릴 때부터 신동 소리를 듣던 예나였지만 기이하게도 음대에 들어가면서부터는 아주 미친 듯이 몰두하기 시작했다.

그래도 현수와 만날 때면 항상 같이 와서 셋은 삼총사처럼 붙어 다녔었다.

“아무 일이 없어야 하는데…….”

유난히 집착이 강한 예나라서 현수는 항상 예나를 걱정했었다.

퇴근 시간이 돼서 그는 현수에게 전화를 걸었다.

“오늘 예나가 만나자고 하는데?”

[왜?]

“모르겠어. 이따가 같이 가자. 말하는 게 어째 좀 불안해.”

[알았어.]

그는 현수를 태우고 평생 그의 기억에서 지우고 싶은 장소로 향했다. 예나는 바이올린 연습실에 그를 불렀다. 예나의 연습실은 시내의 한 오피스텔을 개조해서 만든 곳이었다. 완벽하게 방음 시설을 갖추고 있어서 그녀가 연습하기엔 적절한 곳이었다.

딩동!

초인종을 눌렀지만 아무런 응답이 없었다.

"지금 연습 중인가 봐."

이렇게 말을 했지만 현수의 눈빛이 불안했다.

"무슨 일 있지? 솔직하게 말해."

현수의 눈빛이 흔들렸다.

"아니야 무슨 일은."

현수도 뭔가를 숨기고 있었다.

"빨리 말하시지."

"사실은 예나가 널 많이 좋아해."

"당연하지, 친군데."

예나가 그에게 각별하다는 건 알고 있었지만 그는 예나가 여자로 느껴지지 않았다. 오히려 그런 예나가 부담스러운 재훈이었다.

"그런 의미가 아니란 거 알잖아."

아무리 벨을 눌러도 답이 없었다.

"경비실에 전화를 해봐야겠어. 혹시 스페어 키라도 있을지 모르니까."

"아니, 필요 없어."

재훈이 혹시나 해서 문을 열었는데 문이 열렸다. 재훈은 재빠르게 안으로 들어가서 예나가 있는지 없는지 확인을 했다. 문을 열어보았지만 방에도 연습실에도 예나는 보이지 않았다. 그때였다.

"예나야!"

현수의 목소리였다. 그리고 재훈은 평생 잊지 못할 괴기스러운 장면을 보고야 말았다. 하얀색 욕실은 예나의 피로 물들어 있었고 예나의 손에는 칼이 쥐어져 있었다. 자신의 몸을 얼마나 그어놨는지 온몸에서 피가 흐르고 있었다.

동맥을 그은 것 같았다. 마치 자신의 몸에 미리 연습을 한 것처럼 상처들의 길이가 자로 잰 듯 맞았다.

"예나야, 정신 차려! 구급차 불러!"

수건으로 예나의 몸을 감싸고 있던 현수가 소리를 질렀다. 그제야 재훈도 이 기괴한 장면에서 눈을 돌리고 자신의 핸드폰으로 구급차를 불렀다.

"재훈아, 수건!"

피를 너무 많이 흘렸다. 재훈은 집에 있는 수건을 모두 꺼내 예나의 몸을 덮었다. 이러다 과다 출혈로 죽는 게 아닐까 걱정이 되었다.

"재훈아."

예나의 목소리가 소름 끼치게 들렸다. 이 자리를 피하고 싶은 재훈이었다.

"응, 나 여기 있어."

최대한 덤덤한 목소리로 말하려고 애를 썼지만 재훈의 목소리는 심하게 흔들렸다.

"왜 다른 여자를 만나? 안 그러기로 했잖아."

"어?"

재훈은 예나에게 다른 여자를 만나지 않겠다는 말을 한 적이 한 번도 없었다. 예나와 애인 사이도 아니고 그런 말을 예나에게 할 이유가 없었다. 예나는 출혈이 심해서 그런지 눈이 풀리고 있었다.

"지난번에 채린이 이후로 그 누구도 안 만난다고 했잖아."

원망이 섞인 말투였다. 채린이는 1년 전에 그가 몇 번 만났던 모델이었다.

"나 지금 아무도 안 만나."

일단은 진정을 시키는 게 나을 것 같았다.

"거짓말!"

"진짜야!"

이 와중에도 그의 억울한 스캔들 얘기가 나오자 욱한 재훈이었다.

"아니라잖아, 재훈이가 아니라면 아닌 거야."

현수가 눈물을 흘리며 말했다.

"다시는 이런 짓 안 하기로 했잖아."

이번이 처음은 아니었던 것 같았다. 현수는 뭔가를 숨기는 듯했다. 그때였다. 구급대원들이 집 안으로 들어왔다. 처음에 그들도 예나를 보고는 놀란 얼굴이었다.

현수는 예나와 함께 성도병원으로 향했다. 유성병원으로 가면 소문이 빨리 도니까 보안에 만전을 기했다.

"괜찮을 거야."

온몸이 피투성이가 된 두 사람은 응급수술에 들어간 예나를 수술실 앞에서 기다렸다.

"집에는 연락 안 해?"

현수와 나란히 앉아 있던 재훈이 물었다.

"지금 이거 아시면 아버지 어머니 쓰러지셔."

예나의 상태가 너무 엉망이니 어른들이 놀라시는 게 당연하지만 그래도 자식이 이 지경이 되어 있는데 오셔야 하는 게 맞는 것 같았다.

"그래도 나중에 아시는 것보다는……."

"재훈아."

그가 재훈의 손에 뭔가를 쥐어주었다. 피가 묻어 구겨져 있는 재훈의 사진이었다.

"아까 예나의 손에 있었어."

"아까부터 뭔가가 이상한데 말해봐. 예나가 이런 거 이번이 처음 아니지?"

"……."

"말해!"

현수는 불안한지 손을 비비며 그에게 말하기 시작했다.

"1년 전에 네가 모델이랑 사귄다는 기사가 났을 때 예나가 오늘처럼 심하지는 않았지만 손목을 그었어. 그때도 이유는 너 때문이었고."

재훈은 도저히 이해를 할 수가 없었다. 당당하고 예쁜 예나였다. 하지만 맹세코 그녀에게 어떤 여지도 준 적이 없는 그였다. 예나가 그를 좋아한다는 건 알고 있었지만 그냥 친한 친구의 지나가는 감정 정도로만 생각을 했었는데 생각보다 상황이 심각했다.

"나와 예나는 친구일 뿐이야."

"알아. 그래서 더 속이 상해. 너도 예나도 이해가 가니까."

"그렇다고 이건 아니지."

재훈은 현수에게 버럭 화를 냈다. 좋아하는 마음에 뭐라 할 수는 없지만 그게 정상적이지 않다면 막아야 했다.

"너희 아버지를 만나야겠어."

재훈은 진짜로 그 길로 현수의 아버지에게로 가서 예나의 상태에 대해 말했다. 그 후 수술 결과가 좋아서 목숨을 건진 예나는 아버지에 의해 미국으로 보내졌다.

정신치료와 음악 공부를 동시에 할 수 있었고 무엇보다 재훈을 안 보니 조금은 나을 것이라는 판단 때문이었다. 예나가 떠난 직후 재훈은 한동안 밤잠을 설쳤다. 그때의 일이 자꾸만 떠올랐기 때문이었다.

지금도 가끔은 그때의 일이 떠올라 뜬눈으로 밤을 지새운 적도 있었다. 여자가 자신을 좋다고 하면 서연을 만나기 전까지는 혹시 예나처럼 그러지 않을까라는 생각이 들어 아예 여자 쪽으로는 고개도 돌리지 않았던 그였다.

그래도 세월이 약이라고 조금씩 무뎌져 가던 그에게 다시금 예전의 일이 떠오르게 하는 예나가 돌아왔다. 아까 예나를 보는 순간 그의 몸은 사시나무 떨 듯이 떨렸다. 마치 못 볼 것을 본 것처럼 그는 온몸의 떨림을 느꼈다.

정신을 차리고 싶지만 몸이 소파에 고정이 되어버린 것 같았다. 지금 그는 서연이 몹시 필요했다. 하지만 지금 상태로는 그녀에게 갈 수 없었다.

Rrrrrrr.

핸드폰이 울려 액정화면을 보니 재훈이었다. 헤어진 지 얼마나 됐다고 전화를 하는지 서연의 입가에 미소가 걸렸다.

"여보세요?"

[빨리 와줘.]

"네?"

[빨리 와줘.]

그의 목소리에 힘이 없었다. 왜 자신을 오라고 하는지 서연은 알 수가 없었다.

"왜 그래요? 거기 어디예요?"

[여기는 킹덤빌라 501호야.]

그리고 그는 전화를 끊어버렸다.

"아픈가?"

서연은 그의 힘이 없는 목소리가 걱정이 돼서 정신없이 준비를 하고 택시를 타고 그의 빌라에 도착했다. 그의 빌라는 한눈에 보기에도 부자들만이 살 수 있는 곳 같았다. 그녀가 택시에서 내리자 경비원이 그녀의 출입을 막았다. 그리고 그와 전화 통화를 한 후에야 그녀를 들여보내 주었다.

그의 집은 100평이 넘어 보이는 커다란 빌라였다. 모든 게 얼음처럼 차가운 스틸 소재로 되어 있는 공간의 소파에 그가 길게 누워 있었다. 왠지 모르게 이 집의 차가운 인테리어와 너무나 잘 어울리는 사람이었다.

그가 잠든 것 같아서 서연은 조용히 그의 곁에 다가갔다. 자는 모습도 멋져 보였다.

이런 남자와 결혼을 한다니 그녀에겐 정말로 행운이었다. 서연이 그의 이마에 손을 가져가 보았지만 열이 있는 것 같지는 않았다.

그녀가 손을 떼려는 순간 그가 그녀의 손을 잡았다.

"손이 차서 좋아."

"물수건이라도 해드릴까요?"

"아니, 그냥 이대로 있어."

처음부터 마음이 끌리는 게 두렵기는 했지만 서연은 솔직하고 싶었다. 재훈이 그녀를 어떻게 생각을 하건 이제는 중요하지가 않았다.

"고마워요."

"뭐가?"

"이렇게 불러줘서요."

"내가 고마워야 하는 거 아닌가?"

그의 말에 서연이 얼굴을 붉혔다. 솔직히 지금 고마워해야 하는 쪽은 확실히 그가 맞으니까.

그가 그녀의 볼을 꼬집었다.

"뭘 이런 걸로 당황하고 그래."

"이렇게 말씀하시는 걸 보니 아픈 건 아닌 거 같네요."

"아픈 거 맞아."

그가 잡고 있던 서연의 손을 자신의 가슴 위에 올려놓았다.

"여기가 아프거든. 그것도 아주 많이."

"……."

"그렇다고 그렇게 동정 어린 시선으로 볼 필요는 없어."

"그렇지 않아요."

그가 자리에서 일어나 그녀를 데리고 자신의 방으로 행했다. 방 안의 인테리어도 밖과 별 차이가 없었다.

"집 안 분위기가 굉장히 차가워 보여요."

"그래? 그럼 나중에 서연이가 바꿔. 어차피 여기서 서연이랑 같이 살 거니까."

그와 같은 집에서 산다는 게 믿어지지가 않았다. 그가 옷을 벗고 있었다. 아무것도 걸치지 않은 그는 침대 안으로 들어갔다.

"옷 벗고 들어와."

"네?"

아니, 몸이 아프다면서 섹스를 하고 싶을까? 이해가 가지 않았다.

"오늘은 그냥 안고만 잘게."

이 멘트는 어디서 많이 들어보던 구식 멘트였다. 그의 말에 서연은 그의 옆에 누웠다.

"옷 벗어. 서연이의 피부를 그대로 느끼고 싶어."

그의 목소리는 지쳐 있었다. 서연은 그의 말대로 옷을 다 벗고 침대 안으로 들어갔다.

"따뜻하고 부드러워."

그는 이렇게 말하며 그녀를 뒤에서 끌어안았다. 그리고 그녀의 가슴을 손으로 움켜쥐며 만지작거렸다.

"서연이랑 있으면 잠이 잘 온다고 얘기했던가?"

"아니요."

"……."

그는 정말로 거짓말처럼 잠들어 버렸다. 그의 규칙적인 숨소리에 서연도 깊은 잠에 빠져들었다.

아침 햇살이 눈이 부시게 그의 눈을 비추고 있었다. 하지만 그는 눈을 뜨고 싶지 않았다. 그의 허벅지에서 느껴지는 기분 좋은 무게감과 그의 겨드랑이 사이로 걸쳐져 있는 무언가 때문이었다.

눈을 뜨고 확인을 하면 이 기분 좋은 꿈에서 깨어날 것 같아서 그는 눈이 부셨지만 끝까지 참고 있었다. 손을 들어 지금 그에게 고목나무 매미처럼 달라붙어 있는 것을 손으로 더듬고 있었다. 부드러운 살결이 손에 그대로 느껴지는 걸로 봐서는 꿈이 아니었다. 그는 눈을 살며시 뜨고 햇빛에 적응했다.

커튼을 치기 위해 그가 일어난다면 낮게 코를 골며 깊은 잠에 빠져든 그녀가 일어날 것 같았다. 재훈은 서연을 살며시 안았다. 그를 바디필로우처럼 끌어안고 편하게 자는 그녀가 사랑스러웠다. 신기한 건 그는 정말로 꿈 한 번 꾸지 않고 잘 잤다는 것이었다.

그의 움직임을 느꼈는지 그녀가 눈을 떴다. 그리고 그녀를 바라보고 있던 그의 눈과 마주쳤다. 그리고 자신이 그의 허벅지에 다리를 올리고 그의 겨드랑이 사이에 팔을 걸치고 있다는 걸 안 순간 초고속으로 그에게서 떨어졌다.

"언제 일어났어요."

놀란 그녀가 눈을 동그랗게 뜨며 물었다.

"방금."

그는 옆으로 누워 당황하고 있는 서연의 모습을 바라보았다.

"미안해요."

"뭐가?"

"그러니까…… 미안하다고요."

그녀가 침대 매트에 얼굴을 묻었다.

"고맙거나 미안하거나 둘 중에 하나군."

"네?"

"본인의 감정을 드러낼 때 말이야."

서연이 자리에서 일어나려고 하자 그가 다시 침대에 눕혔다.

"오늘 일요일인데 좀 더 쉬자고."

"더 자고 싶어요?"

그가 고개를 흔들었다.

"배고픈데 우리 밥 먹을까요?"

"집에 먹을 수 있는 건 술하고 물뿐이야."

"냉장고에 한번 가볼게요."

그가 그녀를 잡기 전에 서연은 동작 빠르게 침대에서 빠져나왔다. 그리고 자신의 옷을 잽싸게 들고 나갔다. 그도 기지개를 켜고는 그녀가 있는 주방으로 향했다. 그는 아무것도 입지 않고 가운만 걸친 채 달걀 프라이를 하는 그녀의 뒤에 서서 그녀의 정수리에 입을 맞추었다.

"집에 먹을 게 달걀하고 유통기한이 간당간당한 식빵이 다네요."

"그나마 다행이군."

"잠깐만 기다려요."

그녀는 토스터에 빵을 굽고 커피도 내려 눈 깜짝할 사이에 근사한 아침상을 차렸다.

"다음엔 장 좀 봐야겠어요. 집에 너무 먹을 게 없어요."

"호텔에서 생활하지 말고 집으로 들어와."

"엄마가 오시면 별장에 가야죠."

"그렇군, 내 욕심만 생각했어."

"아니에요. 엄마만 아니었다면 저도 여기로 왔을 거예요."

그녀가 수줍게 말했다. 재훈은 그녀의 이런 모습에 자신이 왜 이렇게 끌리는지 이유를 알 수가 없었다. 그가 갑자기 의자에서 일어나 맞은편에 앉아 있는 그녀의 입술에 입을 맞추었다. 놀라서 멍하게 그를 바라보고 있는 그녀의 얼굴을 손으로 감싸 그는 다시 한 번 진한 입맞춤을 했다.

"같이 밥을 먹으니까 좋군. 이런 것도 하고 말이야."

"……."

"좋은 습관이 생길 것 같아."

그는 그녀 앞에서 자꾸만 오글거리는 멘트를 하는 자신 때문에 웃음이 나왔다. 진짜 현수의 말대로 미친 걸지도 몰랐다.

"한 가지 묻고 싶은 게 있어요."

"뭐지?"

그녀의 입가에 묻은 빵부스러기를 떼주며 그는 자신의 이런 무의식적인 행동에 스스로 미소를 지었다. 이제는 이게 자연스러운 것 같았다.

"여자 있어요?"

그가 가장 싫어하는 질문이 그녀의 입에서 나올 줄은 상상도 하지 못했었다. 재훈의 미간이 좁혀졌다. 예나에게 귀에 못이 박히게 들었던 말이다. 장난일 거라고 무시했던 말이 '너 여자 있어?'라는 말이었다.

"아니, 나는 다른 뜻이 아니고 그래도 괜찮다는 말을 하고 싶었어요. 재훈 씨가 나에게 해준 게 너무 많아서 난 이걸로도 만족하며 살 수 있을 것 같아요."

전혀 예상 밖의 말에 도리어 재훈이 화가 났다.

"착한 건가? 맹한 건가?"

"네?"

"난 내 가정에 충실할 생각이야. 다시는 이런 식의 질문은 하지 말아줘.”

“미안해요.”

“그리고 제발 미안하다느니 고맙다느니 하는 말도 듣기 거북해. 이제 우린 부부가 될 사람이야.”

진짜로 서연에게 이런 말들은 듣기 싫었다.

“네, 제가 실수를 한 것 같아요.”

“아니, 궁금할 수도 있겠지만 난 그렇게 지저분하게 살지 않아.”

“네.”

서연이 풀이 죽어 포크를 내려놓았다.

“다 먹어. 난 따지는 여자도 싫지만 마른 여자도 싫어.”

마음은 그렇지 않은데 자꾸만 말이 좋게 나가지 않았다. 서연이 다시 포크를 들었다. 재훈은 서연이 음식을 다 먹을 동안 계속 자리를 지키고 있었다.

할머니께서 돌아가시고는 성북동 본가에서 지냈던 그인데 오랜만에 자신의 집으로 돌아왔다. 집사님께서 사람들을 보내서 청소와 집 안 정리를 해주시는 관계로 집은 언제 그가 들어와도 편하게 사용할 수 있었다. 오늘은 그래도 그 사람들 덕분에 달걀 프라이와 식빵을 먹을 수 있었다.

결혼을 하면 본가에 있는 것보다는 이곳에서 신혼 살림을 시작하기로 결심했다. 할아버지의 간섭 속에 있는 것보다는 그게 편할 것 같았고, 또 서연이 그를 사랑하는 게 아니라 어머니 때문에 결혼을 하게 된 걸 아시면 할아버지가 속상해하실 게 뻔했다. 완벽한 쇼윈도 부부가 되려면 식구들과 떨어져 지내는 게 나을 것 같았다.

"설거지는 내가 할 테니까. 얼른 샤워해."

그는 무뚝뚝하게 말하고는 접시와 포크를 들고 주방으로 향했다.

"설거지 제가 할게요."

"아냐, 여자들이 씻는 데 더 오래 걸리니까 먼저 씻어."

서연이 들어가고 그는 평생 처음으로 설거지라는 걸 해보았다. 뭐 별건가? 세제로 닦고 물에 헹구면 그만인 거지. 집에 오시는 도우미 아줌마가 그가 설거지를 했다는 걸 알면 깜짝 놀라긴 하겠지만 말이다. 사람이 이렇게 급변하는 건 좋지 않은데, 그는 지금 변하고 있었다.

자고 있는 예나를 바라보는 현수의 시선이 애처로웠다. 한 배에서 태어나 남부러울 것 없이 자랐다. 때로는 투정도 부리고 싸우기도 했지만 예나가 이렇게 변한 건 얼마 되지 않았다.

아니다. 어쩌면 예나는 예전부터 그랬는데 자신과 가족들이 모두 인정을 하지 않았기 때문일 수도 있다. 어릴 때부터 예나가 범상치 않다는 건 모두가 알고 있는 사실이었다.

현수는 잠든 예나의 이마 위의 머리카락을 넘겨주었다. 미국에서 살면서 혼자 얼마나 외로웠을까? 어제 예나의 모습을 처음 보았을 때 놀라기도 했지만 미안함도 큰 그였다.

"언제 왔어?"

예나가 눈을 뜨며 말했다.

"방금."

그가 그녀의 얼굴에 손을 대서 예나가 깬 모양이었다.

"더 자."

"아니, 일어나려고 했어."

예나는 일어나자마자 옆에 있는 약을 먹었다.

"괜찮아?"

"왜 자꾸 괜찮은지를 물어보는 거야? 난 괜찮아. 미치지 않았으니까 걱정 마."

예나가 물 컵을 들자 팔에 난 선명한 칼자국들이 보였다. 그리고 현수는 그때의 일이 떠올라 고개를 돌렸다. 현수의 반응을 보고는 예나가 신경질적으로 말했다.

"너, 내가 그때처럼 죽으려고 할까 봐 그러는 거야?"

"응."

현수는 솔직히 말하고 고개를 끄덕였다.

"야, 나도 이제 서른인데 설마 그런 짓을 또 하겠어? 걱정하지 마."

예나가 현수의 어깨에 손을 올렸다. 아무렇지 않은 몸짓이었지만 현수는 걸리는 게 많았다.

"우리 맛있는 거 먹으러 가자. 내가 쏠게. 재훈이도 오라고 하고."

"재훈이?"

재훈이라는 말에 또다시 현수는 온몸이 굳었다.

"쫄기는 이제 다 잊었어. 그냥 오라고 해. 밥이나 먹게."

"재훈이 바빠."

현수는 아직 예나가 재훈과 만나는 게 옳다는 판단이 서지 않았다.

"뭐가 바빠? 일요일인데?"

예나도 물러서지 않고 얘기를 했다.

"안 되겠다. 전화해 봐야지."

"예나야!"

"왜 안 되는데? 또 여자가 있는 거야?"

예나의 눈동자가 무섭게 빛이 나고 있었다. 그날처럼 말이다.

"이러지 마. 재훈이는 그냥 널 친구로만 생각해."

"아니."

"그건 너의 착각이야."

"아니란 걸 내가 증명할 테니까 현수 너는 초나 치지 마."

예나는 자리에서 일어나 욕실로 향했다. 이럴 때 예나는 소름이 끼쳤다. 뭔가에 집착하는 예나에게는 두려움이란 게 없었다. 현수는 재훈을 향한 예나의 집착이 걱정이 되었다. 예나는 재훈에 대한 마음이 변한 게 아니었다.

"나 씻을 거니까 나가."

잘못된 인연인 것 같았다. 현수는 한숨이 절로 나왔다. 재훈이 이번에 선본 아가씨와 만나는 걸 알면 예나는 또다시 돌 것 같았다. 현수는 그게 무서웠다.

"아무 일도 없어야 하는데……."

현수가 거실로 나가자 식구들이 이른 시간인데도 불구하고 모두 모여 있었다.

"안녕히 주무셨어요?"

"그래, 예나는?"

아버지는 그를 보자마자 예나부터 물었다. 점잖은 분이시지만 원리 원칙대로 사신 분이었다. 그런 분에게 예나는 확실히 버거운 딸이었다.

"씻어요."

"다른 건 괜찮아 보여?"

이번에는 어머니가 걱정이 되시는지 물었다. 현수는 이렇게 좋은 부모님의 사랑을 받고 자란 예나가 왜 그렇게 되었는지 이해가 되지 않았다.

"일단은 윤 박사가 예나가 한국에 있는 동안은 맡아주기로 했으니까 지켜보자꾸나."

윤 박사님은 현수도 아는 정신과의 대부 격인 의사였다. 그리고 예나가 아주 싫어하는 의사이기도 했다. 아버지는 그걸 모르시지만 말이다. 둘이 만나서 특별히 좋을 것 같지는 않았지만 지금으로서는 대안이 없었다.

"우리 예쁜 예나가 어쩌다가 이렇게 됐는지……."

어머니가 눈물을 닦으셨다. 형과 형수는 말없이 그런 부모님의 말을 듣고 있었다. 형수는 무서울 텐데도 중심을 잘 잡고 있었다. 고마운 사람이었다. 형수가 없었다면 엄마는 벌써 쓰러지셨을 것이다.

"형, 부탁이 있어요."

"뭔데?"

"당분간 예나가 우리 바에서 연주를 할 건데 경호원 좀 붙여줘요."

곰곰이 생각한 끝에 내린 결론이었다.

"어?"

"괜히 또 사고가 날까 봐. 이번에도 혹시 또 그러면 난 감당이 안 될 것 같아서요."

그의 말을 이해한 형이 고개를 끄덕였다.

"예나가 눈치 못 채게 잘하는 사람들로, 알겠죠?"

"알았어."

"아니, 모두들 한자리에 모였네."

예나가 평소에 즐기는 짧은 반바지와 민소매 티를 입고 내려왔다. 팔과 허벅지까지 모두 칼자국이어서 보는 사람들이 불편했지만 예나는 신경을 쓰는 것 같지 않았다.

"아빠, 식사는 하셨어요?"

"그래, 예나하고 현수만 먹으면 된다."

"나 배고파. 밥 먹자, 현수야."

그녀가 현수의 손을 잡고 식당으로 향했다. 현수는 예나의 손에 이끌려갔다. 가족들이 보기에 그는 도살장에 끌려가는 소 같아 보일 것이다.

"알았으니까 좀 천천히 가."

밥을 먹는 내내 일하는 사람들의 시선을 감당하느라 현수는 체할 것 같았다. 평소에 표정의 변화가 없는 오래된 메이드들의 표정도 예나의 상처를 보고는 놀란 듯이 보였다. 그들의 시선은 자연스럽게 예나에게 향해 있었다. 마치 동물원의 원숭이처럼 예나를 바라보는 그들을 뭐라 할 수 있는 상황도 아니었다.

예나는 주위의 시선은 생각도 안 하고 밥을 열심히 먹었다. 그러다가 갑자기 밥을 먹던 숟가락을 식탁에 소리나게 놓았다. 모두 놀란 얼굴이 되었다.

"그만 보라고!"

예나가 메이드들을 향해 소리쳤다. 모두의 시선이 순간적으로 다른 곳을 향했고 놀란 엄마가 식당으로 뛰어 들어오셨다.

"무슨 일이야?"

"아무것도 아니에요. 예나가 좀 신경이 예민해져서. 시차 때문인가 봐요."

예나는 놀란 사람들은 신경도 쓰지 않고 밥을 먹었다. 현수가 보기에 아무리 봐도 예나는 정상인 상황이 아닌 것 같았다. 겉으로는 평온해 보였지만 예나의 눈빛은 공허해 보였다. 뭔가 빠져나간 사람처럼.

현수는 자꾸만 두려움에 사로잡혔다. 예나는 그의 하나뿐인 쌍둥이 동생이었다. 예나가 아프다고 그마저 등을 돌릴 수는 없었다.

"밥 먹고 바람이나 쐬러 갈까?"

"응, 어디로 갈 건데?"

예나가 다시 천진한 얼굴로 그를 보며 물었다.

"예나가 원하는 곳 어디라도 가줄게."

"왜 멋있는 척하지?"

"난 원래 멋있어."

농담을 하는 그의 목소리가 떨렸다. 밥을 먹은 후에 현수가 예나를 데리고 나가자 폭풍 전야 같던 집에 평온이 찾아왔다.

제6장 자꾸 가는 마음

성도그룹의 본사는 국내에서 가장 큰 규모를 자랑하고 있었다. 그만큼 많은 사원들이 출입하는 곳이기도 했다. 하지만 재훈은 직원들이 출근을 하는 모습을 본 적이 없었다. 그의 출근 시간은 아침 7시였다.

물론 그 시간에 본사에 출근한 이는 그뿐만이 아니었다. 할아버지도 지금 출근해 계실 게 분명했다. 언제나 회사에는 첫 번째로 출근을 하시는 분이시니까 말이다. 이런 할아버지와 손자 때문에 고생을 하는 비서실 직원들도 이 시간에 회사에 출근을 했다.

"어서 오십시오."

오늘은 박 비서실장 혼자 사무실에 나와 있었다.

"좋은 아침."

"사장님."

"어?"

"회장님께서 출근하시자마자 회장실로 오라고 하셨습니다."

재훈은 인상을 쓰며 사장실에도 들어가지 않고 곧장 회장실로 향했다. 회장실도 비서실장이 먼저 출근해 있었다. 그는 비서실장에게 인사를 건네고는 곧장 회장실로 들어갔다.

회사에서 가장 오래된 가구가 즐비한 곳이 이곳 회장실이었다. 회사 창립일로부터 할아버지와 함께한 가구들이 대부분이었다. 공간이 늘어나면서 현대적인 가구도 들어왔지만 대부분 할아버지의 손때가 묻은 가구들이었다.

"할아버지."

"앉아."

할아버지는 잔뜩 화가 난 목소리로 그를 자리에 앉게 하셨다.

"왜 집에는 자꾸 안 들어와? 가뜩이나 넓은 집에 이 할아비 혼자 있어야겠어?"

할아버지 혼자 그 큰집에 있으려면 솔직히 적적하긴 하겠지만 집에는 수많은 메이드와 집사님이 계시는데 그건 좀 아닌 것 같았다. 할아버지는 지금 쓸쓸하시다는 게 맞는 말인 것 같았다.

"죄송해요. 생각이 짧았어요."

"어디 있었던 거야?"

"빌라에요."

"왜?"

"그냥 생각할 게 좀 있어서요."

서연이와 있고 싶어서라는 말은 차마 하지 못했다.

"다음부터는 생각도 집에서 해."

"네."

할아버지는 전자 담배를 입에 무시고는 그에게 물었다.

"아가씨는?"

"마음에 듭니다. 빠른 시일 내에 결혼하고 싶습니다."

재훈의 말에 입에 물고 계시던 전자담배를 테이블에 놓으시며 재훈의 손을 덥석 잡으셨다.

"잘 생각했다. 이 할아비가 이렇게 기쁠 수가 없다."

"할아버지는 서연이가 마음에 드세요? 보신 적도 없으시잖아요."

"할아비는 서연이라는 아가씨를 봤다."

"네?"

"3년 전에 미국으로 가는 비행기에서 봤지. 너는 기억에 없나 보구나."

"비행기요?"

재훈은 일부러 할아버지의 말을 못 알아듣는 척했다. 그래야 할아버지가 왜 서연이를 그렇게 마음에 들어 하는지 얘기해 주실 것 같았기 때문이다.

"그런 일이 있었어. 그냥 예쁘고 예의 바른 아가씨라고 생각했는데 어머니에게 하는 걸 보니 너무나 효녀더구나. 저런 아가씨가 내 손자며느리가 되면 좋겠다고 생각했었는데 이렇게 인연이 될 줄은 몰랐다."

특별한 인연임에는 틀림이 없었다. 할아버지께서 그래서 서연이와 선을 안 볼까 봐 걱정을 하신 것이었다. 놓치기 아까운 손자며느릿감이니까 말이다.

"할아버지, 그래서 말인데요. 윤대식 사장과 거래를 했습니다. 처음에는 서연이가 마음에 들 줄 모르고 그냥 말도 안 되는 조건을 늘어놓으며 거절하려고 했지만 지금은 제가 서연이가 마음에 드니 그의 조건을 받아줄 수밖에 없습니다."

"윤대식은 비열한 인간이기는 하지."

"도와주십시오."

재훈은 진심으로 할아버지에게 부탁을 하고 있었다.

"뭘?"

"제가 한 약속은 지키고 싶습니다."

"알았다."

"그리고 한 가지 더 있습니다. 할아버지의 별장에 서연이 어머니를 모셨으면 합니다. 루게릭병이 심각하신 것 같아서 미국에 혼자 계시게 할 수는 없습니다."

"하하하! 녀석, 네가 아가씨에게 단단히 빠졌구나."

할아버지의 사무실을 나온 재훈은 핸드폰을 들었다. 신호가 가는 동안도 기다리기 힘들 만큼 그녀가 그리웠다.

[여보세요?]

"왜 이렇게 전화를 늦게 받아?"

마음은 그게 아닌데 뚝하고 무뚝뚝한 소리가 먼저 나갔다.

[핸드폰이 멀리 있어서요.]

"짐 정리해서 빨리 빌라로 들어가."

[네?]

갑작스러운 그의 말에 서연이 놀라는 것이 느껴졌다. 재훈은 서연을 호텔에 혼자 두는 것보다는 어머니가 오시는 동안만이라도 그녀와 함께 있고 싶은 생각이 순간적으로 들었다.

[그건 좀 그런 것 같아요. 제가 생각해 보고 나중에 말할게요.]

"왜? 나랑 같이 있기 싫은가?"

[그거 아니라는 거 알잖아요?]

자신의 성급한 마음을 표현했다가 보기 좋게 거절당했지만 그녀가 그보다 생각은 더 깊은 것 같아 다행이었다. 그녀의 말에 조금은 아쉬움이 있었지만 어차피 그도 퇴근 후에 그녀를 볼 수 있으니 집에 혼자 있는 것보다는 그녀가 하고 싶은 걸 하게 두는 게 나을 것 같았다.

"어머니는 내가 연락을 해서 모셔 오도록 할게."

[고마워요.]

"고맙다는 말은 안 하기로 했을 텐데?"

[미안해요.]

"그 말도 안 하기로 했고. 더 건설적인 말을 생각해 보도록 해."

[네.]

"이따 저녁에 데리러 갈게."

[오늘 아빠를 만나기로 했어요. 제가 다시 말씀드릴게요.]

"알았어."

핸드폰을 손에 잡은 그는 한참이나 멍하게 핸드폰을 바라보았다. 자신의 가슴에도 떨림이 존재하는 것을 재훈은 처음으로 느끼고 있었다.

서연은 아버지에게 전화를 걸어서 점심시간에 만나자고 말을 했다. 그리고 재훈에게 저녁에 호텔로 오라는 전화도 했다.

처음에는 저녁밖에 안 된다고 하더니 재훈과의 약속이 있다고 하니까 금방 점심시간으로 바꿔주셨다. 재훈이 아버지에게 큰 도움이 되는 게 확실한 것 같았다. 커피가 마시고 싶은 서연은 간단하게 옷을 챙겨 입고는 호텔을 나섰다.

호텔 옆에 있는 서울백화점에 가서 아이쇼핑도 하고 커피도 한 잔 마신 후에 점심은 아버지와 서울호텔에서 먹으면 될 것 같았다. 청반바지에 하늘색 티를 입고 백팩을 멘 그녀는 호텔방을 나섰다.

엄마가 서울에 오면 별장에 들어가서 생활을 해야 하기 때문에 그녀는 필요한 것들을 엄마가 오기 전까지 조금씩 사둘 생각이었다.

백화점에서 아이 쇼핑을 한 후에 백화점 내에 있는 커피숍에 앉은 서연은 지하 서점에서 구입한 책을 읽으며 커피를 마시는 여유를 오랜만에 만끽하고 있었다.

"저기……."

서연은 고개를 들어 앞의 사람을 발견하고는 깜짝 놀랐다.

"아, 그때 그분."

재훈과 선을 보던 날 자신에게 명함을 준 재훈의 친구였다.

"누구 기다리고 있는 거예요?"

"아뇨, 약속은 점심에 있어서 지금은 시간 때우기요."

재훈의 친구임을 알기에 서연은 편하게 그를 대했다.

"혼자 오셨어요?"

"아뇨, 동생이랑 같이 왔는데 잠깐 화장실에 갔어요."

"아, 그러시구나."

참 인상이 좋은 사람이었다. 잘생기면서 세련되기도 했고 이런 남자에게 명함을 받았다니 그녀로서도 기분 좋은 일이었다.

"김현수!"

그가 등을 돌렸다. 동생이 온 모양이었다. 그때 명함에 적혀 있던 이름이 생각이 났다. 김현수가 그의 이름이었다.

"저 그럼."

그가 정말로 황급히 일어났다. 서연은 웃음이 났다. 아무래도 동생이 아니라 여자친구인 것 같았다. 그러니 저렇게 안절부절못하는 거지, 여동생이라면 놀란 토끼처럼 저러지는 않을 것이었다.

"얼른 가보세요."

그가 가기 전에 여자가 먼저 다가와서 그의 팔을 낚아챘다. 그리고 서연에게 다가왔다.

"안녕하세요?"

"네."

이거, 여자가 따지기 시작하면 골치 아픈 상황이 될 것 같았다. 왜냐면 적의 가득한 여자의 시선 때문이었다.

"저는 현수 씨를 그냥 아는 사람이에요. 여자친구분이 걱정할 상황이 아닌 것 같은데……."

서연이 웃으며 말했다.

"여자친구 아닌데……."

"진짜 동생분이신가 봐요?"

서연은 최대한 예의를 지키려고 노력하며 말했다.

"예나야, 가자."

현수가 불편했는지 동생의 팔을 잡아당겼다.

"현수야, 너 이 여자 좋아하지?"

예나는 서연의 앞에 의자에 앉았다.

"예나야, 이게 무슨 무례야?"

현수가 그녀의 손을 잡으며 앉아 있는 그녀를 끌어당겼다.

"가자."

"아니, 우리 오빠 어때요?"

"네?"

"친오빠예요. 그러니 여자친구 걱정은 안 해도 될 것 같구요."

여자는 막무가내로 버티고 앉아서 적의 가득한 말투로 그녀에게 말했다.

"저는 남자친구가 있습니다."

"누가 당신 남자친구라는 거야?"

마치 뭔가를 알고 있는 듯한 얼굴이었다.

"뭔가를 잘못 알고 있는 것 같아서 얘기하는데 김재훈은 내 남친이야. 우린 결혼할 사이고."

이건 또 무슨 말인지 서연은 도저히 알 수가 없었다. 하지만 예나라는 여자의 눈빛은 마치 진실을 말하고 있는 것처럼 당당했다. 이 상황이 황당하다는 생각이 드는 서연이었지만 여자의 무서운 눈빛에 제압당하고 말았다. 하지만 이대로 당하고만 있을 수는 없었다.

"현수 씨, 이분이 누군지는 모르겠지만 상당히 불쾌하네요."

서연이 현수을 쳐다보며 말하자 그는 옆에서 아주 쩔쩔매고 있었다.

"예나야, 자꾸 왜 이래? 가자. 응?"

하지만 예나라는 여자는 꿈쩍도 하지 않고 서연을 계속 바라보았다. 아니, 목소리를 높이고 있어서 주위의 사람들이 그들을 쳐다보게 만들고 있었다. 창피함이라고는 없는 여자 같았다.

"우린 어릴 때부터 같이 자랐고 살아온 환경도 비슷해. 너 같은 중소기업의 딸과는 차원이 다르단 말야."

"예나야!"

"유성그룹 알지? 우리 정도는 돼야 성도그룹과 사돈을 맺을 수 있는 거야. 알아?"

"죄송합니다. 우리 예나가 안 그러는데……."

자신의 이름도 모르는 현수와는 다르게 자신에 대해 다 아는 것 같은 여자를 미묘한 시선으로 바라보았다.

"저에 대해 어떻게 이렇게 잘 아시죠?"

"너에 대해 아는 게 아니라 재훈이에 대해서 아는 거지."

"그리고 아무리 그렇다고 해도 반말을 이렇게 하시면 안 되죠."

"너 안 싸워봤구나. 싸울 때는 존댓말을 안 해. 특히 내 걸 빼앗길 수 있는 상황에선 말이지."

놀란 서연이 그를 보았다. 재훈을 좋아하는 게 분명했다. 그래서 그녀를 이렇게 적의에 차서 보는 것이리라.

"두 분의 문제는 재훈 씨와 해결하세요. 제 문제는 아닌 것 같네요."

서연은 차갑게 말했다.

"너만 끼어들지 않는다면 재훈이와는 문제 될 게 없어."

"예나야, 제발."

옆에서 현수가 애원을 하고 있었다.

"제가 선약이 있어서 먼저 일어나야 할 것 같습니다."

서연은 자리에서 일어나 뒤도 돌아보지 않고 그 자리에서 빠져나왔다. 그리고 호텔로 향했다. 발걸음이 무거웠다.

재훈같이 멋진 남자에게 여자가 없었을 거라고는 생각하지 않았다. 하지만 예나라는 여자는 처음 보는 사이임에도 정말로 어이가 없었다. 갑자기 나타나서 그에 대한 소유권이 마치 자기에게 있는 것처럼 굴다니 기분이 나빴다.

하지만 그녀의 말이 100% 틀리다고는 말 못했다. 유성그룹은 성도그룹보다는 못했지만 그래도 그룹이었다. 대주건설은 거기에 명함도 못 내밀었다.

서울호텔에 들어서자 답답함이 몰려들었다. 아버지는 잔뜩 기대에 부풀어 있을 텐데 유성그룹의 딸이 훼방을 놓을지도 모른다고 어떻게 말을 하냔 말이다.

레스토랑에서 자리를 잡고 앉아 기다리는데 약속 시간보다 전에 아버지가 도착을 했다. 아마도 지금 상황이 많이 급하신 모양이었다.

"어떻게 됐어?"

그녀의 안부 따위는 궁금하지도 않은 것 같았다.

"결혼하자고 하네요."

"그래, 널 마음에 들어 할 줄 알았지."

그녀의 말에 아버지는 아주 흡족해하는 얼굴이었다.

"왜 이렇게 이 결혼에 신경을 쓰세요? 사업적으로 이득이 많은가 봐요?"

"당연히 많지. 재계 1순위의 성도그룹과 사돈이 되는데 말이야."

"원하는 걸 얻으셨으면 엄마에게 신경을 좀 써주세요."

"뭐?"

엄마의 얘기가 나오자 아버지의 인상이 구겨졌다.

"엄마만 아니었어도 이렇게 아버지가 시킨다고 해서 결혼 같은 거 안 해요."

서연은 아버지의 반응에 너무 짜증이 나서 한 소리를 했다.

"널 여태까지 먹여주고 키워준 거에 대한 보답이라고 생각해라."

어쩌면 이렇게 당당할 수 있을까? 어머니를 헌신짝처럼 버린 것도 모자라서 자신까지 팔아먹으려고 하는 사람이 말이다.

"그게 이유가 아니잖아요?"

"대주건설의 미래를 위해 김재훈이 필요하지. 싸가지가 없긴 하지만 성도와 사돈이라는 이유만으로도 우리의 주가는 뛸 테니까 말이다."

"아버지."

"왜?"

"어머니에 대해서는 궁금하지도 않으세요?"

"여기서 그 얘기가 왜 나와?"

"엄마, 지금 많이 위독하세요. 마비 증세가 점점 위로 올라와서 조금 더 있으면 말도 못 하실 거예요. 그전에 한 번만이라도 엄마를 좀 만나주세요."

"싫다."

"왜요? 죽어가는 사람인데 그만한 인정도 못 베푸세요?"

"날 떠난 건 네 엄마야."

이건 또 무슨 말인가?

"형의 회사를 뺏었다고 떠난 사람이야. 남편을 무조건 믿고 따라야지."

자신의 행동은 생각하지도 못하고 엄마를 비난하는 아버지였다. 아버지는 단칼에 어머니를 만나기 싫다고 했다. 그동안 헤어져 있었지만 지금 엄마는 분명히 아빠의 부인이었다.

"남보다 못하네요."

"뭐?"

"재훈 씨가 엄마를 위해 할아버지의 별장을 쓰도록 했어요. 엄마도 며칠 내로 한국에 들어올 거구요."

"누구 맘대로."

"그럼, 엄마를 미국에 그냥 둬요?"

"네가 결혼을 무사히 끝내면 데리고 와도 돼."

"엄마가 무슨 아버지의 볼모예요?"

서연은 너무나 화가 났다.

"저 이 결혼 안 해요. 이게 다 엄마 때문에 결심을 한 건데 아버지가 이렇게 나오신다면……."

"알았어. 만나면 될 거 아니야!"

사람들도 의식하지 않고 소리를 버럭 지르는 아버지를 서연은 어이없는 얼굴로 쳐다봤다.

"결혼 때문에 엄마를 만나주신다니 서운해요, 아버지."

"서운할 거 없어. 사람은 자고로 몸이 멀어지면 마음도 멀어지는 법이니까. 너도 김재훈이 마음을 꽉 잡아."

아버지와의 답답함 대화에서 부녀 사이에는 커피가 전부였다. 따뜻한 밥 한 끼를 나눌 사이도 아닌 것이다. 어쩌다 자신의 신세가 이렇게 되었는지 서연은 너무나 서글펐다.

현수는 지금 평생 느낄 부끄러움을 한 번에 다 느끼고 가는 것 같았다. 처음으로 여자에게 마음이 흔들렸었다. 그게 재훈의 선 상대자여서 마음을 접으려고 했지만 조금 전에 그녀를 본 순간 현수는 솔직히 재훈이 선을 본 여자여도 상관이 없었다. 그만큼 그녀에게 강하게 끌리고 있었다.

이름도 모르고 우연히 두 번 본 게 다인 사람인데 현수는 자꾸만 마음이 갔다. 그리고 오늘은 예나를 감시해야 하는 임무도 잊은 채 그녀를 본 순간 무조건 그녀에게로 자석에 끌리듯이 향했다.

다시없을 기회인 것 같았다. 까다로운 재훈이 쉽게 오케이했을 리가 없었다. 그리고 오케이했다고 해도 한 번 만난 게 다일 텐데 어쩌면 그에게 기회일 수도 있겠다 싶었다. 그녀의 앞에 앉았을 때 처음 본 날처럼 예쁘게 꾸미진 않았지만 수수한 차림이 더 마음에 들었었다.

그를 처음과는 다르게 반가이 맞아주는 그녀였다. 그래도 못 알아본 것보다는 좋은 출발이었다. 재훈이에게는 조금 미안했지만 자신이 잘 얘길 한다면 재훈도 이해해 주리라는 생각이 들었다. 지금은 재훈보다는 그의 마음에 지펴진 불을 끄는 게 먼저였다.

하지만 오늘은 예나가 확실하게 훼방을 놓았다. 그리고 어떻게 그녀를 아는 것일까 화도 나고 궁금하기도 했다.

"너 거기 안 서!"

뒤에서 예나가 부르고 있었지만 돌아볼 마음이 없었다. 그때였다. 그의 어깨를 예나가 힘껏 잡아당겼다.

"내 말이 우스워?"

"난 할 말 없고, 네가 부끄럽다."

백화점에서 싸우는 그들을 사람들이 힐끔거리고 있었다. 어떤 사람들은 아예 대놓고 그들을 흥미로운 눈으로 바라보고 있었다. 예나는 현수의 반응에 아랑곳하지 않고 그의 뒷덜미를 잡고 끌고 갔다.

"이거 안 놔?"

"못 놔! 나도 살고 너도 살자."

"뭐?"

예나가 현수의 뒷덜미를 끌고서는 한가한 곳의 벤치에 그를 거의 내동댕이쳤다.

"빨리 말해. 안 그러면 너 보기도 싫으니까."

현수는 화가 나서 예나가 아프다는 것도 잊고는 막말을 던졌다.

"너랑 방금 만난 서연이랑 내가 연결해 줄게."

"뭐? 그건 그렇고 그 아가씨에 대해 넌 어떻게 그렇게 잘 알아? 사람이라도 풀었어?"

"……."

예나가 대답이 없자 그가 예나의 어깨를 잡았다.

"너 사람 고용했구나?"

"응, 내가 돈이 좀 있잖아."

"김예나!"

이제 아주 바닥을 치고 있었다.

"예나야, 그게 얼마나 무서운 일인 줄 알아?"

"알아, 하지만 난 재훈이를 갖고 싶어. 너도 서연이 갖고 싶잖아."

예나의 말에 현수는 반박을 할 수가 없었다. 진짜로 그녀를 갖고 싶었기 때문이었다.

"나한테 좋은 방법에 있어."

"예나야, 그전에 묻고 싶은 게 있어. 넌 어떻게 서연 씨를 아는 거야?"

서연이라는 이름을 하도 들어서 이제는 그의 입에서도 자연스럽게 서연이라는 이름이 나왔다.

"사실은 나 미국에서 이 주일쯤 전에 왔어."

"뭐? 아주 사람을 놀라게 하는 재주가 있어. 김예나."

"미안. 그냥 재훈이 얼굴만 보고 다시 들어가려고 했는데 일이 터진 거지."

"정말 얼굴만 보고 돌아가려고 했어?"

"아니, 그래도 지난번처럼 놀라게 하지는 않을 생각이야. 그랬다가는 정말로 앞으로 못 볼 것 같으니까."

예나는 솔직하게 말했고 현수는 그 자리에 맥없이 주저앉았다.

"예나야, 네가 또 그런다면 난 감당이 안 될 것 같아."

현수는 울음이 나올 것 같았다. 그렇게 약하다고는 생각을 안 했지만 예나는 이제 그에게는 무서운 존재였다.

"알았어."

해맑게 웃는 모습도 이제는 가식이라 느껴질 정도였다.

"이 주 전에 오자마자 흥신소에 연락을 해서 재훈이의 뒤를 좀 봐달라고 했어. 돈은 얼마든지 줄 테니까. 일주일은 기분이 좋게도 별다른 게 없었어. 집하고 회사가 전부인 재미없는 생활을 하고 있더라고."

이런 기가 막힌 짓을 예나가 미국에서 몰래 돌아와서 하고 있었다는 게 놀라웠다.

"그래서 아주 좋아했지. 재훈이도 나를 생각하며 외롭게 살고 있었구나."

"서연 씨를 어떻게 알게 됐냐고?"

현수는 사설이 긴 예나의 말을 신경질적으로 잘랐다.

"급하긴. 그래서 흥신소에 돈을 주고 끝을 내려고 하는데 아주 흥미로운 얘기가 들려온 거야."

"그게 뭔데?"

"재훈이가 대주건설의 딸과 선을 본다는 얘기였어. 그래서 뒷조사를 시켰지."

"……."

"윤서연, 23세, 대주건설 본처의 딸로 윤대식 사장에 의해 버림을 받아 뉴욕으로 쫓겨났고 대단한 미인에 뉴욕디자인 스쿨에서 성적도 좋았다고 흥신소 사장이 그러더라고."

현수는 말없이 예나의 얼굴을 쳐다보았다.

"그런데 아주 중요한 사안이 있어."

"……."

"대주건설 사장이 딸을 팔아먹으려고 하고 있거든."

"그건 또 무슨 소리야?"

"대주건설이 유통을 새로 시작하면서 성도유통을 건드렸나 봐. 직원들도 막 빼가고. 그래서 성도가 대주유통을 인수하고 대주건설을 도와주는 조건으로 자기 딸을 재훈이에게 넘긴 거지. 말하자면 사업상 딜이라고나 할까?"

이번 얘기에 현수는 예나의 정보력에 감탄하지 않을 수 없었다.

"이건 또 어떻게 알았어?"

"기본이지. 윤 사장의 비서실장을 돈으로 매수를 했지. 돈이면 안 되는 게 없더라고. 그래서 말인데 네가 윤서연을 성도그룹보다 더 좋은 조건으로 사."

"뭐? 나한테 지금 재훈이의 뒤통수를 치라는 거야?"

"아니, 도와주라는 거야."

그건 도와주는 게 아니었다. 친구의 뒤통수를 치고 싶지는 않았다.

"재훈이는 사업 때문에 그 여자와 얽힌 거고 넌 아버지의 회사만 들어간다면 대주건설쯤은 얼마든지 도와줄 수 있잖아. 내 주식을 팔아서라도 밀어줄게."

"예나야, 난……."

"넌 언제까지 재훈이 뒤만 따를 건데? 너도 이제 멋지게 사업에 뛰어들 때도 됐고 네가 좋아하는 여자도 차지할 수 있어. 재훈이와 서연이는 서로 사랑해서 선을 본 거 아니야. 너도 이제 네 실속을 차리라고."

현수의 머리가 복잡해지고 있었다.

"넌 어떻게 재훈이 마음을 돌리려고 그래?"

"난 방법이 있어. 너만 서연이와 결혼을 한다면 나도 승산이 있어."

예나의 눈이 매섭게 빛이 나고 있었다.

"생각해 볼게."

"생각을 너무 오래 하면 남 좋은 일만 시키는 거야. 넌 나만 믿고 따르면 돼."

예나의 악마 같은 속삭임이 현수의 뇌리에 박혔다.

사람들에게 시달리다 호텔방으로 향하는 서연의 발걸음이 가볍지만은 않았다. 그래도 위안이 된다면 저녁에 재훈을 만날 수 있다는 것이었다. 이렇게 무섭게 빠져든다는 게 두렵기도 했지만 지금은 그냥 자신의 감정을 받아들이기로 했다.

예나라고 했던가? 유성그룹의 딸이 마음에 자꾸만 걸렸다. 왜 이렇게 신경이 쓰이는지 알 수는 없었지만 짧은 만남에서 굉장히 강렬한 인상을 받았다. 예의라고는 없는 여자였지만 그에 반해 재벌가의 딸로서의 자신감은 충만한 여자였다.

거기다가 얼굴도 예쁘고 몸매도 환상적이었다. 요즘 스타일과는 달리 더운데도 긴팔과 긴 청바지로 가렸지만 그래도 그 속의 몸은 훌륭하다는 걸 한눈에 알아볼 수 있었다.

"거슬려."

그녀는 호텔방으로 향하며 혼자 중얼거렸다. 그녀에 대해 너무 많이 안다는 게 자꾸만 신경이 쓰였다. 깊게 생각을 하면서 왔는데도 방은 잘 찾았다.

방문을 여는 순간 그녀의 얼굴에 미소가 걸렸다. 방 안이 온통 장미 꽃바구니로 가득 차 있었다. 붉은 장미는 최상급으로 그 송이송이가 너무나 탐스러웠다. 그리고 향기가 온 방 안을 가득 채웠다. 누가 보냈는지 굳이 카드를 보지 않아도 알 것 같았다.

그는 서연을 설레게 하는 놀라운 재주가 있었다. 세상에서 가장 선명한 붉은색을 머금은 장미 사이에 꽂혀 있는 카드를 본 서연은 저절로 미소가 지어졌다.

—장미 속에서 못 찾으면 어쩌지? 나의 장미를…….

오글거리기는 했지만 기분은 좋았다. 남들이 이러면 대패라도 가져다줄 테지만 자신에게 이렇게 해주는 남자가 있다는 건 다른 문제였다.

그녀는 핸드폰을 들었다. 바쁘게 일하는 그를 위해 문자를 보냈다.

「장미 너무 예뻐요. 이따 저녁에 봬요.」

이렇게 문자를 보내자마자 그녀의 핸드폰이 울렸다.

"여보세요?"

[마음에 들어?]

"네, 엄청요. 남자에게 이렇게 많은 꽃을 받아본 건 처음이에요."

[좋았다니 다행이군.]

"지금 바쁜 시간 아니에요?"

[회의 중이야.]

"네? 얼른 전화 끊어요."

[알았어. 이따 데리러 갈게.]

그는 정말로 못 말리는 남자였다. 회의 끝나고 전화를 해도 되는 건데, 그만큼 그녀에게 관심이 있다는 얘기였다. 이렇게 여자에게 잘했기 때문에 유성그룹의 딸이 그에게서 떨어지지 않으려고 하는 것 같았다.

그녀는 소파에 풀썩 주저앉았다. 자꾸만 생각이 그쪽으로 흐르는 게 싫었다.

"제발 정신 차리자, 윤서연."

그녀는 그와 만나기 전에 잠시 눈을 붙이기로 했다. 오늘 오전부터 너무나 많은 일이 있어서 그런지 피곤했다. 서연은 옷도 그대로 입은 채 소파에 그대로 누워 잠을 청했다.

제7장 타오르는 마음

회의 중이었다. 성도유통의 인력 강화로, 여전히 업계 1위지만 대주유통에 빼앗긴 인력과 거래처들 때문에 흔들리는 직원들을 단합시키기 위한 정신 교육에 대한 회의가 이루어지고 있었다. 그리고 가장 중요한 대주유통의 인수로 이제 더 이상의 경쟁 상대가 없어진 성도유통의 미래에 대한 회의였다.

지루한 시간이었다. 전혀 지루하면 안 되는 중요한 회의에서 그의 생각은 지금 다른 곳에 가 있었다. 펜을 돌리고 멍하게 있는 그를 박 비서가 불안한 시선으로 바라보고 있었지만 그는 여전히 열변을 토하는 임원들의 말을 귀담아 듣고 있지 않았다.

회의에 들어오기 전에 그는 장미를 서연에게 보냈다. 당장이라도 그녀를 보러 가고 싶은 마음을 누르기 위해서 그는 장미를 보낸 것이다. 회의 도중 그는 피식 웃음이 나왔다. 꽃을 보며 놀랄 그녀가 상상이 되어서.

"사장님?"

옆에 서 있던 박 비서가 그를 불렀다.

"어?"

"대주유통 인수일이 확실하게 정해졌는지 최 전무님께서 물어보셨습니다."

박 비서가 그의 귀에 대고 속삭였다.

"흠. 아직 확실하게 날짜를 정하지는 않았습니다만, 인수는 확실합니다."

회의 중에 이렇게 정신을 놓고 있다니 그답지 않은 일이었다. 회의는 다시 진행되었다. 임원들의 열띤 토론에 재훈은 참여하지 않았다. 신경이 온통 그의 핸드폰에 가 있었기 때문이다. 지금쯤이면 분명히 봤을 텐데 서연에게는 연락이 없었다.

윙~

드디어 진동이 왔다. 그녀에게 문자가 온 것이다.

"예스!"

모두의 시선이 그에게 쏠려 있었지만 그는 서연에게 전화를 걸었다.

[여보세요?]

그녀의 목소리가 이렇게 반가울 줄은 몰랐다. 그는 임원들이 놀라서 입을 벌리고 쳐다보든 말든 서연과 전화통화를 끝냈다. 전화를 끊고 나자 몇백 개의 놀란 눈이 그를 향해 있었다.

"뭣들 하세요? 다음 안건으로 들어가야죠."

그는 시치미를 뚝 떼고는 회의를 계속 진행했다. 사장의 이런 모습을 한 번도 본 적이 없는 임원들은 어리둥절한 표정으로 회의에 참여했다.

회의는 퇴근 시간을 넘기고 한참이 지나서야 끝이 났다. 그만큼 오늘 회의는 성도유통에 중요한 회의였다.

"사장님, 괜찮으십니까?"

"나? 내가 왜?"

"아니, 회의 내내 딴생각에 사로잡히신 것 같아서."

"걱정 마. 좋은 일이니까. 회의 자료나 정리해서 내일까지 내 책상에 올려놔."

"네."

그는 기분 좋게 퇴근을 했다. 서연을 만난다는 기쁨도 있었지만 회의도 제대로 못할 만큼 여자에 빠져 있는 자신이 신기했다.

호텔에 도착해서 곧바로 그녀의 방을 찾아갔다. 그녀가 문을 열어주자 장미향이 그의 코끝을 자극했다. 청바지에 하늘색 티를 입은 그녀는 풋풋한 새내기 같아 보였다.

"이거 너무 차이나는데? 슈트를 입은 난 서연에 비해 너무 나이가 들어 보여."

"안 그래요."

그녀가 수줍게 웃으며 그를 맞이했다. 재훈은 앞서가는 서연을 등 뒤에서 안았다.

"하루 종일 생각했어."

"저도요."

그녀의 떨리는 음성에 진심이 묻어나고 있었다. 재훈은 하루 종일 그리웠던 그녀의 향기를 들이마셨다. 장미향과 그녀의 샤넬향이 묘하게 어우러지고 있었다. 재훈의 입술이 서연의 뒷목을 따라 흘러내리고 그의 손은 서연의 풍만한 가슴을 움켜잡았다.

그는 요 며칠 사이에 섹스광이 되어버린 것 같았다. 서연만 보면 그녀와 함께 침대로 돌진하고 싶다는 생각뿐이었다. 아니, 침대에 갈 시간도 없었다. 그녀의 몸 안에 바로 들어가고 싶었다.

"밥은 먹었어요?"

"다른 게 먹고 싶어."

"난 배고픈데……."

그녀는 그를 말리고 싶어 일부러 생각을 다른 쪽으로 유도하고 있었지만 지금 우선순위는 밥이 아니었다. 하루 종일 정말로 이 생각뿐이었다. 그가 서연을 안아 들고는 침대로 향했다.

"재훈 씨!"

"지금은 널 먹고 싶어."

그리고 그는 침대 위에 서연을 눕히고 자신의 옷을 순식간에 벗어버렸다. 그의 페니스는 단단하게 서서 준비를 마친 상태였다.

"내가 벗겨주길 기다리고 있었군."

"그게 아니라……."

서연의 말은 무시된 채 그는 서연의 티셔츠를 머리 위로 벗겨내고 그녀의 반바지도 팬티와 함께 벗겨 버렸다. 지금 그녀가 입고 있는 것이라고는 순백의 브래지어뿐이었다. 서연은 순백이 너무나 잘 어울렸다.

그는 그녀의 옆으로 누워 서연을 감싸 안았다. 자신의 품 안에 폭하고 들어오는 그녀의 느낌이 너무나 좋았다. 재훈은 서연의 고개를 손으로 들어 올려 그녀의 입술을 머금었다. 세상의 그 어떤 것보다 지금은 서연의 입술을 삼키는 게 더 급했다.

부드러운 입술을 빨아들이자 하루 종일 복잡했던 일이 머릿속에서 다 사라지는 느낌이었다. 이렇게 걷잡을 수 없이 빠져들어도 되나 하는 생각이 들었다. 그동안의 수많은 여자들은 서연과 비교가 되지 않았다.

서연은 그의 여자였다. 아버지의 욕심 때문에 그에게 팔려오는 거나 마찬가지였지만 그래도 그는 좋았다. 이렇게 자꾸 자신을 순수하게 만드는 여자가 있다는 게 너무나 기쁜 재훈이었다.

"으음."

그녀의 신음 소리가 그의 입안으로 사라지자 그는 다시 그녀의 혀를 빨아들였다. 말랑한 혀의 느낌과 그의 단단한 혀가 그녀의 입안에서 강하게 얽혀 있었다. 확실한 건 서연이 자신의 섹스에 굉장히 만족을 한다는 것이었다. 그가 서연에게 만족하는 것처럼 말이다.

그가 길게 그녀의 혀를 빨아 당겼다.

“으으응.”

그가 듣기 좋아하는 그녀의 신음 소리가 계속해서 흘러나오고 있었다. 그의 손이 언젠지도 모르게 그녀의 브래지어를 벗겨냈다. 사람의 피부가 이렇게 하얄 수가 있을까 하는 생각이 들었다. 그녀의 순백색 피부에 핑크색의 유두가 그의 애무를 기다리고 있었다. 그는 상큼한 과일을 입에 베어 물 듯이 그녀의 유두를 물어서 혀로 유두를 굴리기 시작했다. 단단한 그녀의 유두는 그의 혀를 튕겨내듯이 받아치고 있었다.

“탄력이 있어서 자꾸만 튕기고 싶어져.”

그는 이렇게 말을 하며 그녀의 유두를 혀로 튕겼다. 달착지근한 맛이 혀를 통해 느껴지는 것 같았다. 어느 것 하나 그의 마음을 사로잡지 않는 것이 없을 정도였다. 그는 점점 얼굴을 내려 그녀의 움푹 들어간 배를 지나 거뭇한 숲을 향했다. 그녀의 향이 그의 코끝으로 느껴지자 그의 이성 또한 점점 멀어져만 갔다.

그가 그녀의 다리를 벌리고 머리를 그녀의 다리 사이에 넣는데도 이제 그녀는 아무런 저항을 하지 않았다. 그녀가 점점 그에게 길들여져 가는 것 같아서 너무나 기분이 좋았다. 다리를 벌리고 그녀의 여성을 한입에 삼킨 그는 엉덩이를 들고 그의 입술을 맞이하는 그녀를 위해 그녀의 여성을 거칠게 빨아들였다.

츠으읍!

자신이 듣기에도 색스러운 소리가 방 안을 울렸지만 그는 아랑곳하지 않고 쉴 새 없이 그녀를 공격했다. 단물을 빨아들이는 벌처럼 그는 꽃 같은 그녀의 애액을 정신없이 빨아들였다. 그녀가 신음 소리를 내뱉다가 거의 지쳐 갈 무렵 그는 몸을 일으켜 그녀의 질에 자신의 페니스를 담았다.

"벌써 지치면 곤란해."

"아아아~"

찰삭찰삭.

그녀의 물기를 머금은 질이 그의 페니스를 받아들일 때마다 젖은 소리가 방 안을 울리고 있었다. 살과 그녀의 애액이 섞인 소리는 야함을 가득 담은 채 그의 귀와 이성을 자극하고 있었다.

"더 이상은 힘들어."

그는 마지막을 향해 달렸고 그녀의 배 위에 자신의 씨앗을 뿌렸다. 그리고 그는 얼른 몸을 일으켜 자신을 감당하느라 축 늘어져 있는 그녀의 몸을 닦아주었다. 그리고 그녀의 옆에 누워 가만히 그녀를 안았다.

"나 너무 힘들어요."

"벌써 이렇게 나오면 곤란한데."

"오늘 장미 너무 마음에 들었어요. 고마워요."

"마음에 든다니 다행이야. 나도 서연이가 마음에 들어."

그녀가 희미하게 미소를 머금고는 그대로 잠이 들었다. 오늘은 그가 너무 몰아붙인 모양이었다. 그는 미소를 지으며 잠든 그녀를 놔두고 잠시 밖으로 나왔다. 배가 고프다는 그녀의 말이 신경이 쓰여 그는 음식을 사기 위해 조용히 밖으로 나온 것이었다.

"나도 많이 변했어."

누군가를 위해 이렇게 배려를 한 적도 없었고 이런 일을 하면서도 귀찮기보다는 기쁜 마음이 우선 들었다. 그는 가까운 패스트푸드점에서 간단히 먹을 수 있는 샌드위치와 커피를 사서 호텔로 향했다.

그가 도착을 했는데도 여전히 그녀는 잠들어 있었다.

"서연."

"으으음."

그녀는 이렇게 말을 하며 깊은 잠을 자고 있는 듯했다. 그는 미소를 지으며 메모를 남기고는 조용히 호텔을 빠져나왔다. 오늘도 집에 안 들어갔다가는 정말로 할아버지에게 혼이 날 것 같았다. 예전에 한창 말썽을 피울 때처럼 사람을 붙이거나 하면 귀찮아지기 때문이었다.

그는 잠들어 있는 서연을 생각하며 미소를 지으며 자신의 차에 몸을 실었다.

서연과의 만남이 있고 일주일 후, 예나는 대주건설 사장실에 와 있었다. 고급스러운 사무실 안의 가구들은 모두 혀를 내두를 정도로 고가의 가구들이었다. 아무리 건설사들이 겉치레에 비중을 둔다고는 하지만 사무실에 억대의 오디오까지 설치가 되어 있는 건 사치의 극치였다.

"이러니 사업이 엉망이지."

예나는 팔짱을 끼고 앉아서 대주건설의 사장인 윤대식을 기다리고 있었다. 친형인 윤대주 사장을 감옥에 보내고 사장 자리를 차지한 아주 비열한 인간이 윤대식이었다. 그는 자신의 이익을 위해서라면 뭐든지 팔아먹을 아주 간교한 인간이었다.

그래서 예나는 그가 마음에 들었다. 왠지 자신과 통하는 게 많을 것 같다는 생각이 들었다. 어릴 때부터 착하고 바른 일보다 나쁜 일에 더 도가 튼 예나였다. 단지 관심이 가지 않아서 안 했을 뿐인데 지금은 너무나 갖고 싶은 것이 생겼다.

그렇다면 망설일 필요가 없는 것이었다. 자신과 한날에 태어난 쌍둥이 오빠인 현수는 너무나 물러 터진 사람이라 그녀의 설득에 금방 넘어왔다. 예나는 현수가 넋이 나가서 서연을 바라보는 모습을 보고는 잘하면 그녀에게 유리하게 돌아갈지도 모른다는 생각을 했었고 지금은 그 모든 걸 실천에 옮기고 있었다.

"왜 이렇게 안 오는 거야?"

윤 사장이 늦어지자 예나는 슬슬 짜증이 났다. 오늘 예나는 만반의 준비를 하고 왔다. 머리서부터 발끝까지 재벌가의 딸답게 명품으로 도배를 하고 그가 상상하지도 못할 가격의 귀걸이로 포인트를 줬다.

사업을 했다면 큰오빠인 현민보다 그녀가 훨씬 잘했을 것 같았다. 그러나 그녀는 사업에 관심이 없었다. 그녀의 관심은 오로지 김재훈뿐이었다. 그를 잊기 위해 시작한 바이올린도 이제는 점점 흥미를 잃어갔다.

"오래 기다리셨습니다."

문을 열고 들어오는 남자의 모습에 예나는 자신도 모르게 고개를 갸우뚱거렸다. 서연은 너무나 아름다운데 그의 아버지는 친아빠가 맞나 할 정도로 닮지 않았기 때문이었다. 사진이 그나마 실물보다 나은 것 같았다.

"앉으세요."

그는 서둘러 자리에 앉았다.

"뭐 해? 얼른 시원한 커피 안 가져오고."

그는 예나가 있든 없든 그의 비서에게 짜증 섞인 말투로 말했다.

"요즘 제가 너무 바빠서요."

"압니다. 성도그룹에 대주유통을 넘기시느라 바쁘신 거."

"어떻게……."

"저도 대주유통에 관심이 있습니다."

그녀는 재계 5위 안에 드는 유성그룹의 딸이었다. 유성그룹이 관심을 보인다면 굳이 대주유통을 헐값에 성도에 넘길 필요가 없었다. 아니, 헐값은 아니었지만 그래도 조건이 더 좋은 쪽에 파는 게 나았다.

"하지만 이미 성도에게 넘기기로 했습니다."

"계약하셨나요?"

"구두로는 계약을 했고 다음 주에 발표하고 인수 단계로 넘어갈 겁니다."

"저희가 가격을 더 쳐드리면 어떨까요? 그리고 저희 조건은 대주유통이 그대로 영업을 할 수 있게 도와드리겠습니다. 지금도 영업실적이 성도유통 다음으로 좋은데 굳이 파실 필요가 있겠습니까? 그냥 가지고 계셔도 돈방석인데."

윤대식의 눈이 움찔했다. 잘하면 봉을 잡을 수 있는 절호의 기회였다.

"하지만 성도에서는 대주유통을 높은 가격에 인수해 주고 성도건설의 채무도 해결해 주기로 했지요."

윤대식은 그녀가 미끼를 물기를 바라며 넌지시 말을 던졌다.

"그래서 조건은 딸을 시집보내는 거였고요. 딸을 팔아야 거래가 안전하게 되니까. 혈족만큼 가까운 관계도 없으니까 말이죠.

무슨 고대국가도 아니고. 호호호."

그녀는 그를 대놓고 비웃었다. 윤대식의 표정이 어두워지고 있었다. 예나는 그렇게 만만한 상대가 아니었다.

"뭐 그렇게 놀라실 것까지는 없고요."

"놀라다니요. 사업을 하려면 정보력이 있어야지요."

끝까지 그녀에게 안 지려고 하는 그의 모습이 가소로웠다.

"그래서 저도 똑같은 조건을 내걸려고 합니다."

"……."

윤대식이 언뜻 내용을 이해하지 못하는 것 같았다.

"저에게 오빠가 두 명 있어요. 큰오빠는 이미 장가를 갔고 둘째 오빠가 있는데 서연 씨와도 아는 사이죠. 생판 모르는 김재훈보다는 낫지 않을까요? 따님이 결혼을 하기에도 말이죠."

"그게……."

"사업을 하시는 분이 너무 셈이 느리십니다."

그녀는 윤대식의 자존심을 건드렸다.

"실망이에요. 계산이 빠른 분이라 생각했는데 말입니다."

"그러면 우리 쪽은 좋은데 유성그룹은 이득이 없을 텐데요?"

"이건 유성그룹에서 하는 게 아니라 제가 대주건설에 관심이 많아섭니다. 저는 대주주만 되면 됩니다. 경영은 사장님이 하시고 저에게 이윤만 남겨주세요."

"생각해 보겠습니다."

"답은 빨리 주세요. 시간을 끌면 성도에서 가만히 있지 않을 테니까요."

그녀는 자리에서 일어나 뒤도 돌아보지 않고 자리를 떠났다. 욕심 많은 윤대식은 반드시 그녀에게 연락을 할 것이다.

모든 게 순조로운 하루하루였다. 언제나 지금만 같았으면 하는 마음이 드는 서연이었다. 미국에서 한국으로 들어온 지 2주일 만에 엄마와 엠마가 들어왔다. 이렇게 일이 빨리 진행되리라고는 상상도 하지 못했었다.

재훈이 그만큼 신경을 써주었고 서연은 지금 재훈을 만난 행운에 감사하고 있었다.

아침 햇살이 이슬을 머금은 잔디밭을 비추자 잔디 위로 다이아몬드가 뿌려진 듯 반짝거렸다. 몸을 가누지 못하는 엄마를 이동식 침대에 태우고 밖으로 나와서 일광욕을 시켜 드리고 있는 중이었다.

점심의 따가운 햇볕보다 아침의 부드러운 햇살이 나을 것 같아서 서연은 조금 이른 시간에 엄마를 데리고 정원으로 나왔다.

"엄마, 예쁘지?"

"응."

어눌하지만 그래도 엄마는 자신의 의사를 표현했다.

"미국에 가지 말고 한국에 있을 걸 그랬어. 그랬으면 엄마가 덜 고생했을 거 아냐?"

"아니야, 아빠가 엄마 병 낫게 하려고 그랬던 거야."

엄마는 언제나 아빠 편이었다. 그 미친 사랑을 서연은 이해할 수가 없었다. 엄마는 자신의 아픔을 남편을 통해서 잊으려고 애를 쓰는 것 같았다. 그러고 보니 아플 때마다 아버지를 찾았다. 아버지는 어머니에게 일종의 몰핀 같은 존재였다. 이해는 가지 않지만 말이다.

"엄마, 아빠에게 너무 고마워할 필요 없어. 아빠는 우리에게 딱 할 만큼만 한 거야."

"아니야."

엄마의 목소리에 서운함이 가득했다.

"알았어. 아빠에게 고마워할게."

엄마를 안심시킨 서연은 엄마가 눈치채지 못하게 한숨을 쉬었다. 엄마가 한국에 도착했을 때 서연은 엄마를 붙들고 한없이 울었다. 아직 목까지 굳지 않아서 말을 할 수 있는 엄마였지만 손발을 움직일 수 없고 온몸이 석고처럼 굳어가니 엠마가 곁에 있다고 해도 딸만 하지는 못했을 것이다. 남편에 이어 딸까지 자신을 버리면 어떻게 하나 이런 생각에 엄마도 힘들었을 것이다.

하지만 이곳 재훈의 별장에 오자 확실히 엄마의 얼굴이 밝아졌다. 다행이었다. 엄마가 이곳에 온 지 하루밖에 되지 않았지만 서연은 너무나 좋았다. 어제 그녀는 그에게 전화를 걸어 감사 인사를 했다. 일주일 예정으로 유럽에 출장 중인 그는 가기 전에 그녀에게 이것이 자신의 마지막 장거리 출장이 될 거라고 말했다.

서연은 깊은 한숨을 쉬며 따뜻한 햇살을 받고 있는 엄마를 웃는 얼굴로 바라보았다.

"엄마가 이곳을 아주 좋아하는 것 같지?"

서연이 엠마를 보며 물었다.

"응, 좋다고 나한테 아까 말했어. 새소리도 듣고 무엇보다 공기가 좋대."

"엠마는?"

"나는 사모님이 좋아하니까 좋아. 미국에서는 매일 한국 가자고 얼마나 그랬는데. 내가 서연이 속상할까 봐 말을 안 해서 그렇지."

엠마가 그녀의 곁에 있다는 게 감사했다. 이렇게 그녀의 힘든 부분을 나누어주니 말이다.

윙~

아버지의 전화였다. 이렇게 이른 시간에 전화를 걸 사람이 아닌데 무슨 일인가 싶었다. 엠마가 나쁜 놈에게 전화가 왔냐며 입모양으로 물었다. 서연은 고개를 끄덕인 후에 엄마와 엠마에게서 떨어져서 전화를 받았다.

"여보세요?"

[나다.]

"네, 아침 일찍 무슨 일이세요?"

[호텔에서 나가서 도대체 어디에 있는 거야?]

엄마가 서울로 온 걸 알고 있으면서도 엄마의 안부를 먼저 묻지 않는 아버지가 서연은 야속했다.

"아버지, 엄마 안부부터 물어보셔야 하는 것 아니에요?"

[너 어디에 있냐고?]

이번에는 화가 잔뜩 난 목소리로 소리를 질렀다.

"재훈 씨가 별장에 엄마와 나를 머물게 해줬어요."

[뭐? 누구 맘대로 성도그룹에 가 있어!]

고함 소리는 더 커지고 있었다.

"아버지, 재훈 씨와 결혼을 할 사인데 이 정도의 호의는……."

[닥쳐. 너 당장 네 엄마하고 그 별장에서 나와. 엄마는 대학병원에 입원시켜 줄 테니까. 둘 다 빨리 나와!]

"아버지!"

[지금 당장 앰뷸런스를 보낼 테니까 주소 불러.]

"싫어요!"

그녀는 전화를 끊어버렸다. 그리고 엄마에게 가서 불쌍한 엄마의 얼굴을 쓰다듬었다.

웡~

전화가 끊임없이 울리고 있었다.

"전화 받아."

"안 받아도 돼."

"아빠야?"

"……."

금세 엄마의 얼굴에 화색이 돌았다.

"제발 받아."

"엄마, 아버지 전화를 받으면 우리는 여기서 나가야 해. 엄마는 다시 병원으로 가야 하고. 물론 내가 가만히 있지는 않겠지만 말이야."

"엄마는 병원으로 돌아가도 돼. 아빠 마음 상하게 하지 마."

엄마의 말에 서연은 전화를 받았다.

[야, 전화를 왜 함부로 끊고 지랄이야!]

아버지의 막말이 엄마에게까지 들릴 정도로 크게 나왔다. 서연은 얼른 자리를 피해 빠른 걸음으로 걸었다.

[어디야!]

서연이 하는 수 없이 장소를 얘기했다. 뭐든 엄마의 바람대로 해주고 싶은 그녀였다. 마지막이라도 엄마의 마음이 편할 수만 있다면 서연은 아무래도 좋았다. 전화를 끊고 서연은 엄마에게로 갔다.

"엄마, 아버지가 용서가 돼?"

"서연아, 엄마는 평생 아버지에게 용서를 빌어도 모자랄 죄인이야."

"왜? 엄마가 뭘 그렇게 잘못했는데? 아픈 엄마를 두고 바람을 피운 아버지가 나쁜 거지."

"엄마가 아픈 게 모든 것의 원인이니까."

"아픈 게 무슨 죄야? 그리고 엄마가 아프기 전에 이미 아버지는 그 여자랑 같이 살림을 차렸다고. 진짜 용서가 안 돼."

엄마의 얼굴에서 눈물이 흘러내렸다.

"울지 마. 아픈 게 잘못은 아니니까."

서연이 엄마의 눈에 흘러내리는 눈물을 닦아주었다. 엄마는 아직도 아버지에 대한 미련을 버리지 못한 것 같았다. 엠마는 씩씩거리며 엄마와 그녀에게 뭐라고 했다. 여기서 나가면 더 안 좋을 것 같다고 말이다. 엠마와 그녀의 반대에도 엄마의 고집은 꺾을 수가 없었다.

그로부터 한 시간 후에 별장으로 앰뷸런스가 들어왔다. 출장 중인 재훈에게 전화를 걸었지만 회의 중인지 받지 않았다.

서연은 말리는 별장지기 아저씨에게 미안하다고 말을 하고는 앰뷸런스에 몸을 싣고 그의 별장을 빠져나왔다.

삐오삐오삐오.

앰뷸런스 소리가 복잡한 서연의 머리를 더 복잡하게 만들고 있었다. 엠마는 엄마에게 계속해서 잔소리를 하고 있었고 엄마는 두 눈을 감아버리고 뜰 생각조차 하지 않고 있었다. 갑작스러운 아버지의 변심과 엄마의 고집이 그녀를 혼란에 빠뜨리고 있었다. 이럴 때 재훈이 옆에 있었다면 지금의 이 상황은 많이 달라졌을 텐데.

병원에 도착하자마자 엄마는 검사부터 다시 받아야 했고 그다음부터 어떻게 시간이 흐르고 있는지 서연은 감이 없어져 버렸다. 한국병원 특실에 엄마가 입원을 했다. 이 정도로 비싼 병실에 엄마를 입원시켜 주리라고는 상상도 하지 못했었다. 우리나라의 최고의 병원에 그것도 특실이라니. 아버지에게 일말의 양심이 있었다는 게 신기한 서연이었다.

엄마를 입원시키고 이제 겨우 한숨을 돌리려고 병실 앞의 의자에 앉아 있는데 누군가 그녀의 어깨를 잡았다.

"깜짝이야. 놀랐잖아요."

그녀는 현수를 보며 놀란 가슴을 쓸어내렸다. 현수가 사람 좋게 웃으며 그녀에게 커피를 건넸다.

"여긴 어쩐 일이세요?"

"볼일이 있어서요."

"커피 드시려고 사신 거 아니에요?"

"더 급한 사람부터 먹어야죠. 피곤해 보여요."

그랬다. 지금 서연은 너무나 피곤했다. 하품이 나오려는 걸 간신히 참고 있었다.

"진짜 커피가 너무 절실했어요. 사양 안 하고 마실게요."

그녀는 시원한 아이스 아메리카노를 단숨에 들이켰다. 이제야 조금 잠이 깨는 것 같았다.

"이 은혜를 어떻게 갚죠?"

"장부에 킵해놓을게요."

"그런데 병원은 무슨 일이세요? 아픈 것 같아 보이지는 않는데……."

"누굴 좀 만나러 왔어요."

"아, 그럼 가보세요."

"만나고 오는 길이에요."

"네에."

그녀는 현수가 어색하지 않았다. 아마도 재훈의 친구이기 때문인 것 같았다.

"재훈 씨랑은 안 지 오래되셨어요?"

"그 얘기는 나중에요."

"네? 네."

무슨 일인지 현수는 재훈의 이야기를 꺼려하는 것 같았다.

"현수 씨는 처음 봤을 때부터 편하게 느껴지는 것 같아요. 제가 좀 내성적이라서 낯을 좀 가리는데 현수 씨는 안 그런 것 같아요."

"다행이네요."

그가 좀 전과는 너무나 다르게 환하게 웃었다.

"웃으니까 보기 좋아요. 난 웃는 사람이 좋아요. 엄마가 너무 오래 아프셔서 저한테는 별로 웃을 일이 없지만 다른 사람들이 웃는 모습을 보는 건 참 좋아요."

그가 갑자기 서연의 손을 잡았다. 너무 갑작스러운 그의 행동에 서연은 손을 빼지도 못하고 그대로 얼어버렸다.

"제가 이제부터 서연 씨를 웃게 만들어 드릴 겁니다."

왜 이 사람이 이런 소리를 하는지 도저히 이해가 되지 않았지만 원래 좀 오버해서 친절한 사람인가 보다 생각했다.

"엄마에게 들어가 봐야 해요. 일 보세요."

서연이 그의 손에서 억지로 자신의 손을 빼며 말했다.

"그럼, 안녕히 가세요."

그녀는 그를 남겨두고는 엄마가 있는 병실로 들어왔다.

"엄마, 일어났어?"

서연은 엄마의 옆으로 가서 물수건으로 엄마의 얼굴을 꼼꼼하게 닦아주었다.

"얼굴에 알로에 팩 하자. 아까 햇볕에 조금 나가 있었다고 빨갛게 올라왔어."

그렇게 말하고는 자신의 짐 가방에서 얼마 전에 산 알로에 팩을 엄마의 얼굴에 붙여주었다.

"서연아, 엄마 부탁 하나만 들어줘."

"어?"

한 번도 그녀에게 부탁을 한 적이 없는 엄마였다.

"죽기 전에 네 아빠 얼굴 한 번 보고 싶어."

"엄마."

"안 될까?"

"안 되긴. 아버지에게 말할게, 아니, 내가 끌고라도 올게."

"고맙다."

엄마의 얼굴에 미소가 지어졌다.

"웃으니까 예쁘잖아. 엄마는 웃을 때가 제일 예뻐."

"얼굴에 팩을 붙이고 있는데도 보여?"

"응, 난 다 보여. 엄마, 좀 더 자. 나 아버지 만나고 올게."

서연은 엄마의 얼굴에서 팩을 떼어주고는 병실을 나섰다. 오전에 아버지에게 전화가 왔었다. 평생 아버지로부터 받은 전화보다 지난 2주일 동안 더 많이 받은 것 같았다. 아버지는 갑자기 저녁에 약속이 있으니 예쁘게 꾸미고 아버지의 집으로 오라고 말했었다.

미용실도 지난번처럼 예약까지 다 해놓은 상태여서 그녀가 가기만 하면 됐다. 아무래도 오늘 재훈을 집으로 초대한 모양이었다. 결혼 전에 절차가 필요하니까. 아무리 허울뿐인 자식이어도 할 건 다 해서 보낼 생각인 것 같았다. 하지만 그렇다면 재훈에게 전화가 있어야 하는데 아무런 소식도 없었다.

"뭐지?"

기분이 좋지 않았지만 서연은 일단 엄마의 소원을 들어주기 위해 찜찜한 마음에도 불구하고 일단 아버지의 말을 따르기로 했다. 택시를 타고 도착하자 그녀의 예상과는 달리 최고급 샵이었다.

헤어뿐만 아니라 메이크업과 의상까지 모두 토탈 케어를 받는 곳이었다. 원장은 그녀를 순식간에 연예인 뺨치는 미모의 아가씨로 만들어놓았다. 핑크공주가 된 기분이었지만 굉장히 청순해 보이는 옷차림이었다.

"예쁘네요."

어디서 많이 들어본 목소리에 서연은 뒤를 돌아보았다. 그곳에는 블랙 의상의 예나가 서 있었다.

"생각대로 예쁘네."

뭐가 생각대로 예쁘다는 건지 그녀는 이렇게 한마디를 남기고는 사라져 버렸다.

"여기 자주 오나 봐요?"

"유성그룹 따님요? 아뇨, 한동안 안 오시다가 요즘 자주 찾으세요."

우연히 그녀를 본 것일 테지만 그래도 기분 나쁜 여자였다. 첫 만남부터 좋지 않으니 아무리 인상이 좋은 현수의 동생이라고 해도 별로였다. 이 찜찜한 느낌은 과연 뭘까?

아버지가 보내준 차를 타고 서연은 아주 오랜만에 그녀가 태어난 집에 도착했다. 왜 하필 집일까? 왜 이렇게 아버지란 사람은 그녀에게 잔인하게 구는 것일까?

서연은 복잡한 심정으로 아버지의 집으로 들어갔다. 그녀는 집에 들어가자마자 싸늘한 시선들과 마주쳤다. 새어머니는 그녀를 벌레 쳐다보듯이 했고 그녀의 이복동생은 그녀를 보자 눈에 쌍심지를 켰다.

"왔냐?"

아버지가 거실 소파에 앉아 있다가 그녀를 보고 무심히 물었다.

"아빠, 우리가 꼭 이래야 해?"

이복동생인 수연이 입에 거품을 물었다.

"여보, 수연이는 자기 방에 들어가서 공부하라고 해요."

"안 돼."

"아빠, 난 저년이랑 밥 먹기 싫다고!"

아주 버릇없는 아이였다. 고등학생씩이나 되었으면 어리광 부릴 때는 지난 것 같은데 어이가 없었다. 그리고 언제 봤다고 욕까지 하는 건지 기가 막혀서 대꾸조차 하기 싫었다.

"수연아, 한 시간만 참아. 그러면 네가 원하는 쌍꺼풀 해줄 테니까."

아버지는 이복동생의 마음이 상할까 전전긍긍하고 있었다. 낯선 아버지의 모습에 서연은 기분이 이상했다. 아버지에게도 저런 모습이 있었구나 하는 생각이 들자 자신의 현실이 너무나 비참하게 느껴졌다. 지금 아버지는 서연을 남보다 못하게 취급을 하고 있었다.

"진짜지?"

수연은 그렇게 말하며 아빠의 목을 팔로 감고 얼굴에 입을 맞추었다. 그녀로서는 한 번도 해보지 못한 일이었다. 갑자기 행복한 가정에 낀 불청객 같은 기분이 들었다.

"거기 서서 뭐 해? 이리 와서 앉아. 조금 있으면 손님이 오실 거야. 할 얘기도 있고."

서연이 자리에 앉음과 동시에 수연은 자리를 피해 자신의 엄마 옆으로 피했다.

"오늘 손님이 오신다고요?"

"그래."

"누군데요?"

"아주 귀하신 분이다."

"누군데 저까지 와야 해요?"

"그야 네가 와야지. 너랑 결혼할 사람이 오는데."

재훈이 이곳으로 오는 모양이었다. 서연은 갑자기 마음이 편해지면서 위로받는 느낌이 들었다. 이제 그녀에게 재훈은 피난처 같은 사람이었다. 아침에 통화를 못한 게 마음에 걸리긴 했지만 그는 이해해 줄 것이다.

"네가 잘해야 네 엄마가 치료를 잘 받지."

"아버지."

서연은 오기 전에 어머니의 말이 떠올라 아버지를 불렀다.

"왜?"

두 모녀가 그녀를 뚫어지게 보고 있었지만 아무런 상관이 없었다. 지금은 서연에게 엄마가 가장 중요하니까.

"아버지, 엄마 돌아가시기 전에 한 번 만나주세요."

"뭐? 제가 뭐라는 거야?"

아버지의 여자가 소리를 질렀다.

"여보."

그녀 앞에서 첩을 여보라고 부르는 아버지였다.

"서연이 너도 여기가 어디라고 그런 말을 해!"

"여기는 예전에 엄마와 제가 살던 집이었죠."

"윤서연!"

"저는 윤씨가 맞고 엄마는 엄연히 호적상에 아버지 부인이에요. 얼마나 더 사실지도 모르는 분인데 그 소원 하나 못 들어주세요? 그럼 할 수 없죠. 저도 이 결혼 안 합니다."

그녀가 자리에서 일어서자 밖에서 초인종 소리가 들렸다.

"알았어. 네가 이 결혼을 한다면 네 엄마한테 한 번 가주마."

"감사해요."

"진짜 재수 없어. 지금 아빠 사업을 놓고 거래를 하는 거야?"

수연이 얄밉게 한마디를 했다. 그때 누군가 들어오는 소리가 들렸다. 서연은 재훈을 만날 기대에 부풀어 현관을 목이 빠져라 쳐다보았다. 며칠 만에 보는 거라서 몹시 설레었다. 그녀를 이렇게 설레게 하는 건 오직 재훈뿐이었다.

태어나서 처음으로 아버지에게 감사했다. 재훈을 만날 수 있게 해준 것에 대해서 말이다. 문이 열리고 짙은 네이비색 슈트가 보였다.

제8장 엇갈린 인연

서연의 미소가 현관에서 들어오는 남자의 얼굴을 확인한 순간 점차 굳어지고 있었다. 한 손에는 꽃바구니를 든 그는 꽃바구니를 아버지의 여자에게 건네는 아주 센스 있는 행동까지 하셨다.

"어머, 고마워요."

"꽃이 아름다운 숙녀분에게 가서 행복할 겁니다."

거기에 싸구려 멘트까지 더해지자 그녀는 정말 구역질이 날 것만 같았다.

"인사들 하지."

"서연 씨, 우린 오늘 두 번 보네요?"

현수가 얼굴에 미소를 띠우며 그녀를 바라보았다.

"병원에서 보다 이렇게 꾸미니까 더 아름다워요."

현수가 뭐라고 얘기를 해도 지금 서연의 귀에는 들리지 않았다. 이 놀라운 일을 어떻게 설명을 한단 말인가?

"오늘 만나는 상대가 현수 씨예요?"

"그래, 내가 유성그룹 아들을 내 사위로 점찍었지."

아버지가 끼어들며 말했다.

"감사합니다, 아버님."

"하하하, 그래 아버님이지. 딱딱한 누구와는 달라서 참 좋군. 김 서방."

김 서방이라니 이게 도대체 어떻게 된 일인지 서연은 이해가 되지 않는 상황이었다. 일이 이상하게 돌아가고 있었다. 이 사실을 재훈은 알고 있을까?

"아버지, 이 사실을 재훈 씨는 알고 있나요?"

서연의 말에 아버지가 서연의 팔을 잡아끌고 구석으로 향했다.

"너희 엄마의 소원을 들어주고 싶다고 했지? 그럼 말 들어."

"아버지, 전 재훈 씨와 결혼하기로 했어요."

"그래, 아직 결혼한 건 아니잖아. 결혼은 예식장에 들어가기 전까지는 모르는 일이야."

"아버지, 이건……."

"절대로 유성그룹 아들의 기분을 상하게 하지 마라. 오늘 너희 엄마를 특실에 넣어준 것도 김 서방이니까."

김 서방이라니, 기가 막혔다. 김 서방은 김재훈이어야 했다. 이건 정말 아니었다.

"김재훈도 너랑 결혼하는 걸 탐탁찮게 생각했어. 그러니 처녀여야 한다는 둥 엉뚱한 소리를 했던 거 아니겠어? 안 그래? 우리를 얕잡아보는 놈보다 그래도 착한 유성그룹 아들이 너의 신랑감으론 딱이야."

"그래도 이건 아니에요. 재훈 씨에게 확인해 봐야겠어요."

"뭘?"

"이 결혼을 포기할 건지요."

"그 자식은 이미 포기했어. 포기하지 않고서는 연락이 안 될 리 없잖아. 이것저것 귀찮다는 소리겠지. 자기가 하고 싶지 않으니까 의도적으로 전화를 피하는 거겠지. 아직 우리는 계약을 체결하기 전이고. 유성그룹의 계약 조건이 더 좋아. 그러니 너도 포기해."

아버지의 말에 서연은 더 이상 말을 할 수가 없었다. 재훈이 그녀를 이렇게 쉽게 버릴 리는 없지만 그렇다고 매달릴 이유도 없었다. 몇 번의 좋았던 섹스로 막대한 돈을 쓸 이유가 없었다.

이게 사업이었다. 아버지도 사업 때문에 비정하게 형제까지 배반했는데 그라고 몇 번 만난 여자를 버리지 말라는 법은 없었다. 그래도 서연은 가슴 한구석이 먹먹했다. 자신은 이제 재훈을 죽어도 못 잊을 것 같은데 어떻게 해야 할지 난감했다.

하지만 그녀에게는 이미 답이 정해져 있었다. 엄마는 죽기 전에 아버지를 한 번 보고 싶어 할 만큼 아버지를 사랑하고 있었고 그녀는 엄마의 소원을 들어주기로 마음먹었다. 엄마가 기쁜 마음으로 눈을 감을 수 있다면 그녀의 갑작스러운 사랑은 잊을 수 있었다. 노력해서 안 되는 것은 없으니까 말이다.

서연은 눈물을 애써 참으며 다시 현수가 있는 곳으로 향했다.

"죄송합니다. 우리 서연이가 너무 착해서 세상 돌아가는 이치를 아직 모릅니다."

"서연 씨가 착한 거야 이미 알고 있습니다."

서연은 식사가 나오는 내내 가식적인 식구들 사이에서 밥을 먹었다. 늘 이렇게 둘러앉아서 밥을 먹은 듯한 그들의 가식적인 연기에 서연은 감탄을 했다. 자신들의 이익을 챙기기 위해 그녀의 희생은 당연하다고 생각하는 사람들이었다.

식사 후 서연과 현수는 정원을 거닐었다. 이건 다 아버지가 그들을 억지로 정원으로 몰아냈기 때문이었다.

"김 서방, 자네는 왜 그렇게 숫기가 없어. 정원이라도 둘이 한 바퀴 돌다가 들어와."

아버지 때문에 이렇게 나오기는 했지만 상당히 어색했다.

"이렇게 우리가 만날 줄은 몰랐어요."

어색한 침묵을 서연이 먼저 깼다.

"난 현수 씨와 좋은 친구가 될 줄 알았거든요."

"난 서연 씨와 친구 싫습니다."

그는 조용히 있다가 서연의 친구라는 말이 몹시 거슬린다는 듯이 말을 했다.

"전 재훈 씨와 선을 먼저 봤고 둘의 사이가 나쁘지 않았어요. 재훈 씨도 알고 있나요?"

"알지 않을까요? 어머니께서 별장에서 나오셨는데 재훈이에게 연락이라도 왔습니까?"

"아니오."

그에게선 연락이 없었다. 그녀도 한 번밖에 연락을 하지 않았지만 그는 분명히 그녀에게 한 통의 전화도 하지 않았다. 궁금해서라도 했을 텐데 그는 출장을 간 이후 그녀에게 전화 한 통 하지 않았다. 바빠서 그럴 거라고 생각을 하긴 했지만 다른 이유가 있을 수도 있었다. 그녀가 싫증이 났을 수도 있었다.

"전 어릴 때부터 재훈이와 친구였습니다. 저도 이번 일을 결정하는 데 많은 생각을 했습니다. 하지만 평생 첫눈에 반한 여자는 서연 씨가 처음입니다. 그리고 놓치고 싶지도 않고 말입니다. 제가 서연 씨를 좋아하듯이 예나는 재훈이를 좋아하고 있습니다."

예나가 재훈을 좋아하는 걸 알고는 있었지만 현수에게 들으니 예나가 상당히 재훈을 좋아한다는 생각이 들었다.

"저야 사업에는 별 관심이 없는 재벌가의 한량이지만 재훈이는 달라요. 재훈이는 사업을 같이 발전시켜 줄 사업 파트너이자 아내가 필요하죠. 그런 면에서 예나가 적격이라고 생각해요. 둘은 사업적으로 잘 맞을 겁니다."

"재훈 씨는 예나 씨를 좋아하나요?"

"당연하죠. 우리는 어렸을 적부터 친구였어요. 누구보다 서로를 잘 알고 있죠."

"그렇군요."

서연은 정원의 벤치에 앉았다.

"너무 갑작스러운 일이라서 놀라신 거 알지만 저도 너무 마음이 급해서 이렇게 일이 되어버렸습니다. 앞으로 정말 노력할게요. 서연 씨나 어머님을 위해서 말입니다."

서연은 현수의 얼굴을 보았다. 재미있고 유쾌한 사람이었다. 악의라고는 없는 선한 얼굴의 현수를 보니 재훈이 더 생각이 났다. 하지만 지금 그녀에게는 선택권이 없었다. 자신의 마음을 접는 방법뿐이었다. 재훈과 연락이라도 되면 좋으련만 그에게선 아무런 연락조차 없었다.

현수는 다정하게 서연을 대했다. 하지만 지금 서연의 마음은 생각과는 다르게 자꾸만 재훈에게로 향했다.

저녁 식사 후에 현수는 서연을 병원까지 태워주었다. 집으로 오는 내내 그는 서연의 손을 잡고 놓지 않았다. 얼마나 두근거리고 설레는지 현수는 세상을 다 얻은 기분이었다. 병원으로 사라지는 서연을 보며 현수는 그렇게 한참을 병원 주차장에서 서 있었다.

웡~

핸드폰 진동이 그의 상념을 깨웠다. 액정에 예나라고 쓰여 있었다.

"어."

[잘됐어?]

"응."

[아까 숍에서 보니까 예쁘긴 하더라. 우리 착한 김현수가 한 방에 훅하고 갈 만큼 말이야.]

"전화 왜 했어?"

[어떻게 됐는지 궁금해서. 서연이가 안 한다고는 안 해?]

"아니, 그런 말은 하지 않았어."

[확실히 윤 사장이 세긴 하네. 서연이가 꼼짝을 못하네. 약점 같은 거 잡혔나?]

서연은 진짜로 뭔가 약점을 잡힌 듯이 아버지의 말을 그냥 다 받아들이는 것 같았다.

[뭔지 궁금하네. 그것만 알면 우리도 굳이 큰돈 안 들여도 될 텐데…….]

"예나야!"

그의 쌍둥이 동생 예나는 그와는 다르게 이상하리만치 사람들의 약점을 잘 파고들었고 이용할 줄도 알았다.

"재훈이가 만약에 서연 씨를 끝까지 포기하지 않으면 어쩌려고?"

[다 나에게 방법이 있어. 난 재훈이 때문에 죽으려고도 했던 사람이야. 절대로 재훈이는 포기 못해.]

예나의 말이 오늘따라 더 소름이 돋았다.

"지금이라도 재훈이에게 전화를 걸어서 사실대로 말하는 게 좋을 것 같아."

[재훈이 전화 안 받아.]

"왜?"

[글쎄, 벌써 몇 번 통화를 시도했는데 전화가 안 되더라고.]

"네 전화라서 안 받는 건 아니고?"

[그건 아니야. 그리고 너도 마음 단단히 먹어. 언제까지 재훈이 따까리만 할 건데?]

"내가 언제?"

[넌 학교 다닐 때부터 재훈이 따까리였어. 그것도 아주 즐거워서 하는 따까리.]

예나의 말이 맞았다. 친구라고는 하지만 재훈은 언제나 그의 동경의 대상이었다. 공부도 잘하고 운동도 잘하고 친구들을 항상 리드하는 그가 현수는 너무나 부러웠었다.

하지만 한 번도 그의 것을 탐내본 적은 없었다. 그도 부유했기 때문에 갖고 싶은 게 있으면 얼마든지 돈으로 해결을 할 수가 있었다. 하지만 이번은 달랐다. 돈을 주고도 살 수 없는 것이었기 때문이다.

재훈이 옆에 있는 것만으로도 그는 여자들의 시선에서 멀어졌었다. 언제나 여자들의 시선은 재훈의 것이었다. 재훈과 같이 있지 않으면 그도 꽤 인기가 있었다. 그래서 대학 이후부터는 자연스럽게 여자들과 어울릴 때는 될 수 있으면 재훈을 부르지 않은 그였다.

그런 그에게 정말 갖고 싶은 여자가 생겼다. 평생을 같이 하고 싶은 여자 말이다. 재훈이 많이 섭섭해한다고 하더라도 서연은 절대로 포기가 안 될 것 같았다. 현수는 용기를 내서 재훈의 핸드폰 번호를 눌렀지만 예나의 말대로 재훈은 전화를 받지 않았다.

"미안하다, 재훈아."

그는 차를 돌려 레베카로 향했다.

이탈리아에서 한국으로 돌아오는 전용 비행기 안에서 재훈은 핸드폰을 만지작거리기 시작했다. 이제 몇 시간만 있으면 서연을 볼 수 있었다. 이렇게 짜증이 나고 긴 출장은 그의 생애에 처음이었다. 다음부터는 서연을 출장 갈 때도 꼭 데리고 다녀야겠다고 생각했다.

통화를 해버리면 그냥 바로 한국으로 갈 것 같아서 그는 일주일 동안 개인 휴대폰을 꺼놓았었다. 자신이 보고 싶은 만큼 서연도 그를 그리워할 거라는 생각이 들자 그의 얼굴에 미소가 지어졌다.

너무 이기적인 생각 같지만 지금 그들은 연애를 하니 이런 약간의 밀당이 필요하다고 생각했다. 그리고 그는 일주일 동안 한국에 가면 그녀에게 어떻게 할지 계획을 다 세워놓았다. 이제 그녀가 기뻐할 일만 남은 것이다.

회사의 특별한 일은 모두 박 비서를 통해서 들어오니 굳이 개인 휴대폰은 필요가 없었다. 할아버지와의 통화 역시 박 비서의 핸드폰으로 했기 때문에 문제는 없었다.

"이제 놀라게 해줄 일만 남았군."

그는 핸드폰을 가방에 담고는 주머니에서 반지 케이스를 꺼냈다. 여자들의 로망이라는 티파니의 웨딩링을 산 그였다. 서연에게는 뭐든지 해주고 싶었다.

"좋아하겠지?"

"그럼요."

혼자 한 말인데 그의 앞에 앉아 있던 박 비서가 대답을 했다.

"박 비서도 와이프에게 선물 사다 주면 좋아하나?"

"선물 싫어하는 여자는 세상에 없습니다."

"그래? 박 비서의 와이프는 뭘 좋아하나?"

"명품 백이죠. 출장 다녀오면 제 손부터 봅니다."

"하하하, 이번에도 샀나?"

"네, 그렇게 비싼 건 아니지만 비상금에서 사려니 이것도 부담입니다."

박 비서의 말을 들으니 가방도 하나 살 걸 그랬나 하는 생각이 들었다.

"반지보다 여자들은 가방을 좋아하나?"

"무슨 말씀을요. 보석이 최고죠. 비싸니까 못 사주는 거죠."

재훈은 괜히 뿌듯한 생각이 들어서 미소를 지었다. 서연이 좋아할 걸 생각하니 기분이 좋아졌다.

"오늘은 회사로 가지 않고 바로 퇴근할 거야."

"네."

박 비서의 표정이 가관이었지만 요즘 여자에게 미쳐 있는 상사라는 걸 너무 뻔히 아는지라 아무런 말도 하지 않았다.

인천공항에서 광릉수목원 옆의 할아버지 별장까지 단번에 간 그는 별장지기로부터 뜻밖의 소식을 들었다.

"며칠 전에 앰뷸런스가 와서 아가씨와 어머님을 모시고 갔습니다. 아가씨께서 사장님께 직접 전화하신다고 연락하지 말라고 하셔서 저희는 그 말만 믿고 연락을 드리지 않았습니다."

망연자실이라는 말은 이때 쓰는 말인 것 같았다.

그는 핸드폰을 들어서 서연에게 전화를 걸었다. 이번에는 서연이 전화를 받지 않았다. 그래서 그는 윤 사장에게 전화를 걸었다.

"여보세요?"

[안녕하십니까, 김 사장님.]

"서연이와 어머님은 어디에 간 겁니까?"

[전화를 그렇게 드렸는데 전화를 받으셔야지요. 서연이와 서연이 엄마는 병원으로 옮겼습니다.]

"누구 마음대로요."

[제 자식이고 제 부인이니 당연히 보호자인 제 마음대로 옮긴 거죠.]

"윤 사장님! 이건 명백히 계약 위반입니다."

[아, 맞다. 제가 전화를 그렇게 불이 나게 드렸던 건 대주건설과 대주유통이 이제는 채무를 변제할 능력이 생겼다는 겁니다. 그래서 이번 계약은 없던 걸로 하자는 말씀을 드리고 싶었습니다. 어차피 처음부터 달가운 계약도 아니셨으니 다행 아닙니까?]

"달갑지 않은 계약이라니요?"

[처음에 제가 결혼 얘기를 꺼냈을 때 저희의 약점을 아시고 처녀여야 한다는 둥 이런 말도 안 되는 얘기를 하면서 저희에게 모욕감을 주지 않으셨습니까? 그래서 저도 차선책을 찾은 거지요. 김 사장님도 하기 싫은 결혼도 하지 않으시니 좋고 말입니다.]

"제가 가만히 있을 것 같습니까?"

[제소를 하셔도 시간이 걸릴 것이고 서로 힘만 빠지는 짓을 우리 머리 좋으신 김 사장님께서는 안 하시리라 믿습니다.]

재훈은 윤 사장의 느물거리는 말에 울화가 치밀어 올랐다.

"윤 사장, 당신이 이러고도 사업가야?"

[양아치라고 해도 할 말은 없지만 밑지는 장사는 안 하는 스타

일이라서. 그럼 우리의 계약은 없던 걸로 합시다.]

윤 사장이 전화를 끊었다. 성도가 대주를 굳이 인수하지 않아도 상관은 없었지만 지금 상황에서 그가 가만히 있는다면 이건 진짜로 바보가 되는 상황이었다. 하지만 지금은 사업이 어떻든지 간에 서연을 찾는 게 급선무였다.

"사장님, 도움이 될지는 모르겠지만 그 앰뷸런스는 한국병원에서 왔습니다."

그의 눈치를 보며 별장지기가 말했다.

"고맙습니다."

그는 이렇게 말을 하고는 곧바로 차를 돌려서 한국병원으로 향했다. 그는 도착하기 전에 루게릭병으로 앰뷸런스를 타고 와 입원한 환자를 조사해 달라고 한국병원장에게 전화를 걸었다. 덕분에 그는 서연의 어머니가 한국병원의 특실에 입원했다는 사실을 알게 되었다.

병원에 도착한 재훈은 특실의 입구에서 간호사와 얘기 중인 서연을 발견했다. 뭔가 상황이 안 좋은지 그녀의 얼굴이 굳어 있었다. 그가 가까이 가는데도 그녀의 시선은 오직 간호사에게만 가 있었다.

"의사 선생님은요?"

"지금 담당하시는 선생님께서 수술 중이셔서 다른 분이 오고 계시니까 너무 걱정하지는 마세요."

“엄마는 어떻게 되는 거예요? 저렇게 이제 말씀도 못하시는 거예요?”

서연의 눈에서 눈물이 하염없이 흐르고 있었다. 그러더니 그녀가 전화를 걸었다.

“아버지, 지금 당장 와주세요. 엄마가 많이 안 좋아요. 그래도 의식이 있을 때 오시라고요. 아버지가 안 오시면 결혼이고 뭐고 전 안 해요. 누군 좋아서 이러는 줄 아세요? 10분 내로 병원에 오지 않으면 전 이 결혼 안 해요!”

지금 서연에게 그의 자리는 없었다. 결혼은 어머니를 위한 일이었던 것이다. 그가 좋아서 하는 결혼이 아니었다. 그녀가 윤 사장의 희생양이라 생각했는데 알고 보니 희생양은 그였던 것이다. 그녀는 지금 온통 그녀의 아픈 어머니 생각뿐이었다. 그녀는 어머니를 위해서라면 누구와 결혼을 하든 상관이 없는 사람이었다.

가슴이 미어지는 상황이었지만 그의 발은 바닥에 붙은 듯 떨어지지 않았다. 그녀에게 달려가서 따지기라도 해야 하는데 다리가 말을 듣지 않았다. 속에서 뜨거운 게 치밀어 오르는데 그는 억지로 그걸 삼키고 있었다. 그가 어찌나 힘을 주었는지 그의 주먹이 하얗게 되어 있었다.

웅~

그의 핸드폰이 계속해서 울렸다.

“전화 왔어요.”

누군가 그의 옆을 지나며 말했다. 그는 여전히 서연을 바라보며 전화를 받았다.

[사장님, 큰일 났습니다.]

"……."

[대주유통을 돕겠다는 사람이 나타났다고 합니다. 인수합병이 아니라 협력 투자 방식으로 말입니다. 그런데 문제는 그 사람이…….]

이제 더 이상 놀랄 것도 없었다.

"누군데?"

[그게, 그게…….]

"누구냐고?"

그의 언성이 높아진 사이에 서연은 병실로 들어갔는지 그의 시야에서 사라졌다.

[그게…… 김현수 레베카 사장님이십니다.]

"뭐?"

녀석이 그의 뒤통수를 칠 리가 없었다. 이건 진짜 꿈같은 일이었다. 출장에서 돌아와 보니 사랑하는 여자는 떠났고 그의 제일 친한 친구는 그의 뒤통수를 사정없이 때렸다.

"말도 안 돼. 이건 꿈이야."

재훈은 한동안 그렇게 넋을 잃고 서 있었다. 이건 분명 아주 나쁜 꿈이었다. 일주일 사이에 그의 천국 같던 시간이 이렇게 지옥

이 되었다. 이건 분명 꿈이었다. 재훈은 넋이 나간 사람처럼 자신의 손을 꼬집었다. 하지만 아픈 게 느껴지는 걸 보니 꿈은 아니었다.

"아냐!"

그는 조용히 말했다. 현수가 그럴 리가 없다. 하나뿐인 친구가 그를 이렇게 갈기갈기 찢어놓을 리가 없었다. 분명히 박 비서가 뭔가를 잘못 알고 전했을 것이다.

서연에게 다가가서 물어보고 싶었지만 재훈에게는 그럴 용기가 없었다. 단숨에 마음을 모조리 빼앗긴 사람과 살아오면서 천천히 마음을 나눈 친구의 배신을 지금 직접 확인할 용기가 그에겐 남아 있지 않았다.

"엄마, 엄마!"

엄마의 심박수가 점점 느려지고 있었다. 눈빛이 흐려지고 말도 제대로 하지 못하는 엄마 때문에 서연은 지금 미칠 것 같았다.

"엄마, 정신 차려."

간호사들이 그녀를 붙들고 있었지만 서연의 절규는 계속되었다.

"보호자 분 시끄러우니까 잠깐 나가 있게 해."

의사의 차가운 말에 그녀는 병실 밖으로 쫓겨났다.

"서연아."

아버지가 그녀의 결혼을 안 한다는 말에 단숨에 달려왔다. 그의 옆에는 현수가 같이 와 있었다. 그녀는 현수 대신에 재훈이 그 자리에 있기를 바라고 있었지만 현실은 그녀의 바람과 같지 않았다.

"엄마에게 가보세요. 어서요."

그녀는 아버지를 병실 안으로 밀어 넣고는 병실 문에 이마를 대고 서럽게 울었다.

"서연 씨, 괜찮으실 거예요."

현수가 서연을 자신의 품 안으로 끌어당겨 안았다. 서연은 그의 품에서 서럽게 울었다. 엄마가 너무 불쌍했다. 자신을 사랑하지 않는 남자만을 바라보며 좋았던 기억만을 가지고 평생을 살아온 엄마의 인생이 너무나 불쌍했다.

"미안해요."

그의 젖은 셔츠를 보며 서연이 말했다.

"괜찮아요. 언제든지 제 가슴은 서연 씨 거니까요."

서연이 고개를 들어 현수를 바라보았다. 편하고 좋은 사람이었다. 이 사람을 먼저 만났더라면 얼마나 좋았을까? 그랬다면 재훈과 뜨거운 사랑을 하지 않았을 텐데, 그리고 이렇게 아프지도 않았을 텐데라는 생각이 들었다.

엄마의 상태가 조금만 더 좋았더라면 서연은 아버지의 뜻을 거스르고 재훈에게 가서 매달리기라도 했겠지만 지금은 그녀에게 그럴 시간이 없었다. 정말로 엄마와의 작별 시간이 다가오고 있음을 서연은 느끼고 있었다.

상처에 고춧가루를 뿌린 듯이 쓰리고 아팠다. 재훈은 분명 출장에서 돌아왔을 텐데 그녀에게 연락도 없었다. 정말로 아버지의 말처럼 그녀는 그에게 버려진 것일까? 그리고 또 다른 걱정은 현수와 재훈이 친구인데 이들의 관계는 어떻게 될까? 라는 생각이었다.

현수가 다 알아서 한다고는 하지만 현수가 모르는 건 재훈과 그녀가 단순히 선만 본 관계가 아니라는 것이었다.

"이제 괜찮아요."

서연이 현수의 품에서 빠져나왔다. 하지만 현수는 서연을 놓아주지 않았다.

"조금만 더 편안하게 있어요."

서연은 현수의 호의를 거절할 수가 없었다. 서연이 난감해하고 있는 사이에 병실에서 의사가 나왔다. 서연은 현수의 품에서 빠져나와 의사 곁으로 갔다. 병실 안에는 아버지와 아버지를 째려보고 있는 엠마가 보였다.

"엄마는 어떤가요?"

"일단 급한 불은 끄긴 했는데 심장이 자꾸만 느려져서 장담은 못하겠습니다."

"그럼 얼마나 사실 수 있죠?"

"보호자 분께서 마음의 준비를 하고 계시는 게 나을 것 같습니다.”

“선생님, 수술이나 뭐 다른 방법이 없을까요?”

현수가 옆에서 물었다.

“현재로서는 방법이 없습니다. 환자가 원하는 거 해주시고 마음 편히 가실 수 있게 보호자 분들이 신경을 써주시는 방법뿐입니다.”

서연은 그 자리에 주저앉았다. 세상이 무너지는 기분이었다. 서연에게는 엄마뿐인데 이제 그녀는 세상에 혼자 남겨지게 되는 것이다.

“괜찮으실 거예요.”

“흑흑흑.”

“괜찮아요.”

현수가 그녀의 머리를 쓰다듬어 주고 있었지만 그녀에겐 위로가 되지 않았다. 엄마가 아빠를 보고 싶어 했던 것처럼 그녀는 지금 재훈이 보고 싶었다. 너무나 깊어져 버린 마음에 그녀 스스로도 놀랄 만큼 그녀는 재훈에게 빠져 있었다.

“서연.”

엠마가 병실에서 뛰어나와 서연을 안아주었다.

“괜찮아.”

엠마의 품에서 서연이 너무나 슬프게 울었다.

“엄마 불쌍해서 어떡해? 우리 엄마 어떻게 하냐고?”

엠마의 가슴이 젖을 정도로 서연은 서럽게 울었다. 현수는 아버지와 이야기를 나누는 중이었다.

“저 사람이 재훈이야?”

서연은 고개를 흔들었다.

“엠마, 나 지금 가슴이 찢어질 것 같아.”

“엄마 때문에?”

“…….”

엠마가 물었지만 서연은 대답을 할 수가 없었다. 지금 그녀는 처음으로 엄마가 아닌 다른 사람 때문에 마음이 너무나 아팠다. 그가 보고 싶었다. 딱 한 번이라도 그를 보고 묻고 싶었다. 왜 자신을 포기했는지…….

헉헉헉헉.

심장이 터져 버릴 정도로 힘껏 달리고 달려서 주차장까지 온 재훈은 자신의 벤츠의 본넷을 잡고 가쁜 숨을 몰아쉬었다. 운전기사가 놀란 눈으로 차에서 내려 그에게 괜찮냐고 물었지만 그는 대꾸할 힘조차 없었다.

당장 쫓아가서 갈라놓고 싶었지만 그의 발은 아까부터 바닥에 붙었는지 떨어질 줄을 몰랐다. 재훈은 더 이상 버틸 힘이 없어서 그 자리를 떠났다.

집으로 돌아가는 내내 그의 머릿속이 복잡했다. 하지만 이제 그의 머릿속을 가득 채운 건 복수뿐이었다.

"가만두지 않을 거야."

그는 자신도 모르게 이를 갈았다.

"사장님."

운전기사가 그에게 생수통을 건넸다. 그는 물을 단숨에 들이켰다.

"박 비서, 내 이메일로 대주건설 자료 보내."

"지금 보낼까요?"

"당장."

집으로 돌아온 재훈은 자신의 컴퓨터에 앉아 대주건설과 대주유통의 채무현황을 뒤지기 시작했다. 하룻강아지 범 무서운 줄 모르고 덤비고 있었다. 사람의 감정을 이용해서 장사를 하려 들다니, 재훈은 도저히 용서가 안 됐다.

반드시 그가 받은 고통의 백배를 갚아줄 것이다. 재훈의 눈에서 불길이 뿜어져 나왔다.

밤이 깊은 시간까지 그의 작업은 계속되고 있었다.

웡~

예나의 전화였다. 받고 싶지 않았지만 이제는 더 이상 그녀와의 악연도 길게 하고 싶지 않았다. 그에게 있어서 예나는 불운의 아이콘과 같았다.

"무슨 일이야?"

[얘기 들었어? 현수하고 서연 씨 얘기.]

"……."

[현수가 그동안 재훈이 너한테 자격지심이 많았나 봐. 그래서 자기가 가지고 싶은 건 다 너에게 양보했고 그게 당연하다고 생각했는데 이번에 서연 씨는 좀 다른 모양이야. 너도 만난 지 얼마 안 된 여자이기도 하고.]

"그래서?"

[그래서 이번에는 네가 쿨하게 현수에게 양보했으면 해서.]

"네가 뭘 알아? 언제 현수가 날 위해 양보를 했는데? 그렇다고 친구의 여자와 사업상의 일을 빼앗아간 게 합리화되진 않아."

[그럼 내가 대주건설보다 더 큰 사업 건을 성도에 줄게.]

"필요 없어."

[뭐?]

"네가 뭔가 착각하고 있는 모양인데. 우리는 이번에 대주건설하고 대주유통 가만두지 않을 거야. 현수가 얼마나 많은 자금력이 있는지 모르지만 친구를 배신한 게 어떤 건지 내가 보여줄 테니까 기대해."

핸드폰 너머의 숨소리가 불규칙해졌다.

[아, 아니. 재훈아, 내가 더 큰 건을 준다니까.]

"필요 없어!"

[재훈아.]

“너도 날 좋아하네 뭐 하네 하고 자살기도를 또 한다면 그때는 내가 나서서 널 정신병원에 처넣어 버리겠어. 손발 다 꽁꽁 묶어 놓는 곳으로 말이야. 그리고 네 전화 좀 부담스러워. 난 너 때문에 트라우마까지 생길 정도로 놀랐지만 지금은 아니야. 이제 우리 모른 체 살자.”

[네가 어떻게 나한테…….]

재훈은 핸드폰을 끊어버렸다. 진동이 계속 울리자 이번에는 배터리를 빼버렸다.

“누굴 건드렸는지 보여주겠어.”

재훈은 성이 풀리지 않아 자리에서 벌떡 일어났다. 친구라서 봐주는 건 여기까지였다.

아버지를 만나고 사흘 후에 엄마는 하늘나라로 떠나셨다. 그녀를 이렇게 혼자 놔두고 말이다. 아버지는 정말 그날 딱 하루 엄마에게 얼굴을 보이시고는 더 이상 병원을 찾지 않았다. 서연은 아버지가 조금만 엄마에게 신경을 써주었다면, 아니, 임종 직전에 다시 만나러만 와주었어도 이렇게 가슴이 아프지는 않았을 것이다.

엄마는 바로 화장을 해서 한 줌을 재를 바다에 뿌리는 걸로 쓸쓸한 생을 마감했다. 평소 누워만 있던 엄마는 자유로운 바다에서 쉬고 싶다고 늘 말했었다. 그래서 서연은 엄마를 넓은 바다에 뿌려 드렸다. 자유롭게 어디든지 여행을 하시라고 말이다.

"엄마, 엄마는 아버지가 좋을지 몰라도 난 용서가 안 돼. 엄마가 없는 이상 난 더 이상 아버지의 도구가 되고 싶지는 않아."

엄마의 재를 바다에 뿌리며 서연은 이렇게 말했다. 엄마가 돌아가신 순간부터 현수는 매일 그녀의 곁을 지켰었다. 이제는 남남이니까 당연한 일이지만 서연은 아직도 재훈이 그리웠다.

그녀는 쓸쓸히 그렇게 서울로 돌아왔다. 아버지를 만나려고 이곳에 온 게 아니었다. 현수의 얼굴을 봐야 했기 때문이었다. 어쨌거나 그는 고마운 사람이었다. 그녀는 아버지의 뒤통수를 치리라 마음을 먹었다. 끝까지 그는 엄마의 장례식에 참석하지 않았다. 아직 그녀가 현수와 결혼을 하지 않았는데도 마음이 편한 모양이었다.

그렇다면 이럴 때 그녀는 아버지에게 한 방을 날려야 한다고 생각했다. 사업은 사업이고 결혼은 결혼이어야 하는데 아버지는 사업과 결혼을 한데 묶으려고 하고 있었다. 사업을 위해 자식을 팔아먹으려고 하고 있었다.

현수의 바에 도착한 시간은 레베카의 바쁜 영업시간 전이었다. 레베카 출구에 여전히 서 있는 스파이더맨이 그녀의 눈에 띄었다. 그때는 가게의 출입을 막고 있는 사람인 줄 알았는데 오늘에서야 진실을 알게 되었다.

"안녕!"

그녀는 가볍게 피규어에게 인사를 하고 가게로 들어가려다가 익숙한 목소리를 듣고는 걸음을 멈추었다.

"이제 어떻게 수습을 할 거야? 방법이 있다며?"

현수의 목소리였다. 그리고 그의 옆에는 서연이 싫어하는 그의 동생이 있었다. 현수를 보러왔지 그녀를 보러온 게 아니었다. 서연은 동생이 갈 때까지 잠깐 뒤로 숨었다. 부딪쳐 봐야 좋을 게 없는 여자였다.

"기다려 봐. 성도에서 탐낼 만한 일이니까."

"그게 뭔데."

그다음은 전문 용어라 뭐라고 하는지 잘 못 알아들었다.

"그건 유성그룹이 따내려고 노력한 거잖아."

"그래, 모두가 탐낼 일이라고 했잖아. 지금은 버티고 있지만 곧 넘어 올 수밖에 없어."

"예나야, 이건 아닌 것 같아."

"뭐가 아니야? 너도 서연이랑 결혼하고 좋지 뭘 그래?"

"재훈이가 칼을 갈고 있어."

"아니야, 조금만 기다려. 내가 재훈이를 꼭 넘어오게 할 테니까. 안 넘어올 수가 없는 일이잖아."

"그럼 형은?"

"오빠도 더 좋은 일이 있겠지."

서연은 이들의 말을 믿을 수가 없었다. 지금 그들은 절친한 친구를 속였고 가족을 배신했으며 그녀를 속였다. 상종할 인간들이 아니었다. 이제 보니 예나가 재훈을 차지하기 위해 일을 이렇게 꾸민 모양이었다.

"예나야, 진짜 괜찮겠어?"

현수의 말에 서연은 실망감이 밀려들었다. 그래도 사람이 순수하다고 생각했는데 아니었다. 친구의 여자를 뺏을 때부터 그의 인간성을 알아봤어야 했는데 그동안 서연은 아픈 엄마만을 생각하느라 주변의 상황을 돌아볼 겨를이 없었다.

현수도 예나와 똑같은 인간이었다. 다리에 힘이 풀리고 두 손이 떨려왔다. 이제는 정말 홀가분하게 한국을 떠날 수 있을 것 같았다. 엠마가 공항에서 기다리고 있었다. 이제 다시 그녀는 엠마와 함께 뉴욕으로 갈 것이다.

서연은 조용히 택시를 잡았다. 택시에 타자마자 핸드폰이 요란하게 울렸다. 아버지였다. 하지만 서연은 받지 않았다. 진짜로 받고 싶지 않았다. 공항에 도착할 무렵에 그녀는 여전히 울리고 있는 핸드폰을 받았다.

"여보세요?"

[어디야?]

독이 오를 대로 오른 목소리였다.

"엄마는 바다에 뿌렸어요."

[어디냐고?]

"엄마가 마지막으로 보고 싶었던 사람이 아버지였어요."

[헛소리 집어치우고 어디야?]

"아버지에게 헛소리 정도인지 몰라도 이제 저에게는 아무도 없어요."

[김 서방이 있잖아. 너 어디냐고?]

"엄마가 눈을 못 감고 돌아가신 게 너무 마음이 아파요.]

[윤서연, 어딘지 말 안 해?]

"전화 끊을게요."

그녀는 하고 싶은 말은 다 했다. 그리고 서연은 뉴욕행 비행기에 몸을 실었다.

"엄마, 우리는 같은 하늘에 있는 거야. 하지만 미안해. 아버지를 용서할 수가 없어."

서연은 이렇게 말하며 어두운 밤하늘을 바라보았다. 어딘가에 엄마가 행복하게 웃고 있을 것 같았다. 그리고 그녀의 사랑하는 남자 재훈도. 이제 그녀는 홀가분하게 엠마와 새로운 인생을 살기로 했다.

"서연아, 힘내."

"알았어, 엠마."

이제 그녀에게는 엠마뿐이었다.

제9장 네가 어디에 있든지

1년 후.

스읍!

손으로 이마를 닦아내자 땀이 주르륵 흘렀다. 온몸의 땀구멍이 다 열린 듯 그녀는 땀을 쉼 없이 흘리고 있었다. 손이 열 개라도 모자랄 판국이었다. 뉴욕의 가장 큰 광고 회사의 인턴으로 살아가기란 쉽지 않았다. 매일 쏟아지는 업무량 때문에 서연은 과로사하기 일보 직전이었다.

서연은 제시라는 이름으로 제2의 인생을 시작했다. 엄마 없이 그리고 아버지의 원조 없이 그녀는 먼 타국 땅에서 그렇게 매일을 오기로 버텨 나가고 있었다. 엠마도 식당 일을 하며 그녀를 도왔지만 물가가 높은 뉴욕의 삶은 만만치가 않았다.

『제시, 이것 좀 복사해 주고, 이번 광고 대상 업체 제품에 대한 설명서도 같이 첨부해 줘요.』

『네.』

『그리고 커피도 좀 내려주고.』

서연은 한 보따리의 서류를 팀장인 조쉬에게 받아서 겨우 문을 열고 팀장실을 나왔다. 체력이 바닥났지만 그나마 남은 체력을 참기름 짜듯이 짜내고 있는 서연이었다.

『제시, 벤츠 광고 사진 파일 어디에 있지?』

『제가 가져다 드릴게요.』

엉덩이가 의자에 박힐 것 같은 초고도 비만의 필립은 언제나 그녀를 종 부리듯이 부려먹었다. 입사한 날도 몇 달 차이 나지 않는 그들이었지만 필립은 뉴욕디자인 스쿨의 선배였다. 미국에서도 학연이라니, 서연은 고개를 흔들었다.

산더미처럼 쌓인 서류에 앞이 제대로 보이지 않아서 자신의 자리를 찾아가기란 쉽지 않았다. 사람들을 감으로 피하며 서연은 겨우겨우 좁은 길을 지나갔다.

툭!

그때 누군가와 정면으로 부딪친 서연은 서류를 사수하기 위해 거의 곡예에 가까운 유연성을 발휘했다.

"죄송합니다. 아니, I' m sorry."

급하니 한국말이 툭하고 먼저 튀어나왔다. 서연은 누군지도 모르는 사람에게 이렇게 말하고는 자신의 자리에 겨우 도착을 했다. 마른 몸매의 서연은 뉴욕으로 온 지 일 년 만에 살이 더 빠져 버렸다. 거기다 두꺼운 안경까지 눌러쓴 그녀는 영 다른 사람의 모습이었다.

렌즈를 낄 시간적인 여유도 없었고 일할 때는 안경이 편했다.

"후~ 먼저 필립에게 자료를 가져다주고 시작해야겠다. 아니지, 조쉬의 커피부터 내리고 왔어야 하는데……."

머리가 복잡했지만 서연은 언제나 그렇듯이 차근차근 필립의 자료를 챙겨주고 조쉬의 방으로 다시 들어갔다.

『어머, 실례했습니다.』

『아니야, 왜 들어왔지?』

평소의 부드러운 조쉬는 서연에게 물었다.

『손님이 계신 줄 모르고 커피 때문에…….』

『그럼, 이왕 이렇게 된 거 우리도 커피 부탁해.』

짙은 그레이 슈트를 입은 동양 남자의 시선이 그녀를 향해 있었다. 처음 보는 사람이었는데 자꾸만 그녀를 힐끔거리는 게 조금은 이상했다.

『맛있게 드세요.』

서연이 커피를 놓고 가려는데 남자가 조용히 말했다.

"잘 마시겠습니다."

"한국 분이세요?"

괜히 반가운 마음에 서연은 밝게 웃으며 답했다.

"네."

"너무 반가워요. 우리 회사는 유럽 쪽과 많이 거래를 해서 동양인들을 보기 어렵거든요. 그럼 일 보세요."

서연은 두꺼운 안경을 치키며 그에게 웃었다. 그도 그녀를 보며 사람 좋은 미소를 지었다. 사무실을 나와서 산더미처럼 쌓인 서류를 보니 숨이 턱하고 막혔지만 그래도 오늘은 같은 한국 사람을 봐서 그런지 기운이 났다.

"힘내자, 윤서연."

그녀는 컴퓨터에 앉아서 자료 정리에 정신을 쏟았다. 퇴근 시간이 있나 할 정도로 그들의 업무량은 엄청났다. 정상적인 퇴근 시간을 3시간이나 넘긴 9시가 되어서야 서연은 사무실에서 나올 수가 있었다.

뉴욕의 낡은 아파트는 그동안 한국에서 보내준 돈을 모아놨던 것과 엄마가 가지고 있던 약간의 돈을 모아서 구입을 했다. 하지만 금액에 맞추다 보니 형편이 없었다. 그래도 엠마와 그녀의 소중한 집이었다.

"다녀왔어, 엠마."

"수고했어. 힘들었지? 씻고 밥 먹어."

"다음은 내가 일찍 와서 차릴게. 엠마도 식당 일하려면 힘들 텐데."

"괜찮아."

엠마는 정말 엄마처럼 그녀를 살뜰히 챙겼다.

"엄마, 다녀왔어."

벽에 걸려 있는 엄마의 사진을 보며 서연은 일부러 명랑하게 말했다.

샤워를 마친 서연은 엠마와 앉아서 저녁을 먹었다. 외로운 타지 생활에 의지가 되는 엠마가 있으니 다행이었다.

"거기 그만두면 안 돼?"

"어?"

"너무 말랐어."

엠마는 뉴욕의 광고 회사를 나쁜 회사라고 했다. 엠마에게 진짜 찍혀야지 나쁜 자가 들어가는데 이번에는 아버지 대신에 회사가 찍힌 것 같았다.

"괜찮아, 그리고 나쁜 회사 아니야."

엠마와 이렇게 하루를 정리하고 나면 서연은 시체처럼 쓰러져 잠이 들었다.

콧등에 안경을 걸치고 커피와 베이글을 손에 든 그녀의 일상은 뉴요커와는 조금 거리가 멀었다. 언제나 제일 일찍 출근하고 제일 늦게 퇴근하는 그녀는 일 년밖에 안 된 인턴사원이었지만 직원들은 그녀를 정식 사원으로 채용될 일순위로 꼽았다.

"오늘도 일등인데."

서연은 사무실을 정리하고 어제 조쉬가 산더미처럼 주었던 자료를 다 정리해서 그가 출근하기 전에 그의 책상에 올려놓았다. 지금 서연이 이렇게 정신이 없는 와중에도 관심있게 보는 건 패션 광고였다.

자동차 광고였다. 남자들이 이 분야에서 독보적이긴 하지만 그래도 그녀는 꼭 해내고 싶었다. 그래서 서연의 아침은 남들보다 빨랐다.

자동차 광고를 살피면서 그녀는 커피와 베이글을 먹었다. 사람들이 들어오기 시작하자 그녀는 얼른 자신이 공부하던 자료를 덮었다.

『좋은 아침.』

직원들이 인사를 하며 밀려들어왔다.

『제시, 나 좀 잠깐 봐.』

아침부터 또 뭘 시키시려는지 조쉬가 그녀를 불렀다.

『부르셨습니까?』

『그래, 한국계라고 했나?』

『네, 한국인입니다.』

조쉬가 그녀를 찬찬히 뜯어봤다. 자신이 아무리 봐도 도수 높은 두꺼운 안경에 말라깽이 동양인은 여자로서 별 매력이 없다는 눈치였다.

『이번에 한국에서 광고 계약이 들어왔는데 어제 바이어가 제시가 함께 작업을 했으면 좋겠다고 하는군.』

『네?』

『아는 사람이냐고 했더니 자신은 한국 정서에 맞게 자동차 광고를 하고 싶어 해서 제시가 들어가면 광고에 도움이 될 것 같다고 하는데 내 생각도 그의 말이 틀리진 않은 것 같아.』

조쉬는 적극적으로 설명을 하고 있었다.

『다만 촬영이 한국에서 이루어져야 해서 2주 정도 한국을 다녀올 수 있나 해서. 이건 제시에게 아주 좋은 기회야.』

한국에만 가지 않는다면 정말 좋은 기회였다. 거기에 그녀가 관심이 있어 하는 자동차 광고였다.

『갑작스러운 말씀이시라서…….』

『기회는 아무 때나 오는 게 아니야. 이번 기회는 제시에게 아주 중요한 터닝 포인트가 될 거야.』

성도그룹이나 유성그룹은 자동차 계열사가 없으니 크게 문제가 될 것 같지는 않았지만 마음에 걸리기는 했다.

『그렇게 알고 이번 광고팀에 콘티 작업부터 참여하도록 해.』

『저기…… 그게…….』

『그리고 이거 자료 고마워. 마지막으로 이것만 정리해 주고 합

류해.』

말할 기회를 놓치고 일거리만 산더미처럼 받아서 나왔다. 이렇게 해서 그녀는 반강제적으로 한국에서 제일 잘나가는 자동차 회사광고 작업에 참여하게 되었다. 기뻐해야 하는데 불안한 마음이 들었다.

이제는 잊고 살려고 노력하는 모든 게 한국에 돌아가면 다시 시작될 것만 같았다. 그리고 김재훈. 그를 다시 보면 절대로 그녀의 가슴에서 빼낼 수가 없을 것 같았다.

복잡한 마음의 서연은 자신의 책상에 앉아 평소의 그녀답지 않게 멍하게 앉아 있었다.

한국에는 죽는 날까지 다시는 가지 않으려고 했었다. 그래서 그 누구와도 연락을 하지 않고 이름까지 영어 이름으로 바꾸며 그녀 나름의 노력을 했었다.

아빠는 그녀가 미국으로 도망치듯 떠나고 얼마 되지 않아서 횡령과 배임 그리고 거래 업체로부터 뇌물수수 등의 혐의로 3년형을 받고 지금은 교도소에 수감 중이고 대주건설은 지금 성도그룹으로 넘어갔다 들었다.

현수의 일은 뉴스에 난 게 없어서 알 수 없지만 그녀가 도망을 가고 아무래도 대주에서 손을 뗀 모양이었다. 아버지가 본인의 욕심이 어떤 결과를 가져왔는지를 지금 뼈저리게 느끼고 계셨으면 하는 바람이었다.

"후~ 어쩌지?"

하지만 지금은 서연에게 처음이자 어쩌면 마지막 기회가 온 것이다. 기회는 잡는 것이 맞는 것이다.

2주간의 광고 콘티와 모델을 다 섭외한 팀은 서울로 출발을 했다. 그녀가 서울을 떠났던 그 무더웠던 날이 오늘로 정확하게 1년하고 2주일이 지났다. 그날처럼 하늘은 맑고 태양은 뜨거웠다.

그녀는 정말 아무런 일이 없기를 바라며 그녀가 1년 전에 묵었던 서울호텔에 같은 팀원들과 방을 잡았다. 다들 서울이 처음인 사람들이라서 서연이 가이드 역할을 해야 했다.

그녀의 룸메이트는 캐서린으로 그녀와 동갑이었다. 빨강색 곱슬머리는 언제나 자유분방하게 헝클어져 있었고 서양인치고는 작은 몸이었지만 굉장히 글래머인 여자였다. 하지만 그녀는 매일 체크무늬 남방과 청바지 차림인지라 뒤에서 보면 완전 남자였다.

캐서린은 생김새와 마찬가지로 밝은 에너지를 가진 사람이었다. 그래서 서연은 그녀와 쉽게 친해질 수 있었다.

『한국에 꼭 한 번 와보고 싶었는데 완전 기분 좋아.』

짐을 풀다 말고 캐서린은 침대에 벌러덩 누우며 말했다.

『내가 완전 케이팝 광팬인 거 알지?』

캐서린은 서연보다도 한국 가수들을 더 잘 알았다.

『시간이 되면 나하고 공연 보러 가자. 시간 되는 거 아무거나.』

서연이 고개를 끄덕이자 캐서린이 소리를 지르며 좋아했다.

『제시는 한국에 친척 없어?』

『응.』

『아쉽다. 난 한국 사람들이 사는 집도 가보고 싶었는데…….』

『먼저 씻어.』

서연은 캐서린의 말을 자르고 짐을 정리하기 시작했다. 가족은 이미 그녀에게는 남의 얘기나 다름이 없었다. 스케줄표를 보니 서연은 안심이 되었다. 너무 빡빡해서 뉴욕에서의 회사 생활과 비슷했다. 이것저것 신경 쓸 겨를이 없을 것 같았다.

서연은 짐을 정리한 후에 씻지도 않고 그대로 침대에 누웠다. 시차에 적응하려면 잡생각 따위를 할 때가 아니었다.

숨이 막힐 정도로 깔끔하게 정돈이 된 사무실은 책상 위에 산더미만큼 쌓인 서류를 빼고는 먼지 하나 없는 곳이었다. 주인을 닮은 방은 메탈로 인테리어가 되어 있어서 사람의 온기가 전혀 느껴지지 않고 있었다.

매일 서류 속에 시선을 고정하고 있던 책상의 주인이 오늘은 가만히 책상에 앉아서 볼펜을 까딱거리고 있었다. 생각이 많은 것 같은 그의 표정은 평소와 마찬가지로 굳어 있었다. 재훈은 눈썹 하나 까딱이지 않고 먹이가 미끼를 덥석 물기를 기다렸다. 한 시간째 그는 즐거운 마음으로 그의 먹이가 잡히기를 기다리고 있었다.

며칠 전 박 비서로부터 서연의 소식을 1년 만에 들었다. 미꾸라지처럼 잘 빠져나간 그녀는 미국으로 사라져 버렸다. 찾으려고 생각도 하지 않았다. 찾으려고 생각을 하면 용서하려는 마음이 생길 것 같았기 때문이다. 그 대신 그는 복수의 칼날을 윤대식과 김현수 그리고 김예나에게 휘둘렀다.

할아버지조차 그를 말리지 못했었고 그는 미친 듯이 기업 사냥을 했다. 그동안 못해서 안 한 게 아니라 성도라는 기업 이미지 때문에 그는 성도의 계열사보다 작은 기업들을 공격하지 않았었다.

하지만 룰은 바뀌라고 있는 것이라는 걸 그는 이번에 철저하게 알았다. 그는 서연 때문에 처음으로 뉴스의 헤드라인을 짐승 같은 경영인이라는 놀라운 별명으로 장식했었다.

"짐승 같은 경영인."

생각할수록 당시의 그의 상황과 딱 맞는 표현이라는 생각이 들었다. 그때 그는 이성을 잃었었으니까 말이다. 단 하나, 유성그룹은 할아버지의 만류가 아니었다면 그 역시도 갈기갈기 찢어놓을 뻔했다.

그는 현수가 그의 앞에서 무릎을 꿇고 빌어서야 유성그룹을 공격하는 걸 멈추었다. 그 당시 현수가 예나의 꼬임에 넘어갔다는 말과 서연과는 정말 아무 일도 없었다는 말을 했지만 그의 눈앞에서 서연을 안고 있던 현수를 보았기 때문에 그는 믿지 않았다.

그리고 재훈은 현수에 대한 모든 기억을 그의 머릿속에서 지워

버렸다. 모두를 응징한 후에 그는 예나의 피를 말리기 시작했다. 평소 불안증에 시달리는 그녀를 위해 그는 사람들을 시켜서 아주 조금씩 압박을 가했다.

예나를 죽일 수도 있는 건 다른 사람이 아니었다. 그녀 스스로 자신을 해치지 않으면 예나는 어떤 강한 상대도 이길 수 있었다. 그래서 아주 비열하게, 그리고 아주 천천히 그녀를 미치게 만들어 결국은 정신병원행 신세로 만들었다. 그것으로 그나마 조금 위로를 받고 있지만 재훈의 마음은 풀리지 않았다.

그런데 며칠 전에 그는 자신의 비서실장인 박 비서에게 아주 흥미로운 이야기를 전해 들었다. 할아버지가 미국에 사람을 보내서 서연을 다시 불러들였다는 얘기를 말이다. 사실이 아니기를 바랐지만 어제 그녀는 그들이 서로를 탐하던 서울호텔에 투숙했다는 정확한 정보를 입수했다. 할아버지의 꼼수는 정말로 대단했지만 재훈은 지금 할아버지 때문에 한동안 잊고 있었던 여자를 떠올려야 했기 때문에 기분이 좋지 않았다.

"내가 서연을 보면 좋아 죽을 줄 아셨나?"

그는 자신의 사무실에 앉아서 펜을 돌리며 빈정거렸다. 이제 아무도 그를 건드릴 수 없었다. 그게 할아버지라고 해도 말이다. 할아버지가 던져 준 미끼에 낚인 그녀는 할아버지가 아닌 그가 가로채 올 것이다.

문이 열리고 그가 기다리던 소식을 가지고 박 비서가 들어왔다.

"지금 출발하시면 될 것 같습니다."

"그래?"

"네, 촬영이 한창 진행되고 있는데 해가 지면 철수를 할 예정이라고 합니다."

한강에서 첫 촬영이 있다고 했다. 쇠뿔도 단김에 빼라고 했던가? 이리저리 피하기 전에 얼른 달려가서 서연의 얼굴을 보고 싶었다. 그동안 잊고는 살았다고는 하지만 밤마다 그의 페니스를 세우는 그녀의 잔상 때문에 그는 솔직히 힘이 들었다.

이제는 편안한 잠을 좀 자고 싶었다. 처음에는 예나 때문에 이번에는 서연 때문에 그는 정말 몇 년째 편안한 잠을 이루지 못했었다.

"컷!"

그가 도착하자 멀리서 감독의 우렁찬 컷 소리가 들렸다. GT자동차는 우리나라의 대표 자동차답게 모델로 요즘 최고의 영화배우인 최은빈과 김태수를 쓰고 있었다. 확실히 스타들은 멀리서 봐도 눈에 띄었다.

하지만 그의 눈은 서연을 찾고 있었다. 스타들의 모습 따윈 그의 안중에 없었다. 서연이 보이지 않았다. 한참이 지나서야 감독 옆에 서서 종이와 펜을 가지고 체크를 하는 안경 쓴 말라깽이 여자가 보였다. 외모는 그가 기억하는 서연이 아니었지만 이상하게 그녀의 몸짓이 그의 눈에 익었다.

"변신술을 썼군."

기가 막혔다. 안 본 사이에 그녀는 완전히 다른 사람이 되어 있었다. 재훈은 하마터면 크게 웃을 뻔했다. 하지만 차 안에는 그만 있는 게 아니었다.

"어떻게 할까요?"

창밖을 보니 사람들이 철수 준비를 하고 있는 것 같았다.

"잡아와."

"네."

박 비서가 자리에서 내리자 다른 차에 있던 경호원들도 따라 내렸다. 그는 눈을 감았다. 기대하지 않았던 만남이 잠시 후면 이루어질 것이다. 재훈은 궁금했다. 일 년 만에 그녀가 그를 보고는 어떤 표정을 지을지 말이다. 깜짝 놀랄지 아니면 두려움에 떨지 궁금했다. 그리고 자신의 아버지를 감옥으로 보내 버린 그를 어떻게 대할지 그녀가 빨리 이곳에 오기를 바라는 마음이 커졌다.

아침부터 뙤약볕에 그대로 서 있자니 완전 미칠 것 같았다. 그것도 검은색 신형 GT자동차를 향해 반짝이는 광고 조명과 반사판의 빛 때문에 더 미쳐 버릴 지경이었다. 데이빗은 자동차 광고의 일인자답게 아주 디테일하게 찍는 걸로 유명한 감독이었다.

그의 입에서 오케이 소리가 나오는 게 하늘의 별 따기였다. 그나마 한국의 여자 모델에게 넋이 반쯤 나가서 그녀에게 최대의 배려를 해주느라 덕분에 스태프들에게도 쉬는 시간이 주어졌었다.

컷 소리와 함께 모처럼 그녀는 콘티북을 놓고는 땀을 손수건으로 닦았다. 감독 옆에서 그녀는 보조를 해주고 있었다. 그래도 이렇게 더운데 참을 수 있는 건 광고계의 거장인 데이빗과 같이 작품을 하기 때문이었다.

신경이 예민한 그였지만 스태프들의 말에는 귀를 기울일 줄 아는 사람이었다. 특히 서연의 동양적인 감각을 이번 광고에 많이 반영해 주었다. 역시 거장은 아무나 되는 게 아니구나 하는 생각이 들었다.

『제시, 오늘 저녁에 클럽 가기로 했는데 같이 갈 거지?』

룸메이트인 캐서린이 물었다.

『아니, 좀 쉬고 싶어.』

『카메라 감독 피터 알지? 피터가 제시를 꼭 데리고 오라고 난리야.』

금발의 잘생긴 바람둥이 피터의 화살이 이번에는 서연에게 꽂힌 것 같았다. 서연이 그를 쳐다보자 그가 윙크를 했다. 지금 그녀의 조마조마하고 복잡한 마음을 그들이 알 리가 없었다. 하루하루가 바늘방석인 서연이었다.

『미안, 오늘은 쉬고 싶어.』

해가 지면 안 되는 촬영이라 오늘의 촬영은 여기서 접었다. 3일간 한강에서 촬영을 하고 나머지는 부산에서 촬영을 할 예정이었다. 이제 이틀만 버티면 그나마 마음이 편한 부산으로 이동이었다.

『제시!』

캐서린이 그녀를 불렀다. 클럽은 안 간다고 했는데 서연은 조금 짜증이 난 얼굴로 뒤를 돌았다. 그러자 캐서린의 옆으로 양복을 입은 사람들이 서 있었다.

『FBI야?』

캐서린이 서연의 옆에 서서 물었다. 그녀의 갑작스런 등장에 서연은 깜짝 놀랐다. 확실히 캐서린은 궁금한 건 못 참는 스타일인 것 같았다.

『아니, 나도 누군지 몰라.』

양복 입은 남자 중에 가장 작은 남자가 그녀에게 와서 말했다.

"윤서연 씨 맞죠?"

"그런데 누구시죠?"

"저는 성도그룹의 박상민입니다."

성도라는 말에 그녀의 얼굴이 하얗게 질렸다.

"저기 사장님께서 기다리십니다."

"저는 만날 이유가 없습니다."

"만날 이유는 충분히 있는 거 아시지 않습니까?"

남자는 아주 부드럽게 말했지만 지금 서연에게는 충분히 위협

적이었다.

"감독님께는 충분히 양해를 구했습니다. 어서 가시지요."

서연은 조용히 박상민의 뒤를 따랐다. 모두의 시선이 그녀를 향해 있어서 큰소리도 못 낼 입장이었다. 그녀는 근처에 세워져 있는 검은색 벤츠 리무진에 탔다.

리무진에 오르자 그녀의 눈에 처음 띈 것은 검은색의 반짝반짝 윤이 나는 구두였다. 어찌나 반짝이는지 그녀의 얼이 빠진 얼굴이 다 비칠 정도였다. 서연은 구두의 주인공을 차마 쳐다보지 못하고 그의 옆자리에 거리를 두고 앉았다.

"출발해."

그의 목소리가 들리자 차가 출발을 했고 운전석과의 차단막이 올라갔다. 그나마 그녀가 안전하다고 느낀 운전사의 모습이 사라졌다. 이제는 철저하게 그와 그녀뿐이었다. 숨이 막히고 답답한 마음이 들었다.

"그동안은 쥐새끼처럼 잘도 숨어 지냈나 보군. 이렇게 늦게 잡힌 걸 보면."

"……."

"물론 찾지는 않았지만 소식조차 없을 줄은 몰랐어. 현수가 지원을 안 해주던가?"

"……."

"아참, 현수는 이제 완전히 서연이에게 손을 떼었지 아마. 속상

했겠어. 연인이 도와주지 않아서 말이야."

재훈이 단단히 오해를 하고 있는 것 같았다.

"현수 씨와는 그런 사이 아니에요."

"뚫린 입이라고 말을 막 하는군."

재훈의 낯선 모습에 서연은 할 말을 잃었다. 이렇게 냉정한 재훈이 서연은 적응이 되지 않았다. 하지만 그녀는 그에게 아무런 할 말이 없었다. 어쨌든 아버지가 이득을 챙기는 바람에 그의 호의는 물거품이 되어버렸으니까. 그의 입장에서는 충분히 조롱당했다고 생각할 수 있었다.

"미안해요."

"뭐가? 날 속이고 내 친구에게 가버린 거?"

"그건 나의 뜻이 아니었어요."

"아버지의 잘못이었다? 아버지가 잘못하긴 했지만 당신이 원하지 않았다면 그렇게 일이 꼬이진 않았겠지."

"그때는 정말 어쩔 수가 없었어요."

"나에게 도움을 청했다면 난 당신 어머니는 충분히 돌봐 드릴 수 있었어!"

그의 언성이 높아졌다. 솔직히 한 대 맞을 것 같다는 생각이 들기도 했다. 그만큼 그의 분노가 그녀에게 그대로 느껴지고 있었다.

"미안해요. 하지만 당신도 연락이 없기는 마찬가지였어요."

"미안하다는 말을 내가 듣기 싫어한다는 걸 1년 만에 잊어버렸군. 그리고 연락이 없으면 결혼 상대를 막 바꿔도 되는 거야?"

그가 갑자기 그녀의 턱을 손으로 잡고는 자신의 얼굴을 보게 했다. 거친 그의 손길에 서연은 어쩔 줄을 몰랐다.

"변장을 했어."

그녀의 안경을 보며 하는 소리인 것 같았다.

"이렇게 하면 내가 못 알아볼 것 같았나?"

서연은 고개를 저었다.

"너의 그 모든 몸짓을 다 기억하는 나의 너무 좋은 머리가 문제야."

그가 그녀의 안경을 벗겨냈다. 그리고는 말없이 그녀의 눈을 들여다보았다.

"그렇게 슬픈 눈을 하고 있으면 내가 오해하지 않겠어?"

"……."

"하지만 난 똑똑히 봤지. 네가 현수의 품에 있는 걸 말이야."

"그건……."

그의 입술이 갑자기 그녀의 입술을 삼켜 버렸다. 갑작스런 그의 키스에 서연은 너무 놀란 나머지 숨 쉬는 것조차 잊어버렸다. 호흡을 할 수 없어 숨이 막혔지만 서연은 이대로 죽어도 좋다는 생각이 들 만큼 그의 키스에 정신을 놓았다.

"하아~"

그의 입술이 잠깐 떨어진 사이에 그녀는 거친 호흡을 내뱉었다.

"내 키스가 마음에 들었나? 현수와 비교하니 어떤가? 아니면 미국에서 만난 남자들과 비교하니 더 좋은가?"

그는 그녀의 마음을 후벼 파는 말만 계속하고 있었다. 그의 손이 갑자기 그녀의 가슴을 움켜잡았다.

"신기한 게 뭔 줄 알아? 이렇게 말랐는데도 여기는 아주 풍만하다는 거지. 남자들을 아주 미치게 하는 걸 넌 다 갖추고 있어. 그래서 내 친구까지 너에게 홀딱 빠져 버렸지만."

"……."

그에게 뭐라고 반박을 하고 싶었지만 서연은 입을 다물었다. 지금 재훈에게 무슨 말을 해도 그는 그녀의 말을 믿지 않을 테니까.

그의 손이 그녀의 티 안으로 들어왔다. 땀으로 끈적이는데 그의 손이 맨살에 닿는 건 싫었다. 그래서 서연은 그의 손을 잡았다.

"왜? 이제 와서 부끄러워? 아님 내 손길이 싫은가?"

그가 그녀의 브래지어를 뚫을 듯이 서 있는 유두를 손으로 건드리며 희미하게 웃었다.

"여기는 싫지 않다는데?"

그가 거칠게 그녀의 가슴을 주물렀다.

"재훈 씨, 제발……."

"제발 뭐? 더 만져 달라는 뜻인가?"

그의 표정은 늑대가 먹잇감을 죽이기 전의 싸늘한 표정이었다.

서연은 끈적이는 자신의 몸에 대해 말하려다가 입을 다물었다. 지금으로서는 그를 말릴 수 없었다.

그가 잠잠해진 그녀를 다시 만지기 시작했다. 그의 손끝에 그녀의 브래지어가 힘없이 풀렸다. 재훈은 그녀의 티를 머리 위로 벗기고 그녀의 아무것도 걸치지 않은 맨가슴을 손으로 만졌다. 그리고 그녀를 자신의 한쪽 무릎 위로 앉혔다. 그의 입술은 그녀의 목을 타고 내려왔다.

"이러지 마요, 제발."

그의 입술이 지나기 편하게 목을 한껏 뒤로 젖힌 그녀가 이렇게 말을 하고 있었다.

"왜지?"

"땀을 너무……."

그의 손이 갑자기 그녀의 팬티 안으로 들어갔다.

"땀은 여기서도 흐르는 것 같군."

그가 그녀의 꼭 다문 여성을 손가락으로 가르며 말했다.

"씻고 나서 해요. 우리."

서연은 참았던 말을 했다.

"상관없어."

그는 정말로 상관이 없는지 그녀의 축축이 젖은 질 안으로 손가락을 밀어 넣었다. 차 안에는 에어컨이 빵빵하게 틀어져 있었지만 지금 그들에게는 소용이 없었다. 그녀의 이마에 송골송골 땀이 맺히기 시작했다.

그의 거침없는 손길을 이제는 기대하고 있는 서연이었다. 1년 전에 그가 만져 주었던 것과는 너무나 다른 거친 행동들이었지만 서연의 몸은 그의 손길을 기억해 내고 말았다. 그의 입술이 그녀의 유두를 거침없이 빨아들이고 있었고 그의 손가락은 그녀의 질 안을 거침없이 휘젓고 있었다.

"아아아앙~"

운전석에 들릴지도 모르는 이 상황에서 그녀의 신음 소리는 점점 커져 가고 있었다. 그의 목에 자신의 팔을 감싸고 필사적으로 매달린 서연이 막 정신줄을 놓으려는 순간 그가 자신을 마주 보고 앉게 했다.

자신의 바지에서 거침없이 페니스를 빼낸 그는 서연의 팬티를 단번에 찢어버리고는 그녀의 질 안으로 자신의 페니스를 밀어 넣었다.

"아악!"

그의 너무나도 큰 페니스를 오랜만에 받아들인 서연은 절로 비명이 흘러나왔다.

"그동안 남자는 없었나?"

"아흐, 없었어요."

사실이었지만 그는 믿기가 힘든 눈치였다. 서연은 자신도 모르게 그의 어깨를 잡고 위아래로 움직이기 시작했다.

"하지만 몸은 아주 능수능란해졌어. 누가 이렇게 가르쳤지?"

그의 말이 귀에 들어오지 않았다. 지금은 그에게 길들여진 여자만 존재할 뿐이었다. 카섹스는 처음이라서 자세가 아주 불편했지만 그녀의 몸은 그녀의 생각과는 다르게 아주 잘하고 있었다. 그녀의 몸짓은 이미 아주 숙련된 여자의 몸짓을 하고 있었다.

"아아아아앙."

그녀의 입에서는 자신도 모르게 낯선 신음 소리가 흘러나왔다. 이성이라고는 사라진 지 오래였다. 지금 그녀가 느끼는 건 그의 페니스의 느낌뿐이었다. 들어오고 나가는 하나하나가 그녀를 사로잡았다.

그녀는 조금도 그를 느끼기 위해서 속도를 높이며 허리를 격하게 움직였다. 그녀의 움직임에 이번에는 그의 입에서 참았던 신음 소리가 터져 나왔다. 왠지 그 소리가 칭찬 소리같이 들리는 서연이었다.

그는 신음 소리를 내뱉은 게 부끄러웠는지 그녀의 머리카락을 거칠게 잡고는 입술로 그녀의 입술을 막아버렸다. 그녀는 여전히 허리를 돌리며 그의 깊은 키스를 받아들였다. 그들의 키스는 점점 그 강도를 높였다.

서연은 그의 혀를 미친 듯이 빨았다. 마치 오럴을 하는 느낌으로 그의 혀를 빨아들이고 있었다. 이 순간만큼은 그가 예전의 김재훈같이 느껴졌다. 거칠면서도 그는 끝까지 그녀의 안전을 염려

하는 듯 부드러움을 잃지 않았다.

"허억헉, 이렇게 움직이면 여기서 끝을 낼지도 몰라."

이게 끝이 아니라는 뉘앙스였다. 서연은 여기서 이걸로 끝을 내고 싶었다. 더 이상 그를 본다면 그녀는 자존심이고 뭐고 그에게 매달릴 것 같았다. 하지만 그럴 수는 없었다. 그러기엔 그에게 잘못한 게 너무나 많았다. 서연은 조금 전보다 더 심하게 허리를 움직였다.

"서연아. 윽!"

그녀의 이름을 그가 불러주었다. 눈물이 날 것 같았지만 지금은 그럴 수가 없었다. 제발 빨리 끝내주기를 바라는 마음뿐이었다. 그녀의 질이 그의 페니스를 꽉 물고 있었다. 본능의 몸짓이었지만 그녀 또한 지금 미칠 것 같은 쾌감을 느끼고 있었다.

"아아아앙."

"으윽."

그와 그녀의 입에서 동시에 신음 소리가 울렸다. 그리고 그는 그녀의 안에 모든 걸 쏟아냈다.

그녀가 축 처져서 그의 목에 매달렸다. 하지만 그는 움직이지 않고 그대로 그녀를 내버려 두었다. 안아주지도 않았지만 그렇다고 떼어내지도 않았다.

차가 멈추었다는 걸 느낀 건 그로부터 얼마 후였다.

제10장 식지 않은 열정

아름드리나무가 하늘을 향해 뻗어 있는 이곳은 도심과는 확실히 차이가 나는 곳이었다. 인적이 드문 곳이었지만 박 비서는 경호원들에게 경계태세를 늦추지 못하게 하고 있었다.

그가 모시는 재훈은 완벽주의자였다. 그래서 한 치의 오차도 용납하는 스타일이 아니었다. 재훈이 서연을 데리고 별장으로 들어가는 걸 박 비서는 차 안에서 조용히 지켜보았다.

“가시죠.”

그들이 별장 안으로 사라지자 그는 경호원들을 데리고 그곳에서 철수했다. 재훈의 지시가 있었기 때문이었다.

웅~

그의 핸드폰이 요란하게 울렸다.

"네, 회장님."

[어디야?]

"지금 회장님의 광릉 별장에 도착했습니다."

[그래서 빨리 얘기를 해.]

지금 이곳의 상황이 몹시 궁금하신 모양이었다.

"일단은 김 사장님께서 서연 씨를 데리고 안으로 들어가셨습니다. 두 분이 사이좋게 손을 잡고 들어가신 건 아니지만 아주 안 좋은 분위기도 아니었습니다."

[알았어. 나머지는 별장지기에게 물어보지.]

"네."

전화를 끊고 나서 박 비서는 눈을 감았다. 성도그룹에 들어온 지 5년 차인 그는 누구보다 승진이 빨랐다. 이건 다 그가 모시는 김 사장의 승진이 누구보다 빨랐기 때문에 그도 그 덕을 본 것이었지만, 또 다른 이유는 회장과 사장 사이에서 조율하는 역할을 잘했기 때문이었다.

지금도 1년 전 김 사장이 미친 듯이 날뛰던 때를 생각하면 등골이 오싹할 지경이었다. 사람이 그렇게 무서울 수 있다는 걸 그는 김 사장을 보고 알았다. 박 비서는 김 사장이 유성그룹의 막내아들을 죽일까 봐 마음 졸였던 순간을 생각하면 지금도 몸서리가 쳐질 지경이었다.

친구 앞에서 무릎을 꿇고 빌던 김현수의 모습이 아직도 생생하게 기억이 났다. 그 후로 김 사장는 자신의 뜻대로 대주건설을 아주 묵사발을 만들어놓고 윤대식 사장도 교도소로 보내 버렸다.

그렇게 하기 위해 김 사장은 회사에서 거의 숙식을 해결하며 일에 매달렸었다. 그런 재훈과 더불어 그도 지금까지 너무나 피곤한 삶을 살았지만 말이다. 그리고 그로부터 얼마 후 그는 김 회장에게 불려갔었다.

퇴근 후의 은밀한 만남이라서 그도 많이 긴장되었었다. 회장실이 아닌 근처의 일식집에서 만난 김 회장은 직접 술잔에 술을 부어주며 그에게 김 사장을 부탁했다.

"내가 다른 건 다 가졌다고 생각하는데 자식 복 하나는 없어."

그는 한숨을 쉬며 술잔을 비웠다.

"박 비서도 알다시피 아비보다 먼저 갔으니까 말이야."

"……."

"난 이제 우리 재훈이만 장가가서 잘살면 상관이 없는데 요즘 저렇게 미친개처럼 날뛰니 내가 많이 불안해."

회장은 할아버지의 마음으로 진심으로 손자를 걱정하고 있었다.

"요즘 성과가 좋은 건 인정하지만 저렇게 미친놈처럼 집 놔두고 사무실에서 자고 일에만 매달리니 내가 걱정이 되네. 그래서 말이야. 내가 물어볼 말이 있는데."

"네, 말씀하십시오."

"저 아이가 저러는 원인이 뭐라고 생각하나?"

"윤대식 사장이 계약을 파기한 게 문제기도 했지만 제가 봐서는 윤대식 사장의 따님 때문인 것 같습니다."

별로 놀란 기색 없이 김 회장은 그의 말을 듣고 있었다.

"서연 씨를 많이 좋아하신 것 같습니다. 회의 시간에도 전화를 받으실 만큼 신경을 많이 쓰시던 분이니까요."

"공과 사를 구별 못하는 놈이 아닌데 아주 단단히 빠졌었구만."

"네."

김 회장은 잠시 생각에 잠긴 듯하다가 그에게 말했다.

"난 김 사장이 괴로워하는 건 싫어. 그래서 미국에 사람을 보내서 윤서연을 찾기로 했네."

뜻밖의 얘기였다. 그러면 김 회장도 그렇게 생각을 하고 있었던 것이다. 손자의 모든 행동의 근원은 서연이라는 사실을.

"내가 오늘 자네를 부른 이유는 김 사장을 그동안 잘 살피라는 얘기를 하고 싶어서네. 지금 저렇게 에너지를 다 쏟아버리면 끝까지 버틸 힘이 없어져. 자네가 조율을 좀 해야 할 것 같아."

"네, 알겠습니다. 하지만 김 사장님께서 제 말을 들으시는 분이 아니라서."

"그러니 나를 이용하게. 나에게 보고를 해. 그러면 조율을 내가 할 테니까. 너무 심하다 싶으면 나에게 말을 하라는 거야."

"알겠습니다."

그렇게 그들은 1년간 극비리에 김 사장을 관리했었다. 하지만 김 사장은 지칠 줄 모르는 체력으로 버텨내고 있었다. 아까 윤서연을 보고 솔직히 그는 놀랐었다. 두꺼운 안경을 쓴 마른 여자를 보고는 솔직히 예전의 모습을 찾지 못했었다. 그래서 김 사장이 실망을 하면 어쩌나 노심초사했다.

결론은 내일 출근한 걸 보면 알겠지만 워낙 포커페이스라 그것도 장담할 수가 없었다. 박 비서는 김 사장이 이제는 조금 느슨해지기를 바라는 마음뿐이었다. 제발 그의 폭주를 윤서연이라는 여자가 막아주길 바랐다.

새들이 지저귀는 소리가 그들을 반겨주고 있었다. 별장을 둘러싼 높은 나무들이 한여름의 뜨거운 열기를 막아주고 있었다. 이곳은 해가 지면 서늘한 느낌이 들 정도로 시원한 곳이었다. 초저녁인 지금도 시원한 바람이 불어왔다. 하지만 지금 재훈의 마음은 여름의 태양보다 더 후끈 달아올라 있었다.

반갑지 않은 느낌이 자꾸만 속에서 꾸물꾸물 올라왔다. 이게 아닌데라는 생각이 들면서도 바람을 타고 온 그녀의 향기가 그를 괴롭혔다. 별장으로 들어가는 길이 오늘따라 길게 느껴졌다.

"어서 오십시오."

별장지기 아저씨가 그에게 인사를 하다 말고 그녀를 보고 놀란 표정이었다.

"준비는 다 됐습니까?"

"네, 말씀하신 대로 손님이 머무실 수 있도록 게스트룸을 정리해 두었습니다."

별장지기와 말을 다 나눈 그는 서연의 앞에 서서 걸어갔다. 서연은 말없이 그의 뒤를 따랐다. 게스트룸은 깔끔하게 정리가 되어 있었다.

"씻고 싶어요."

그녀의 첫마디였다. 그가 고개를 끄덕이자 그녀는 욕실을 향했다. 그녀가 욕실로 들어간 사이에 그는 그녀의 옷을 쓰레기통에 버려 버렸다.

이제 필요 없는 물건일 뿐이었다. 그녀가 샤워를 하는 소리가 들렸다. 그는 욕실의 문을 바라보며 자신의 옷을 하나씩 벗었다.

재킷을 벗어버리고 와이셔츠의 단추를 하나씩 풀며 그는 샤워 소리에 귀를 기울였다. 그녀가 지금 어떻게 하고 있을지가 상상이 되자 그의 페니스가 단단하게 솟아올랐다. 이 녀석이 이렇게 반응이 빠른 녀석이라는 걸 깜빡 잊고 있었다. 그는 바지와 브리프를 동시에 내렸다.

완전히 알몸이 된 그는 욕실 문을 열었다. 샤워부스 안에 그녀의 실루엣이 서린 김 사이로 야릇하게 보이고 있었다. 그는 샤워부스의 문을 열고 들어가서 완벽한 나체의 그녀를 온몸으로 감쌌다.

"어머!"

놀란 그녀는 자신도 모르게 소리를 질렀지만 반항을 하지는 않았다. 그의 손이 그녀의 풍만한 가슴을 움켜잡자 서연이 그의 손을 잡았다. 그는 쏟아지는 물줄기를 그의 등으로 막으며 그녀의 귓불을 입술로 물었다.

"아아하~"

서연의 몸은 언제나 정직했다. 처음 봤을 때부터 말이다. 그가 그녀가 처음이라는 걸 몰랐다면 그녀를 경험이 많은 여자로 생각할 정도로 서연의 몸은 색기로 가득했다. 본능적으로 그녀는 남자를 어떻게 받아들이는지 아는 것 같았다.

이런 몸짓으로 서연은 현수도 받아들였을 것이다. 아니라고 했지만 자꾸만 현수의 품에 안긴 서연의 모습이 그를 괴롭히고 있었다.

그가 갑자기 그녀의 어깨를 눌렀다. 그리고 쏟아지는 샤워기 아래서 물을 온전히 맞으며 앉아 있는 서연을 내려다보았다.

"빨아!"

그의 말을 이해하지 못한다는 듯 서연이 그를 올려다보았다.

"내 말 안 들리나? 빨아."

서연은 그제야 그의 말을 이해한 듯 무릎을 꿇고 앉아서 그의 페니스를 떨리는 손으로 잡았다.

"어떻게 하는 줄은 알 거야? 가르쳐 준 남자가 많았을 테니까 말이야."

서연은 떨리는 손으로 그의 페니스를 잡고 작은 입술을 벌려 그의 선단 끝을 물었다. 그의 페니스가 큰 것인지 그녀의 입술이 작은지 그녀의 입안으로 들어가는 페니스가 너무나 버거워 보였다.

"으읍!"

"천천히 넣어. 그리고 부드럽게 핥아."

그는 아주 싸구려 창녀를 대하듯이 그녀에게 명령을 했다. 그가 생각한 대로라면 그녀는 아주 능수능란하게 그의 페니스를 다루어야 했지만 서연은 지금 입에만 물고 있지 이걸 어떻게 해야 하는지 모르고 있었다.

"모르는 체하는 건가?"

"……."

"밑으로 페니스를 물었던 것처럼 입으로 하면 되는 거야."

그녀가 조금씩 움직였다. 그녀의 서툰 행동에 그의 페니스가 점점 더 강한 쾌감을 느끼고 있었다. 애초에 이런 느낌을 원한 건 아니었다. 그녀의 행위에 쾌감을 느끼길 원한 게 아니라 그녀를 마음껏 비웃어주고 싶었지만 자꾸만 그녀는 서툰 몸짓으로 그를 헷갈리게 하고 있었다.

그녀는 무릎을 꿇은 채로 샤워기의 물을 맞으며 그의 페니스를 열심히 빨아들이고 있었다. 불쌍할 정도로 그녀는 열심히 그의 페니스를 빨았다. 그가 그녀의 입에서 자신의 페니스를 뺐다. 그의 행동에 서연이 물었다.

"이렇게 해서 당신의 기분이 풀린다면 얼마든지 해줄 수 있어요."

"뭐?"

"그때 당신이 느낀 배신감이 뭔지 아니까."

"네가 뭘 알아? 아니, 알면서 그랬단 말이야?"

그녀가 벽을 잡고 몸을 일으켰다. 그녀의 다리에는 타일 자국이 선명하게 찍혀 있었다.

"그래요, 하지만 그때는 어쩔 수가 없었어요. 엄마의 소원을 들어주고 싶었으니까요."

"소원?"

"엄마는 아버지를 사랑했어요. 세상 그 누구보다도요. 이상하죠? 그렇게 자신을 버린 사람을 어떻게 사랑할 수 있냐고 생각했지만, 아니, 지금도 엄마가 이해 가지는 않지만 엄마의 마지막 소원은 아버지를 보는 것이었고 아버지는 그 소원을 들어주는 대신에 유성그룹의 아들과 결혼하기를 원하셨어요."

"……."

"솔직히 난 당신이 나를 구하러 와줄 거라 생각했어요. 그때는 당신이 나를 조금이라도 생각하는 줄 착각하고 있었던 거죠. 그렇게 연락을 딱 끊어버릴 줄은 몰랐어요."

물줄기 속에서 서연은 그에게 아주 당당하게 말했다. 그녀의 얘기가 마치 사실인 것처럼 말이다. 오늘 하루 그냥 그녀를 가지고 놀다가 내일은 차갑게 보내 버리리라 결심하고 이 자리에 왔다.

할아버지에게 서연을 찾느라 고생하셨지만 그녀는 기억조차 나지 않는 존재라고 말하려고 했다. 그녀를 보기 전까지는 말이다.

"다 내 착각이었었죠. 당신은 끝까지 나를 찾지 않았어요."

"소설을 아주 그럴듯하게 쓰는군. 나는 당신 어머니가 입원에 있는 한국병원에 갔었고 현수의 품에 안긴 당신을 보았지. 아주 영화를 찍고 있더군."

"슬퍼하던 나를 현수 씨는 그냥 위로해 준 것뿐이에요."

"예나의 말은 달랐지. 당신이 현수가 주기로 한 돈에 아주 만족을 했다고 하더군."

"돈이라뇨?"

"현수가 대주건설을 인수하고 서연이에게도 큰돈을 주기로 했다고 하더군. 난 서연이에게 돈을 주기로 하진 않았으니까 조건에서 내가 밀렸다고 말하더군. 그래서 서연이가 현수를 선택한 거라고."

서연은 말없이 그를 바라보았다. 뭔가 충격을 크게 받은 얼굴이었다.

"날 그렇게 쓰레기 취급하지는 말아요."

"사실이 아닌가?"

"당신 좋을 대로 생각해요."

서연이 샤워부스에서 나갔다. 수건으로 몸을 돌돌 말고는 작은 수건으로 머리를 대충 닦는 그녀를 재훈이 그대로 안아 들고는 침대에 눕혔다.

"뭐 하는 거예요?"

"내가 뭘 할 것 같은가?"

"당신은 아까 나에게 충분히 모욕을 줬어요. 아직 부족한가요?"

서연의 눈에 눈물이 고여 있었다. 이 여자를 부수고 싶다. 자신을 이렇게 단번에 허물 수 있는 이 여자가 재훈은 너무나 미웠다. 잊으려고 그렇게 노력을 했는데 그녀는 한순간에 그를 무너뜨리고 있었다.

"모욕이라고 했나? 내가 일 년 동안 겪었을 모욕을 너는 한 번 겪고 나한테 이러는 건 너무 불공평하다고 생각하지 않나?"

그가 그녀의 눈을 똑바로 쳐다보며 말했다.

"나한테 바라는 게 뭐예요?"

"결혼."

"네?"

"나에게 준 모욕은 평생을 살면서 갚도록 해."

그렇게 말하며 그는 서연의 가는 몸을 가리고 있던 수건을 던져 버렸다.

"나를 만족시켜. 평생 동안."

"……."

"그러면 알아? 내가 용서해 줄지."

재훈은 마음에도 없는 소리를 지껄이고 있었다. 이게 아닌데 이상하게 그녀에게는 날카로운 말만 나갔다. 애무도 없이 그는 그녀의 질에 자신의 흥분한 페니스를 집어넣었다. 그녀의 질은 그녀의 건조한 눈동자와는 반대로 촉촉이 젖어 그를 맞이할 준비가 되어 있었다.

퍽퍽퍽.

방 안에는 살끼리 부딪치는 소리가 가득 울려 퍼지고 있었다. 그녀의 조임은 정말 상상 이상이었다. 누군가 그녀의 질을 차지했다면 하는 생각이 들자 그는 화가 났다. 자꾸만 이런 생각이 드는 자신이 이제는 싫었다.

그녀는 신음 소리를 내지 않으려 자신의 입술을 물고 있었다. 그는 자신도 모르게 그녀의 입술을 자신의 입술로 삼켰다. 그녀의 입술이 다치는 게 싫었다.

"그렇게 꽉 깨물지 말고 소리를 질러."

그는 또다시 거칠게 말을 내뱉었다. 부드럽게 말하고 싶었지만 그러면 자신의 마음이 들킬 것만 같았다.

미친 듯이 조여오는 그녀의 질이 그를 미치게 하고 있었다. 하나도 변한 게 없었다. 진짜로 인정하기는 싫었지만 서연에게 그동안 남자가 없었다는 건 맞는 것 같았다.

그는 거의 정신을 놓을 정도로 그녀의 질에 자신의 페니스를 열심히 박았다. 그는 이제 더 이상 참을 수 없을 정도의 사정감을 느끼고 있었다. 재훈은 그녀의 안에 자신의 분신을 마구 쏟아냈다.

"이제는 얌전히 내 아이를 가질 생각만 하는 게 좋을 거야."

그의 말에 서연의 눈에 다시 눈물이 차올랐다. 그렇게 싫은 걸까? 아니면 자꾸만 말이 거칠게 나오는 자신 때문일까? 재훈은 서연을 말없이 바라보았다. 그리고 옆에 있던 물티슈를 그녀에게 던지고는 방을 나왔다.

서연의 옆에 있다가는 1년 전 그녀를 미치게 좋아했던 자신의 모습이 자꾸만 나오려고 했기 때문이었다.

서연은 한없이 눈물을 쏟았다. 울어도 울어도 계속해서 눈물이 흐르고 있었다. 그가 던져 준 물티슈로 그녀는 그의 정액을 닦아냈다. 벌써 두 번이나 그녀의 몸 안에 사정을 한 걸로 봐서 그는 분명히 그녀를 임신을 시킬 생각인 것 같았다.

재훈이 그녀에게 얼마나 많이 화가 났는지 그녀는 이제야 알 것 같았다. 아버지에게도 화가 났지만 그의 절친한 친구에게 안겨 있는 그녀를 본 순간 그의 이성은 날아간 것 같았다.

1년 동안 얼마나 그가 이를 갈았는지 알 것 같았다. 일 년 전의 그와는 너무나 달라진 그의 모습을 서연은 이제야 이해했다.

"내가 너무 그의 분노를 쉽게 생각했어."

얼굴 위로 흐르는 눈물을 닦으며 그녀는 혼자 중얼거렸다. 아버지의 욕심과 그녀의 이기적인 생각이 지금의 그를 만들었으니 죗값을 달게 받는 수밖에 없었다.

서연은 말없이 일어나 욕실로 향했다. 몸을 닦아내며 그녀는 소리 없이 울었다.

"엄마, 내가 너무 잘못한 것 같아."

서연은 샤워를 마치고 옷을 입고 아래층으로 내려갔다. 그의 얼굴을 보고 조용히 이야기를 하고 싶었기 때문이었다. 하지만 그 어디에도 재훈은 보이지 않았다.

"아가씨, 사장님은 방금 전에 본가로 가셨습니다."

별장지기 아저씨가 그녀에게 알려주었다. 그의 옆에 나이가 든 아주머니가 온화한 표정을 지으며 서 계셨다.

"안녕하세요?"

"시장하지 않아요?"

"조금요."

점심에 햄버거를 먹고 지금껏 아무것도 먹지 않은 그녀였다.

"내가 금방 밥 차려줄 테니까 여기 앉아요."

그녀가 식탁 의자를 빼주었다.

"우리 도련님이 이곳에 온 게 일 년 만이에요. 아가씨와 아가씨 어머니가 떠난 후로는 아예 발길조차 하지 않으셨어요."

"……."

상을 차리며 아주머니가 쉴 새 없이 말씀을 하셨다. 옆에서 말이 많은 아주머니를 아주 못마땅한 표정으로 별장지기 아저씨가 쳐다보고 계셨다.

"임자는 너무 말이 많아. 뭘 그런 걸 다 말해."

"어머, 당신이나 빨리 들어가서 자요. 여자들끼리 얘기하는데 끼지 말고."

아주머니의 승리였다. 아저씨는 한마디도 못하고 밖으로 나가셨다.

"우리 집은 바로 옆이니까 걱정하지 말아요. 그리고 여기는 보안이 아주 철저히 돼서 걱정할 필요도 없고."

"네."

"일하는 메이드들이 서울에서 지원을 오는데 일주일에 한두 번 오는 것 빼고는 우리 둘뿐이니까 편하게 지내요."

"네."

"먹고 싶은 거 있으면 말하고. 넘 말랐어."

아주머니가 차려주신 밥상은 진짜 순수한 자연식이었다. 된장찌개에 나물 반찬과 김치가 전부인 식단이었다.

"우리 집 식구끼리 먹을 때는 이렇게 먹어요. 내일은 우리 별장의 귀한 손님을 위해서 특별식을 만들어줄게요."

"아니에요. 전 이런 토속적인 식단이 좋아요. 미국에서 몇 년 살았더니 한국 음식이 좋아요."

서연은 오랜만에 집밥을 먹는 느낌이었다. 엠마는 필리핀 사람이었기 때문에 이렇게 토속적인 음식은 오랜만이었다.

"그래서 그때 이후로 안 보였구나. 어머니는요?"

"돌아가셨어요."

"아이고, 내가 주책맞게 괜한 걸 물었어."

"아니에요."

밥을 먹는데 엄마 생각이 떠올라 눈물이 차올랐다.

"미안해요 진짜 생각 없이 물은 건데……."

아주머니가 손수건을 건넸다.

"우리 도련님이 어릴 때부터 냉정한 사람인 줄 알았는데 아가씨의 어머니를 별장으로 모신다는 말에 우린 다들 너무 놀랐어요. 그럴 도련님이 아니거든요."

"……."

"아가씨를 바라보는 눈빛도 너무나 행복해 보였고. 그래서 두 분이 헤어졌다는 소리에 다들 놀랐었어요."

"……."

"왜 우리 도련님을 떠난 거예요?"

아주머니는 진심으로 궁금하신 것 같았다.

"제가 이기적이었어요. 재훈 씨를 전혀 배려하지 않은 결과예요."

"그런데 지금은?"

"지금은 죗값을 받는 중이에요."

아주머니는 그냥 말없이 서연을 쳐다보았다.

"밥 먹어요. 어쨌든지 너무 말랐어요. 내가 여기 있는 동안은 지금보다 더 통통하게 만들 거니까 다이어트 생각은 꿈도 꾸지 마요."

"네."

모처럼 진짜 편안하게 밥을 먹었다. 아주머니는 그녀가 밥을 다 먹을 동안 앞에 앉아서 바라봐 주었다. 엄마 앞에서 밥을 먹는 기분이었다. 엄마도 그녀가 밥을 다 먹을 동안 언제나 앞에 앉아서 기다려 주었었다.

밥을 먹은 후에 그녀는 2층으로 올라와 침대에 누웠다. 아직도 그의 온기가 침대에 남아 있었다. 서연은 재훈이 아무리 모질게 굴어도 그를 사랑하는 자신을 깨달았다.

"엄마, 이제 어쩌지?"

서연은 침대에 얼굴을 묻고 그렇게 한참을 울었다.

성북동의 본가에 아침이 밝았다. 집사님이 깨우기 전에 오늘은 일찍 눈이 떠진 재훈이었다. 사실 어제는 거의 뜬눈으로 밤을 지

새웠다. 다른 때처럼 회사일 때문에 피곤한 게 아니라 분명한 다른 이유가 있었다.

윤서연, 그의 밤을 일 년 동안 괴롭히던 그녀가 어제는 확실하게 그의 잠을 방해했다. 그녀의 몸짓, 그녀의 느낌이 그의 손끝에 생생하게 느껴졌기 때문이었다. 서연을 품에 안고 자고 싶었지만 그럴 수가 없었다. 아직은 그가 그녀를 용서하지 못했기 때문이었다.

자리에서 일어난 그는 출근 준비를 하고 식당으로 향했다. 할아버지는 벌써 식사를 하고 계셨다. 고집스러운 모습이 꼭 자신을 보는 느낌이었다. 그가 들어오는데도 할아버지는 무슨 생각에 그리 깊이 빠지셨는지 쳐다보지 않으셨다.

"안녕히 주무셨어요?"

그의 인사에 그제야 건성으로 답을 하셨다.

"그래."

할아버지가 궁금하실 텐데 식사만 계속하고 계셨다. 그는 한번 할아버지를 떠보았다.

"왜 안 물어보십니까?"

"물으면 대답은 해줄 거고?"

이런 즉각적인 반응이 나와야 자신의 할아버지다운 모습이었다.

"네."

"그래? 서연이를 만난 소감은?"

아무렇지 않은 척하시며 궁금한 건 다 물어보았다.

"결혼할 겁니다."

"뭐?"

할아버지는 의외로 그의 대답이 빠르게 나오자 놀란 눈치셨다.

"누구랑? 서연이랑?"

"네."

"서연이는 어제 처음 만난 게 아니야?"

"맞습니다."

"그런데?"

할아버지는 9회 말의 2아웃, 2스트라이크, 3볼의 상황인 것처럼 아주 흥미진진한 표정이셨다.

"할아버지의 바람대로 된 거 아닙니까?"

"내 바람이라니?"

"그래서 사람들을 시켜서 서연이를 찾으신 거 아니냐고요?"

"내가 언제? 난 그런 적 없다."

할아버지는 발뺌을 하셨다. 특유의 포커페이스 덕분에 내용을 잘 알지 못했다면 할아버지의 표정에 딱 속기 좋았다.

"그래서 결혼은 언제 하려고? 할아버지에게 얼굴도 안 보이고 결혼을 하려고?"

"며칠 있다가 인사시키려고 했습니다."

"왜 며칠 있다가야?"

"지금은 너무 말라 있거든요."

그의 말에 할아버지는 알 수 없는 미소를 지으셨다.

"알았다."

아침식사를 마치신 할아버지는 더 이상 그에게 아무것도 묻지 않으셨다. 재훈은 할아버지의 뒤를 이어 출근을 했다. 요즘 그는 본사 직원들 사이에서 저승사자로 불리고 있었다. 일 년 동안 그의 머릿속에는 성도그룹이 다였다.

사장이 이렇게 눈에 불을 켜고 일을 하는데 직원들이 업무 실적이 좋지 않으면 당연히 해고였다. 그래서 그의 눈에 띄면 바로 잘린다고 저승사자라고 불렀다.

온갖 안 좋은 소문은 다 가지고 있는 그였다. 하지만 신경이 쓰이지 않았다. 그는 성도그룹의 발전이 가장 우선이었다. 그는 그렇게 믿고 있었다. 속으로는 윤대식 사장에 대한 복수심으로 가득했지만 그는 이런 일련의 일들은 모두 성도그룹을 위한 거라고 자신을 스스로 세뇌시키고 있었다.

"안녕하십니까?"

오늘도 박 비서가 먼저 나와 있었다. 썰렁한 사무실이 오늘따라 마음에 들지 않았다. 들어오는 길에 처음으로 박 비서의 책상에 놓인 사진을 보았다.

"아들인가?"

"딸입니다."

아무리 봐도 아기들은 여자인지 남자인지 구분이 가지 않았다.

"그렇군."

개인적인 질문은 잘 안 하는데 지난번에 한번 박 비서에게 결혼생활이 어떤지 물어본 적이 있었다. 결혼생활은 그 때문에 파탄이 나기 일보 직전인 박 비서였다. 박 비서는 농담처럼 말을 하기는 했지만 조금 짠한 생각이 들었다.

아기가 아빠의 얼굴을 보면 운다고 했다. 아기를 본 지 한 달이 됐다고 했나? 관심 있게 듣지 않아서 기억이 나진 않았지만 박 비서는 회사나 집에서 모두 사면초가인 상황 같았다. 이게 다 그가 주말도 없이 일을 하기 때문인 것이다.

자신의 의자에 앉자마자 그는 핸드폰을 들었다. 자신도 모르게 무의식 적으로 별장지기에게 전화를 걸었다.

"여보세요? 아저씨."

[네, 사장님.]

점잖은 목소리가 전화기 너머로 들렸다.

"어제 어땠나요?"

[저녁 드시고 주무셨습니다. 아직 일어나지 않으셨는데요.]

"그래요? 더 자게 내버려 두세요. 오늘 호텔에 있는 짐이 집으로 갈 겁니다."

[네.]

언제 들어왔는지 박 비서가 모닝커피를 들고 멍하게 서 있었다.

"왜? 거기다 놓고 가."

"네."

박 비서는 그의 말에 깜짝 놀라 커피를 그의 책상에 올려놓았다.

"서연이 회사 문제는?"

"처음부터 부탁을 하신 상황이라서 인원은 충원하지 않아도 된다고 합니다."

"서연이 짐은?"

"어제 룸메이트 분이 짐을 꾸려주셔서 사무실에 가져다 놓았습니다. 이따 경호원 편으로 보내 드릴 예정입니다."

"그럼, 옷 몇 벌 사서 같이 보내."

"죄송하지만 내일 주말인데 같이 나가서 고르시는 게……."

박 비서의 말에 그는 박 비서를 쳐다봤다.

"그게, 그러니까 취향이라는 것도 있고 사이즈도 맞아야 하니까……."

"알았어. 나가봐."

"네."

박 비서의 말이 일리가 있었다. 취향이란 게 있으니까, 그리고 그녀의 너무 마른 체형 때문에 입어보고 사는 게 나을 것 같았다.

"그렇지 그렇게 하면 되겠어."

그는 토요일에도 출근을 했지만 내일은 쉬기로 마음먹었다. 어차피 할아버지께 인사드릴 때 입을 옷도 사야 하니까 말이다. 스스로 자꾸만 서연과 함께 있을 핑곗거리를 만들고 있는 재훈이었다. 본인만 인지하지 못하고 있을 뿐이었다.

제11장 어쩔 수 없는 마음

아침 일찍부터 들이닥친 재훈 때문에 서연은 잠도 제대로 자지 못했다. 어찌나 서두르는지 정신을 차릴 수가 없었다.

"빨리 준비해."

재훈의 입에서 나온 말은 이 말뿐이었다. 서연은 서둘러 옷을 입었다. 화장은 할 엄두도 내지 못하고 겨우 스킨, 로션만을 바르고 나왔다.

그래도 오늘은 하늘하늘한 푸른색의 민소매 원피스를 입고 머리는 업스타일을 해서 여성스러우면서도 시원한 스타일을 연출했다. 사실 연출이랄 것도 없었다. 그가 보는 앞에서 서연은 정신없이 되는대로 준비를 했으니까 말이다. 하고 보니 이런 연출이 되어 있었다.

그의 차에 올라탄 서연은 어제와는 다르게 차 안을 살폈다. 일 년 전의 그의 차와는 완전히 다른 차였다. 이동하면서도 업무를 볼 수 있게 실내가 꽤 넓었다. 그래서 어제와 같은 불상사가 생겼지만 말이다. 어제의 일을 생각하니 얼굴이 붉어졌다.

재촉을 하던 그는 차에 타자 이상하게 말이 없었다. 불만이 가득한 표정의 그는 휴일인데도 서류를 쳐다보느라 정신이 없었다. 일을 하는 남자가 멋있다는 건 알았지만 지금 재훈의 모습은 상상 이상으로 서연의 가슴을 설레게 만들고 있었다.

일 년 전에 비해 그는 살이 많이 빠져 있어서 더욱더 날카로워 보였다. 어제 그의 벗은 모습은 살이 빠졌음에도 아주 탄탄했다. 단단한 그의 근육이 그녀의 손바닥 아래서 움직일 때는 정말 기분이 좋았었다.

육체적으로는 상상 이상으로 그에게 만족했고 그냥 그의 옆에만 있어도 이렇게 좋았다. 하지만 재훈은 그런 것 같지 않았다. 경험이 부족해서 그가 100% 만족하는 줄은 모르겠지만 침대 속의 그는 언제나 열정적이었다.

그렇지만 침대 밖에서의 재훈은 그녀를 향한 증오로 불타오르고 있었다. 그의 격한 행동들이 서연을 자꾸만 주눅 들게 만들었다.

"내리지."

멍하게 생각을 하는 동안 낯익은 곳이 보였다. 여기는 그녀가 묵고 있던 서울호텔 근처의 백화점 앞이었다. 백화점이 막 개점을 한 시간이었다.

"여기는 왜요?"

그가 그녀의 손을 잡더니 백화점 안으로 들어섰다. 개점 행사 중이라서 그런지 백화점 안내아가씨들이 일렬로 서서 그들을 맞이했다. 여자들의 눈이 일제히 그에게 쏠려 있었다. 성공한 남자의 모든 걸 갖추고 있는 그에게 여자들의 시선은 어쩌면 당연한 일이었다.

솔직히 이런 상황이라면 화장이라도 하고 올 걸이라는 생각이 들었다. 여자들의 시선에서 느껴지는 의아함을 서연은 알았다. 멋진 남자 옆의 평범한 여자는 모든 여자들의 시기와 질투의 대상이기 때문이었다.

그는 처음 보이는 가장 큰 수입화장품 매장으로 직진을 하더니 그곳의 여직원에게 메이크업을 시켜주라고 했다. 여직원은 그의 말뜻을 재빨리 알아채고는 기초부터 시작해서 그녀의 얼굴에 풀 메이크업을 하기 시작했다.

"청순한 메이크업으로 해드릴까요? 아니면 섹시한 스타일로?"

"진하지 않게요."

그녀가 이렇게 말을 하자 그가 다시 말했다.

"섹시한 메이크업으로 해줘요. 눈에 확 띄게."

"네."

여자는 그에게 야릇한 미소를 지으며 웃어 보였다. 서연은 여자의 태도가 마음에 들지 않았지만 문제는 여자가 아니라 김재훈이 문제였다. 그는 너무 쓸데없이 잘생긴 사람이었다.

"좋으시겠어요. 저렇게 멋진 남자친구 분도 계시고요."

"……."

여직원은 메이크업 내내 그의 칭찬을 하기에 바빴다. 서연은 듣기 싫었지만 반박할 수 없는 사실만 얘기하는 여직원에게 아무런 대꾸도 하지 못했다.

"다 끝났습니다. 어떠세요?"

그녀의 의자를 돌려 재훈에게 보이는 여직원의 얼굴에 자신감이 깃들었다.

"화장을 하시니까 너무 예쁘신 것 같아요."

그럼 화장 전에는 아니었다는 얘기였다. 그는 말없이 카드를 내밀며 기초서부터 지금 색조에 이르기까지 그녀가 바른 모든 화장품을 샀다. 여직원은 안 그래도 멋진 그가 이렇게까지 아침부터 대박의 매출을 올려줄 줄 몰랐다는 듯 그녀가 보일 수 있는 친절함의 끝을 보여주고 있었다.

"손님 너무 좋으시겠어요."

나오는 길에 그녀는 서연의 귀에 이 말을 속삭였다. 서연은 다시는 이 매장에 오지 않으리라고 생각하며 그의 손에 이끌려 매장을 나왔다.

"또 어딜 가려고요?"

"……."

그는 대답 없이 한 손에는 화장품 쇼핑백을 들고 다른 손은 서연의 손을 잡고 에스컬레이터에 올랐다. 그에게 이끌려 간 곳은 커다란 의류 매장이었다. 일 년 전에 이 브랜드의 옷을 입고 그와 선을 보았었다.

"어서 오세요."

늘씬한 몸매에 모델 같은 숍 마스터가 그들에게로 다가왔다.

"맞는 옷 좀 골라줘요."

그는 이렇게 말을 하고는 매장에 비치가 되어 있는 소파에 앉았다. 직원 셋이 갑자기 그녀에게 달려들어 옷을 권하고 있었다.

"손님, 파티복으로 할까요? 아니면 평상복? 어떤 걸로 권해 드릴까요?"

"다."

그는 이렇게 말하고는 전화기를 들었다. 어딘가에 전화를 하는 모양이었다.

"너무 좋으시겠어요. 남자친구 맞죠?"

"……."

"부럽다."

여직원들이 이곳에서도 난리였다. 그녀가 옷을 입고 나오면 그는 의자에서 고개를 끄덕이거나 가로젓기만 했다. 도대체 옷을 몇 벌이나 입었는지 생각이 나지도 않을 정도였다. 수많은 옷들이 그에 의해 골라지고 있었다.

열 벌 이상은 고른 것 같았다. 평상복부터 파티용까지 그는 한 벌 가격이 어마어마한 이곳에서 아주 돈잔치를 하고 있었다.

"부르셨습니까?"

그의 운전사가 올라왔다.

"이거 차에다 실어요."

그가 말하자 운전기사와 여직원들이 쇼핑백을 들고는 지하 주차장으로 향했다.

"이 옷은 입고 가지. 입고 온 옷은 버려요."

서연은 매장을 나와 그가 이끄는 대로 향했다. 이번에는 속옷 매장이었다.

"여긴 나중에 저 혼자 올게요."

"아니, 이왕 나온 김에 여기서도 사. 돈 많은 남자를 제대로 이용해 보라고."

그는 진심인 것 같았다. 그들이 들어서자 매장 직원이 쪼르르 달려와서 반갑게 맞았다. 소문이 벌써 퍼졌는지 매장 직원은 그에게 신상품 속옷을 보여주고 있었다.

"속옷은 야한 걸로."

그는 한마디를 하더니 의자에 앉았다. 여직원이 골라준 속옷은 거의 레이스로 된 것들이라서 섹시하면서 고급스러워 보였다. 어려서부터 속옷은 신경을 쓴 그녀라서 이곳의 속옷이 얼마나 비싸고 좋은지는 잘 알고 있었다.

"사이즈 봐드릴게요."

그녀는 피팅룸 안으로 들어가서 직원과 함께 가슴 사이즈를 쟀다. 그리고 그녀가 골라놓은 속옷을 입어보고 있었다. 속옷을 착용할 동안 직원은 나가 있었다. 웃옷을 벗고 그녀는 처음 고른 레드컬러의 속옷을 입었다. 그녀의 새하얀 피부와 너무나 잘 맞는 속옷이었다.

거울에 이리저리 비춰보며 서연은 만족스러운 미소를 지었다. 그때였다. 거울 속에 재훈의 모습이 비쳤다.

"뭐 하는 거예요?"

그녀의 말이 떨어지기가 무섭게 그가 그녀를 뒤에서 안고는 그녀의 가슴을 손으로 움켜쥐었다.

"빨리 집으로 가자."

그는 이렇게 말하며 그녀의 목에 입을 맞추었다.

"너무 섹시해. 잡아먹고 싶을 만큼."

"……."

그는 그녀를 칭찬하고 있었다. 일 년 전의 따뜻했던 그의 모습이 생각이 나서 서연의 눈가에 눈물이 고였다.

그가 그녀를 돌려세워 가슴에 입을 맞추었다. 그리고 그녀를 놓아주었다. 빨리 옷을 입으라고 말하고는 그는 밖으로 나갔다. 밖으로 나가자 직원들이 그녀를 부러움이 가득한 시선으로 쳐다보았다.

“두 분 너무 잘 어울리세요.”

기분 좋은 말을 해준 여직원에게 미소를 지은 서연은 그의 손에 이끌려 지하 주차장으로 향했다. 차에 오른 그는 운전기사에게 서둘러 집으로 가자고 말하고는 차 안에서 서류를 검토하고 있었다.

차에서부터 그녀를 덮칠 줄 알았는데 그는 서류에 온 신경을 쏟고 있었다. 마치 백화점 속옷 코너에서 그녀에게 한 말은 없었던 것처럼 그는 별장으로 가는 내내 아무런 말 없이 일만 계속했다.

차가 멈추자 그는 그녀의 손을 잡고는 이층으로 서둘러 올라갔다. 메이드들이 쳐다보거나 말거나 그는 화가 난 사람처럼 그녀를 끌고는 이층에 있는 그녀의 방 안으로 들어갔다.

“왜 그래요? 나 때문에 화났…….”

화났어요? 라는 말이 그의 입안에서 삼켜져 버렸다. 그가 지금 얼마나 흥분했는지, 그의 페니스가 지금 그녀의 배를 사정없이 누르고 있었다.

“으읍.”

숨을 쉴 수 없을 만큼 깊고 저돌적인 그의 키스에 서연은 자신도 모르게 반응을 하고 있었다. 솔직히 속옷 매장에 그가 들어왔을 때 서연은 흥분으로 팬티가 젖어들었음을 느꼈다. 서연은 팔로 그의 목을 감아 더 깊게 그의 키스를 받아들이고 있었다.

“아까부터 이렇게 하고 싶었어요.”

그녀의 입에서 나온 말이 그렇게 파장이 커질 줄은 몰랐다.

“무슨 말을 하고 있는지 알아?”

“네.”

그녀가 먼저 그의 아랫입술을 물었다. 그가 그녀의 옷의 지퍼를 내렸다. 맨 마지막으로 산 민소매 블랙 원피스는 단번에 그녀의 발아래로 떨어져 내렸다. 그리고 순식간에 브래지어와 팬티도 그녀에게서 사라졌다.

“츠읍츠읍.”

서로의 입술이 부딪치며 색스러운 소리를 내도 지금 서연은 부끄럽지가 않았다. 그에게 더 많은 것을 원했다. 그가 그녀를 안아 들고는 침대가 아닌 장식장 위에 앉혔다. 침대로 갈 시간이 모자랐기 때문이었다.

장식장 위에 앉은 서연은 그의 슈트를 벗기고 넥타이를 풀었다. 휴일인데도 그는 이렇게 슈트 차림이었다. 조금 편하게 생활을 해도 좋을 텐데 그는 자신에게 엄격한 사람인 것 같았다. 그녀가 그의 입술에 키스를 퍼부으며 와이셔츠 단추를 열심히 풀고 있었다.

“츠읍츠읍.”

그를 간절히 원하는 서연은 그의 와이셔츠가 벗겨지자 이번에는 바지의 버클을 풀고는 그의 페니스를 꺼내 움켜잡았다. 발기한 채로 옷 속에 갇혀 있던 페니스는 이제야 물 만난 고기처럼 팔팔하게 움찔거렸다.

그녀가 페니스의 선단을 손끝으로 살며시 누르자 그의 쿠퍼액이 나왔다. 쿠퍼액을 손으로 마사지하듯이 밀자 부드럽게 밀렸다. 그리고 그녀는 부끄러운 줄도 모르고 다리를 벌려 그의 페니스를 그녀의 여성에 문지르기 시작했다.

"으윽!"

그의 신음 소리가 그녀의 입안에서 느껴지고 있었다. 그가 그녀의 손에서 자신의 페니스를 뺐다.

"나를 너무 몰아붙이지 마."

그는 이렇게 말하고는 그녀의 다리를 벌렸다. 그리고 그녀가 그랬듯이 그녀의 질 안에 손가락을 넣어 흘러나온 애액을 묻혀 그녀에게 보여줬다.

"내 쿠퍼액의 양과는 차원이 다르지."

그의 손끝에 마치 꿀을 찍어놓은 것처럼 그녀의 애액이 흘렀다. 그는 애액을 그녀의 여성 전체에 문질렀다.

"빨리 넣어줘요."

"오늘은 왜 이렇게 적극적이지."

"나 미칠 것 같아요."

그녀의 말에 그가 자리를 잡고 서서 단 한 번의 동작으로 그녀의 질을 차지했다.

"아흑!"

여전히 들어갈 때면 그의 페니스의 크기 때문에 힘든 서연이었다. 하지만 이 고통의 끝에 얼마나 큰 쾌감이 있는지 서연은 알아버렸다.

삐걱삐걱.

장식장의 다리에서 그가 움직일 때마다 소리가 났다. 그 소리가 신경이 쓰였는지 그는 다시 그녀를 안아 올리고는 곧바로 침대를 향했다. 자유로워진 그는 섹스의 강도를 높였다. 그녀가 그와 했던 여태까지의 자세와는 너무나 다른 자세에 서연은 당황했다.

"나 이런 거 처음 해봐요."

"나만 믿어. 아주 깊게 삽입이 될 거야."

그는 그녀와 마주 본 상태에서 다리를 엇갈려 끼워 넣었다. 마치 가위질을 하는 가위 같은 자세였다. 서로의 손을 마주 잡고 있어서 그가 그녀를 당기자 진짜로 그의 페니스가 자궁벽 안쪽까지 들어온 것 같았다.

"아아아아앙."

신음 소리가 창피한 줄도 모르고 크게 흘러나왔다.

"아, 재훈 씨."

"좋아?"

"네, 미치겠어요."

헐떡이는 그녀의 팔을 잡아당기며 그는 더 깊이 자신의 페니스를 박았다. 서로 마주 보며 하니 그의 욕망으로 가득한 얼굴이 그대로 보였다. 그의 짙어진 눈동자는 얼마나 그녀의 몸을 원하는지를 말해주고 있었다.

"더 이상은 참기 힘들어."

그가 그녀를 침대에 눕히고는 위로 올라왔다. 그리고 다리를 벌려 자신의 페니스를 질에 넣었다.

퍽퍽퍽퍽.

빠르게 움직이는 그의 허리 짓에 서연은 완전히 정신을 놓을 것만 같았다. 허벅지 사이가 뻐근할 정도로 그는 깊이 들어와서 그녀의 정욕을 깨우고 있었다.

"갈 것 같아."

평소에는 그녀에게 화가 풀리지 않은 것 같았지만 그의 섹스는 평소와는 다르게 열정적이었다. 마치 너 없이는 안 된다는 말을 하는 듯 그의 섹스는 열정 그 자체였다.

"하악하악."

그의 숨소리가 점점 거칠어지고 있었다. 절정을 향해 치닫는 그의 욕망이 그녀의 눈을 매혹시켰다. 그의 이마에 툭 튀어나온 힘줄이 그리고 그의 팔에 근육이 그가 얼마나 격하게 그녀를 원하고 있는지를 말해주고 있었다.

"아아앙."

"하악하악."

숨을 헐떡이던 그가 마침내 그녀의 안에 그의 분신들을 쏟아부었다. 하지만 그는 아직 그의 페니스를 그녀의 안에서 빼내지 않았다. 그녀의 질 안에서 움찔거리는 페니스의 느낌이 그대로 전달이 되었다.

재훈은 서연의 입술에 자신의 입술을 살며시 맞추더니 몸을 일으켰다. 아무 말은 하지 않았지만 그와 그녀는 섹스만큼은 서로에게 만족하고 있었다.

"씻고 밥 먹자."

그녀를 안고 욕실로 들어가리라 생각했는데 그는 홀로 욕실로 들어갔다. 꿈같이 환상적인 섹스 후에 그의 차가운 반응이 오늘따라 서연을 비참하게 만들고 있었다. 그는 아직도 그녀가 현수와 관계를 가졌다고 의심을 하는 것 같았다.

그가 욕실에서 나오자 서연이 욕실로 들어가서 샤워를 했다. 샤워 물줄기를 따라 그녀의 눈물도 같이 흘렀다. 그가 그녀를 믿어주기를 바랐지만 지금 그는 아직 그녀를 믿어줄 마음이 없는 것 같았다.

샤워를 한 그녀는 티셔츠와 반바지 차림으로 식당으로 내려갔다. 식탁에는 이미 늦은 점심이 준비되어 있었다. 오늘은 본가의 메이드들까지 와 있어서 그들이 지금 무슨 일을 하고 나왔는지 광고를 한 꼴이었다.

식탁은 그녀가 먹을 때보다 훨씬 더 풍성했다.

"도련님, 많이 드세요."

"알았어, 유모."

"유모?"

그는 별장지기 와이프를 유모라 불렀다. 그리고 둘 사이는 상당히 각별한 느낌이었다. 마치 엠마와 그녀를 보는 느낌처럼 말이다. 엠마는 지금 뉴욕에서 그녀를 기다리고 있을 텐데 엠마가 걱정이었다.

"저기 부탁이 있어요."

그가 밥을 먹다가 말고는 그녀를 쳐다보았다.

"같이 있는 식구가 미국에 있어요. 제가 일주일만 한국에 다녀오기로 했거든요."

"식구는 없잖아?"

그는 엄마만이 그녀의 가족인 줄 알고 있었다.

"아뇨, 제 유모가 미국에 있어요. 제가 한국에 계속 있게 되면 엠마도 와야 해요."

"알았어. 내가 박 비서에게 말해서 사람이든 짐이든 모두 한국으로 보내라고 얘기해 놓을게."

"고마워요. 그런데 엠마는 같이 살면 안 되나요?"

"상관없어."

그의 무뚝뚝한 말투에도 서연은 기뻤다. 엠마와 같이 살 수 있으니까 말이다.

"감사해요."

"일하는 식구들은 별장이나 본가나 집사님이 관리하시니까 집사님께 말해놓을게. 더 필요한 건?"

"없어요."

그는 밥그릇만 보며 무뚝뚝하게 말했지만 그녀의 요구는 다 들어주었다.

"내일은 할아버지께 인사드리러 갈 거니까 잘 준비해."

"네."

그래서 오늘 쇼핑을 했던 것이었다. 다 이유가 있었다. 그의 할아버지라면 성도그룹의 회장님이었다. 신경은 쓰겠지만 그렇게 높은 분이 그녀를 마음에 들어 하실지가 의문이었다.

"내일 아침에 차 보내줄게. 점심시간에 맞출 거니까. 너무 서두르지 않아도 돼."

그는 서연에게 상황을 간단히 설명했다.

"알았어요. 그런데 가실 거예요?"

그녀는 약간 서운한 마음을 담아 얘기했다.

"응, 할 일이 남아 있어서."

"오늘 쉬는 날 아니에요?"

"난 아니야."

그가 주말까지 반납하고 일을 할 줄은 몰랐었다. 확실히 그는 자신의 일은 철저히 하는 것 같았다. 밥을 먹고 그는 별장을 나섰다. 돌아가는 그는 냉랭하기까지 했다. 그가 가고 자신의 방 안으로 들어간 그녀는 방 안 가득한 쇼핑백을 보았다.

이렇게 많은 선물을 받아본 적이 없는 그녀였다. 기뻐야 하는데 하나도 기쁘지 않았다. 그가 웃어만 줘도 행복한데 그는 웃음 대신에 돈으로 그녀에게 굴욕감을 주고 있었다. 어떻게 하면 그와 화해가 가능할지 서연은 자꾸만 생각이 많아졌다.

돌아오는 차 안에서 서류를 들고 멍하게 창밖을 보는 재훈의 눈빛이 흔들렸다. 앞만 보고 달렸다. 윤대식이 미웠고 친구인 현수는 용서가 안 되었다. 그리고 그 뒤에서 조종을 한 예나는 더욱 미웠다.

윤대식은 모든 걸 잃고 감옥에 갔고 한때 유성그룹도 그의 분노의 희생양이 될 뻔한 것을 현수가 무릎을 꿇고 사정을 해서 겨우 이성의 끈을 잡은 재훈이었다. 하지만 재훈은 미국으로 쫓겨나는 예나가 마지막으로 한 말이 자꾸만 남아 있었다.

'친구와 잠자리를 한 여자와 살 수 있어?' 그 말이 아직도 그를 괴롭히고 있었다. 현수에게는 정확하게 물어볼 수가 없었고 서연은 아니라고 했다. 그러나 그는 둘이 안고 있는 장면을 목격했다.

우리나라 정서상 아무리 위로를 한다고 해도 웬만큼 친하지 않으면 서로를 안으며 위로하기는 힘이 들었다.

"도대체 뭐가 진실이지?"

그는 서연을 다시 안았지만 자꾸만 현수가 떠올라 섹스가 끝이 나고 나면 화가 났다. 그렇다고 그녀의 완벽한 몸을 거부할 수는 없었다.

어쩌다가 자신이 이렇게 되었는지 재훈은 알 수가 없었다. 환상적인 섹스에 대한 대가처럼 그의 고민은 깊어만 갔다. 예나의 알 수 없는 힘에서 그는 벗어날 수가 없었다. 어려서부터 예나는 그를 꼭 흔들어놓았었다.

현수 때문에 자연스럽게 친구로 지내기는 했지만 상당히 불편한 아이가 예나였다. 그런 예나가 그를 좋아하고 있었다는 게 재훈은 처음에는 믿어지지가 않았다. 그리고 그 자살 소동은 재훈으로 하여금 예나를 두렵게 생각하게 만들어 버렸다. 그런 예나가 의미심장하게 말하고 떠났으니 신경이 안 쓰일 수가 없었다.

오늘 그는 서연과 말할 수 없이 좋은 섹스를 나누었다. 그녀를 품에 더 안고 싶었지만 자꾸만 신경이 쓰여서 그냥 나올 수밖에 없었다.

"못난 놈."

놓치기 싫으면서도 자꾸만 서연을 의심하는 자신이 못났다는 생각이 들었다. 본가에 도착한 그는 서류 꾸러미를 들고 서재로 향했다.

"왔구나. 오늘은 회사가 아니라 집이야?"

등산을 다녀오신 할아버지가 그를 보며 물었다.

"몸도 안 좋으신데 높은 산은 다니지 마세요."

"아직은 끄떡없어."

"그래도요. 그리고 내일 서연이 점심 먹으러 옵니다."

그는 이렇게 말을 하고는 일을 하기 위해 서재로 발길을 돌렸다.

"그렇게 일만 하다가는 쓰러져."

"제가 알아서 할게요. 이게 다 할아버지 돈 벌어드리는 겁니다."

"난 이걸로도 충분해."

"네."

재훈은 서재로 들어가서 한참을 서류와 씨름했다. 이렇게 하는 게 그동안 그가 잡념을 잊는 길이었다.

아침부터 손님 맞을 준비에 모처럼 본가가 들썩였다. 할머니가 돌아가시고 처음으로 맞는 여자 손님이기 때문에 모두들 궁금해하는 것 같았다. 특히 이 집의 안주인이 될지도 모르는 사람이기 때문에 메이드들은 더욱 궁금한 모양이었다. 하지만 재훈은 일어나면서부터 몸살기에 시달리고 있었다. 식은땀이 나고 추운데 아직은 참을 만했다.

점심시간에 맞춰 그가 보낸 차가 도착했다. 서연은 그 어느 때보다 아름다운 모습으로 모두를 놀라게 하면서 차에서 내렸다. 하늘하늘한 모습이었지만 오늘 서연은 굉장히 품위가 있어 보였다.

옷발이 잘 받는다고 해야 하나? 원래 예쁜 사람이지만 어제 사 준 흰색 원피스가 사람을 달라 보이게 만들었다.

"안녕하세요?"

장미 꽃바구니를 준비해서 온 서연은 인사를 하며 그녀를 맞이하는 집사에게 바구니를 전달했다. 마치 예전부터 살았던 것처럼 그녀는 아주 자연스러운 모습이었다.

"왔어?"

그가 그녀의 손을 잡으며 말했다.

"집이 굉장히 아름다워요."

"아름다운 곳인지는 모르겠지만 정이 많이 가는 곳이란 건 인정하지. 자, 할아버지께 인사를 드리자고."

"네."

그녀는 그의 팔에 손을 올리고 집 안으로 들어가다 말고는 발걸음을 멈추었다.

"잠깐만요."

그녀가 손을 뻗어 그의 이마에 올렸다. 그녀의 갑작스러운 행동에 놀라 잠깐 주춤한 재훈은 걱정스러운 눈길로 쳐다보는 서연을 내려다보았다.

"열이 나요."

"괜찮아."

"너무 무리하는 거 아니에요?"

"아니야."

"너무 무리하지 마요."

"……."

그녀의 염려에 그는 뭐라 말을 하지 못했다. 갑자기 이렇게 훅 하고 들어오면 어쩔 수 없이 그녀의 펀치에 맞고 말았다. 사람의 마음을 움직이는 이상한 재주가 있는 여자였다.

"가요."

"어? 그래. 할아버지 기다리시겠다."

모두들 그들을 흐뭇하게 바라보고 있었다. 이게 그녀의 고도의 전략인지 아니면 진심인지 재훈은 헷갈렸다. 하지만 지금 그는 기분이 좋았다. 자신의 신붓감이 사람들 앞에서 자연스럽게 자신을 챙기는 모습을 보여주니 괜히 뿌듯한 마음이 생겼다.

"식은땀도 나는 것 같은데……."

그녀의 말이 끝나기가 무섭게 그는 어지러움을 느꼈다. 서연이 도착해서 긴장이 풀린 탓인지 모르겠지만 지금 그는 앞이 점점 뿌옇게 변하고 있었다. 그가 휘청하자 서연이 그의 팔을 잡았다.

"괜찮은 거 맞아요?"

"괜찮아."

한 발을 내딛기가 힘이 들게 어지러웠다. 이런 경험이 처음이라서 어떻게 해야 하는 줄 몰랐지만 확실한 건 그녀의 옆에서 쓰러지기는 싫다는 것이었다. 갑자기 등이 나간 듯이 깜깜해졌다. 그리고 그는 바닥으로 쓰러졌다. 그녀의 목소리가 멀리서 들려오는 듯했다.

"재훈 씨!"

이건 바라던 게 아닌데. 그는 쓰러지는 순간에도 서연에게 나쁜 인상으로 남을까 걱정을 하고 있었다.

제12장 사랑하는 마음

몸은 불덩인데 그는 이가 부딪칠 정도로 떨고 있었다. 서연은 그가 쓰러지자 당황하지 않고 침착하게 대처했다. 마치 이 집의 안주인처럼 그녀는 집사에게 그를 그의 방으로 옮기라고 말했고 주치의를 당장 부르라고도 말했다.

구토 같은 증상이 없었기 때문에 굳이 병원으로 옮기지 않아도 되는 상황이라 판단했다. 그를 옮기고 나니 그녀의 눈에 낯이 익은 노신사가 보였다. 직감적으로 그녀는 저 사람이 성도그룹의 김철훈 회장이라는 느낌이 들었다.

어디서 보긴 했는데 기억이 나지 않았다. 텔레비전에서 봤나? 유명한 사람이니까.

"안녕하십니까? 윤서연입니다."

"……."

회장은 손자가 쓰러진 것을 보고 적잖이 놀란 것 같았다.

"과로로 쓰러진 것 같아요. 너무 걱정 안 하셔도 될 것 같아요."

서연은 회장님에게 다가가 그를 부축했다. 평소 낯을 가리는 성격은 아니었지만 친근하게 구는 스타일도 아닌 그녀가 이상하게 그의 할아버지인 성도그룹 회장에게는 편안하게 다가갔다.

"물이라도 드셔야 할 것 같아요. 얼굴이 창백하세요."

"우리 재훈이는……."

"제가 가볼 테니 너무 걱정하지 마세요."

그녀는 집사에게 회장을 맡기고는 2층으로 뛰어 올라갔다. 방 안의 침대에는 그가 누워 식은땀을 흘리고 있었다.

"괜찮아요."

그녀는 그를 안심시키며 식은땀으로 젖어 있는 그의 이마를 만졌다. 그리고 고열에 시달리고 있는 그의 옷을 벗겨냈다. 그의 속옷만 입혀둔 채 그녀는 의사가 올 때까지 그의 몸을 물수건으로 닦아내고 있었다.

엄마의 오랜 병원 생활로 그녀는 보고 배운 게 많았다. 그녀의 경험에서 나온 응급처치는 주치의가 왔을 때 빛을 발했다.

"과로예요. 당분간은 일을 좀 쉬셔야 할 것 같습니다."

"그게 단가? 다른 병은 없고?"

회장의 목소리가 떨렸다.

"지금으로서는 아주 건강하십니다. 그래서 자기 건강을 믿고 너무 몸을 혹사시킨 거죠."

"알았네."

옆에서 보는 서연은 김 회장이 얼마나 재훈을 사랑하는지를 알 것 같았다.

"한숨 푹 자게 내버려 두십시오. 링거는 다 맞으면 빼주시기만 하면 됩니다."

의사가 가자 김 회장은 그의 옆을 지키는 서연을 식당으로 불렀다.

"배고프지?"

"정신이 하나도 없어서 배가 고픈지도 잘 모르겠습니다."

그들 앞으로 음식이 차려지기 시작했다.

"먹어요, 이러다가 서연이도 쓰러지겠어."

"전 말랐지만 아주 강합니다."

"그런 것 같군. 그래도 먹어."

서연은 김 회장의 말에 미소를 지었다. 이럴 때는 재벌이라기보다 그냥 보통 할아버지 같았다.

"내가 무섭지가 않나 보군."

"인상이 좋으세요. 어디서 뵌 분 같기도 하고."

"그런가?"

"네."

"우리가 보긴 했지."

밥을 먹다 말고 서연이 그를 다시 한 번 보았다. 분명히 봤는데…….

"아, 비행기."

"기억하는군."

"그때도 멋있는 분이셨으니까요. 이렇게 높은 분이라고는 상상도 못했지만 말이에요."

"윤 사장이 늦게나마 잘했나 보군."

"아니오, 얼굴 한번 보여주는 것도 많은 요구 조건을 들어드린 결과죠."

"아버지를 싫어하는군."

"……."

목소리에서도 아버지에 대한 증오가 묻어 나와서 서연은 더 이상 아무 말도 하지 않았다.

"비행기에서 아주 인상적이었지. 그래서 저런 아가씨가 손자며느리가 된다면 좋겠다고 생각했었어."

잠깐의 만남이 김 회장에게는 인상적이었던 모양이었다.

"어머니에게 잘하고 그리고 불의를 보면 못 참는 성격도 좋아 보였어. 그런데 인연이 안 되더군. 그래서 포기할까도 생각했지만 우리 재훈이를 위해서 그건 아닌 것 같더군. 그래서 내가 GT자동차 회장에게 부탁을 좀했지."

"……."

"손자며느릿감이 광고업계에서 일하는데 이왕이면 그쪽에 맡겨보라고 말이야. 물론 서연이 다니는 광고 회사의 실력을 보고 말하기도 한 거고. 그리고 그 광고 팀에 서연이를 끼워서 보내라고 했지. 여기까지가 내가 재훈이를 위해 한 일이네. 놀랐나?"

서연은 너무 놀라서 무슨 말을 해야 할지 몰랐다. 할아버지가 직접 그녀를 데리고 오기 위해 노력했다니 진짜로 놀라운 일이었다.

"네, 그래도 저같이 복잡한 상황에 놓인 사람을 손자며느리로 받으시기에는 회장님께서도 생각이 많으셨을 텐데요?"

회장이 서연의 얼굴을 보며 미소를 지었다.

"내가 오랜 세월을 살아오는 동안 얻은 게 하나 있지. 그건 사람을 보는 눈이네. 난 자네 아버지는 별로 마음에 들지 않지만 자네라면 우리 재훈이와 잘 어울릴 거라 생각하네. 부모를 자네가 고를 수 있는 것도 아니고, 부모를 일찍 잃은 것도 재훈이 탓이 아니지 않나?"

김 회장은 차근차근 그녀에게 자신의 생각을 말해주었다. 그리고 당부의 말도 잊지 않았다.

"남녀 간의 일은 둘만의 문제지. 하지만 까칠한 우리 재훈이가 서연이를 아끼는 건 내 눈에도 보여. 녀석은 싫으면 시작조차 안

하거든. 시작은 우리 재훈이가 했으니 마무리는 서연이가 잘 지어 보도록 해. 내가 아낌없이 도와주지."

서연은 회장의 말을 새겨들었다. 그리고 고개를 끄덕였다.

"이거 주인공인 재훈이가 빠져서 좀 그렇군."

"식사 후에 올라가 보겠습니다."

"그래, 사장직을 맡으면서 몸 생각 안 하고 최선을 다한 아이인데 지난 일 년 동안은 더 자신을 혹독하게 다뤄서 그래. 잘 좀 살펴주시게."

"네."

식사 후에 김 회장과 서연은 아직 잠들어 있는 재훈에게 갔다. 언제나 카리스마 넘치는 모습만을 보였던 그가 이렇게 침대에 누워 있으니 서연은 안타까운 마음이 들었다.

"제가 지킬 테니까 내려가셔서 쉬세요. 깨어나면 말씀드릴게요."

김 회장이 내려가고 서연은 그의 옆에 앉아서 물수건을 머리에 올려놓으며 그의 열이 떨어지기를 바라고 있었다.

열은 처음보다 떨어졌지만 그는 여전히 식은땀을 흘리고 있었다. 링거를 보니 다 맞아가서 그녀는 숙련된 솜씨로 링거를 뺐다. 엄마의 오랜 병 때문에 얻은 경험을 이렇게 쓸 줄은 몰랐다.

서연은 깊은 잠에 빠져 있는 재훈의 얼굴에 손을 가져다 댔다. 단단한 사람이라 생각했다. 어떨 때는 무서울 만큼 그는 카리스마 넘치는 남자였다. 그런 그가 이렇게 힘없이 쓰러져 있다니 서연은 믿어지지가 않았다.

"그거 알아요?"

서연은 조용히 그에게 말했다. 그는 깊은 잠에 빠져서 그녀가 무슨 말을 하는지 모르겠지만 지금 서연은 그를 향해 솔직하게 다 말하고 싶었다.

"미국에서 아버지의 황당한 제안을 받고 올 때는 아버지에 대한 복수만을 생각하고 왔어요. 결혼을 하기 위해 온 게 아니라 처녀가 아닌 나 때문에 아버지가 망신을 당하기를 바랐거든요."

"……."

"그래서 그날 평소에 입지도 않는 과감한 옷과 내 얼굴을 알아보지 못하게 짙은 화장을 하고 남자들이 가장 많을 것 같은 강남으로 향했던 거예요. 처음엔 쉽게 아무하고나 잘 수 있다고 생각했는데 그게 쉽지 않더라고요. 그래서 마지막이라는 생각에 레베카에 간 거고 거기서 난 우연히 너무나 섹시한 남자를 만났죠. 그때는 몰랐는데 지금 생각해 보니 한눈에 반했던 거 같아요."

여전히 그는 규칙적인 숨을 내쉬며 깊은 잠에 빠져 있었다.

"그 남자가 아니었다면 스파이더맨 피규어하고 인사만 하고 왔을 것 같아요."

서연은 그날 자신의 행동이 생각이 나자 피식 웃었다.

"그리고 그 남자와 평생 잊지 못할 섹스를 했고 그에게 나의 처음을 주었죠. 믿지 않을지 모르겠지만 그때 진짜 좋았어요. 이 사람을 평생 잊지 못하겠구나라는 생각이 들 정도로 말이에요."

서연은 물수건을 다시 물에 빨아서 그의 머리에 얹어주었다.

"그리고 선을 보는 날 나는 내 계획대로 하려고 했어요. 당신에게 난 처녀가 아니니까 이번 선은 무효인 거라고요. 그리고 아버지의 사업조건이 뭐든 계약하지 말아달라고 말하려고 했죠. 그런데 아버지가 어머니를 이용해서 나의 발목을 잡고 말았어요."

그때의 일을 생각하니 또 울컥했다.

"엄마와 이혼을 하겠다나? 그리고 우리의 하나뿐인 집도 다 빼앗는다고 했죠. 갑자기 두려운 마음이 생겼죠. 일은 저질렀는데 내 일 때문에 엄마가 피해를 볼 상황이었거든요. 난 아픈 엄마를, 아버지에게 사랑받지 못하는 엄마를 지켜주고 싶었어요."

그 생각을 하자 목이 메어오는 서연은 말을 멈추었다.

"후~ 그때를 생각하니 눈물이 나네요. 그리고 당신이 왔고 난 너무나 놀랐어요. 그리고 다행이라고 속으로 생각했죠."

서연은 수건을 뒤집어 그의 이마에 다시 올렸다.

"그거 알아요? 난 당신이 선을 보러 나왔을 때부터 당신을 사랑했던 것 같아요. 꼭 운명처럼 느껴졌죠. 당신이 나의 몸을 만질 때도 좋았고 당신이 나를 보며 웃어줄 때도 좋았어요."

서연은 보지 못했지만 재훈의 미간이 살짝 좁아졌다.

"당신이 오해하지 말았으면 좋겠어요. 일이 꼬이려고 하니까 나도 모르게 현수 씨와의 모종의 거래를 한 아버지가 신랑감을 바꾼 거예요. 난 엄마를 위해 어쩔 수가 없었어요. 그건 진짜 마안해요."

서연의 눈에서 눈물이 흘렀다.

"그래도 속으론 당신이 아버지와 현수 씨를 누르고 날 구하러 와줄 거라고 기대했는데 당신은 오지 않았어요. 그때는 당신이 나의 육체에만 관심이 있다고 생각했거든요. 그래서 나의 사랑은 이걸로 끝이구나 싶었어요."

서연은 재훈의 얼굴을 손으로 쓰다듬어 보았다.

"당신이 병원에서 현수 씨에게 안겨 있던 나를 본 건 맞아요. 엄마가 마지막으로 아버지를 만나고 싶어 했죠. 소원이셨거든요. 아버지를 만나고 죽으면 죽어도 여한이 없겠다고. 아버지를 보자마자 굳어가던 엄마의 얼굴 근육이 풀리는 게 보였어요. 마음이 아팠고 그래서 그가 위로를 해준 거죠. 그때는 당신의 위로가 더 필요했는데 당신은 출장을 가서 일주일째 연락조차 없고."

서연은 화장지로 눈물을 닦았다.

"당신이 상처 받은 거 알아요. 그래서 이렇게 무리하면서 일에 빠져든 것도 알고, 그리고 당신 나름의 복수를 한 것도 알아요. 아버지는 잘못했으니 당연히 벌을 받아야 했고 현수 씨나 예나 씨의 일도 당신 입장에선 용서가 안 됐겠죠. 하지만 내가 확실하게 말할 수 있는 건 나에게 남자는 당신뿐이었어요."

흘러내리는 눈물이 멈추질 않았다.

"믿어주지 않아도 돼요. 나도 엄마 때문에 당신에게 못 할 짓을 했으니까. 하지만 이건 진실이에요."

그녀는 자신도 모르게 그의 입술에 자신의 입술을 가져다 댔다.

"사랑해요. 그리고 아프지 마요. 당신은 날 사랑하지 않아도 돼요. 내가 열심히 당신을 사랑하면서 평생 당신 가슴 아프게 했던 거 갚으며 살게요."

서연은 이렇게 말하고는 그의 머리에 수건을 물에 빨아 다시 얹어주었다. 다행히 아까보다 열이 많이 내려서 다행이었다. 한참 동안 서연은 그의 옆을 지켰다.

똑똑.

문이 열리고 이곳의 집사가 들어왔다.

"저녁 드실 시간입니다."

"아니, 생각이 없어요. 이 사람 일어날 때까지 있을게요."

"회장님께서 내려오시라고 말씀하셨습니다. 그리고 좀 쉬세요. 여긴 제가 앉아 있겠습니다."

김 회장님의 말이라 거역할 수가 없었다.

"네, 그럼 내려갈게요."

서연은 집사에게 자리를 맡기고 아래층의 식당으로 메이드의 안내를 받으며 갔다. 참 으리으리한 집이라는 생각이 들었다. 아까 재훈이 쓰러졌을 때는 경황이 없어서 이런 대저택이라는 것에 신경도 쓰지 않았지만 지금은 이 집이 그녀의 눈에 들어왔다.

언뜻 보기에도 정말 많은 사람들이 집의 안팎에서 바쁘게 움직이고 있었다. 커다란 살림을 과연 그녀가 할 수 있을까라는 생각이 들었다.

식당의 테이블은 아까 점심때보다 더 길고 크게 느껴졌다. 20명은 넘게 먹을 수 있는 큰 테이블이었다.

"수고가 많다."

그녀를 기다리느라 밥숟가락도 들지 않고 기다리는 김 회장이었다.

"아닙니다. 열은 떨어졌는데 잠은 계속 자고 있어요. 깨어날 때까지는 옆에 있어야 할 것 같아요."

"김 집사가 있으니 서연이는 별장으로 돌아가."

"아니요, 별장에 가도 마음이 편하지 않을 것 같아요. 김 집사님이 잘해주시겠지만 제 마음이 편하려면 여기에서 재훈 씨가 깨어날 때까지 있고 싶습니다."

김 회장의 얼굴에 미소가 지어졌다.

"고맙구나. 병간호를 하다가 도리어 병이 나면 안 되니까 밥부터 먹자."

"네."

김 회장은 진짜 손자며느리를 대하듯이 그녀를 대해주셨다. 이건 다 재훈을 그만큼 사랑하기 때문에 가능한 일이었다. 손자를 잘 봐달라는 뜻이었다.

"우리 집에 안주인이 없은 지가 2년이 넘었다."

갑작스러운 김 회장의 말에 서연이 밥을 먹다 말고 수저를 내려놓았다. 식당에 들어오기 전에 그녀가 두렵게 느껴졌던 부분을 김 회장이 말을 하고 있었기 때문이다.

"물론 집사도 있고 메이드들도 있어서 집안은 잘 돌아가고 있지만 그래도 안주인이 있는 것과 없는 건 아주 다른 일이다. 난 네가 결혼을 하기 전에 이 집에 들어와서 살았으면 좋겠구나. 별장이 너무 멀기도 하고 저 녀석의 체력이 저렇게 약한데 퇴근하면 너 보려고 한 시간 넘게 걸리는 별장으로 가는 것도 마음에 걸리고."

김 회장의 뜻을 알기에 서연은 가만히 듣고 있었다.

"그리고 결혼해서 큰 집의 살림을 배우는 것보다는 그전에 배우는 게 나쁘지 않을 것 같아."

그래도 결혼 전인데 사람들의 시선이 좀 걱정이 되기는 했다.

"다른 사람들의 보는 눈이……."

"그런 건 신경 쓸 거 없다. 별장에 있는 게 오히려 더 이상하지."

생각해 보니 할아버지의 말이 맞기는 했다.

"제가 부족한 점이 많습니다. 엄마가 어릴 때부터 아프셔서 제가 집에서 배운 게 많이 없지만 회장님께서 이렇게 믿어주시니 열심히 해보겠습니다."

"고맙구나. 내일 당장 들어와."

"최대한 빨리 들어오도록 노력하겠습니다."

"그래, 아주 마음에 들어."

김 회장은 이렇게 말을 하고는 식사를 마치셨다. 위층으로 올라온 서연은 집사와 교대를 했다.

"피곤하시면 제가 있겠습니다."

집사가 아주 정중하게 말했지만 서연이 거절했다.

"아닙니다. 오늘은 제가 이 사람이 깨어날 때까지 있을 테니 너무 걱정하지 마세요."

"피곤하시면 이 방과 연결이 되어 있는 옆방을 쓰시면 됩니다. 문은 저쪽입니다. 방은 깨끗이 정돈해 놓겠습니다."

"네, 감사해요."

집사가 나가고 서연은 그의 이마를 짚어보았다. 다행히 열은 내려 있었다.

"다행이다."

서연은 아무래도 오늘 밤은 이곳에서 지내야 할 것 같아서 조심스럽게 옆방의 문을 열었다. 재훈의 방보다 약간 작은 크기의 방이었지만 아주 아름다운 방이었다. 게스트룸이라고 하기에는 몹시 호화로운 방이었다.

서연은 우선 갈아입을 수 있는 옷을 찾았다. 다행히 목욕 가운과 간단히 입을 수 있는 실내복이 준비되어 있었다. 서연은 샤워를 하고 실내복으로 옷을 갈아입고 다시 재훈의 옆에 가서 앉았다.

그리고 서연은 재훈의 얼굴을 말없이 쳐다보았다. 참 잘생긴 얼굴이었다. 조각상이 높은 코와 긴 속눈썹이 매혹적이었다. 굳게 다물고 있는 고집스러운 얇은 입술은 살짝 만져 보고 싶은 충동마저 느끼게 했다.

그때였다. 그의 미간이 좁아지며 움직이기 시작했다.

"재훈 씨, 정신이 들어요?"

"으으음."

목소리가 잘 나오지 않는 것 같았다. 그는 밝은 조명 때문에 눈이 부시는지 한쪽 눈을 뜨며 인상을 썼다.

"서연……."

"네, 저 여기 있어요. 정신이 들어요? 내가 얼마나 놀랐는지 알아요?"

서연은 긴장했던 마음이 풀리며 그에게 화를 내듯이 말했다.

"이제 일 좀 줄여요. 난 과부 되기 싫단 말이에요."

서연의 눈에서 눈물이 쏟아졌다.

그가 서연을 당겨 안았다. 쓰러진 사람 같지 않게 그의 팔은 강했다.

"미안해."

"흑흑흑."

눈물이 계속해서 쏟아졌다. 그의 가슴이 젖을 정도로.

"다음부터는 건강 관리 잘할게."

"잠깐만요. 할아버지께 당신 깨어났다고 말하고요."

"이 버튼 누르면 돼."

버튼을 누르자마자 집사가 부리나케 쫓아왔다. 그리고 재훈이 깨어난 것을 알고는 김 회장에게 알렸다. 김 회장은 와서 한참을 손자 앞에 앉아 계셨다.

"사람을 아주 놀라게 하는 재주가 있어."

마음과는 다르게 김 회장은 재훈에게 퉅툴거렸다.

"다음에 또 한 번 쓰러지면 회사 근처에도 못 오게 할 거니까 알아서 해."

"괜찮아요, 할아버지."

"괜찮은 녀석이 이래? 너마저 잘못되면 우리 집에는 나뿐이다."

김 회장의 목소리가 떨렸다.

"죄송합니다. 다시는 이런 일 없게 할게요. 이제 놀면서 회사 다닌다고 해고하실지도 몰라요."

"입이 살아난 걸 보니 이제 살 만한가 보구나."

"네, 배가 고파요. 아침 먹고 지금 어두워질 때까지 아무것도 못 먹었더니."

옆에 서 있던 집사가 아래로 내려가려고 하자 재훈이 그를 불렀다.

"죽은 싫습니다."

"네."

집사가 잠시 후에 밥을 가져오자 그는 정말로 밥 한 톨 남김없이 다 먹었다.

"이제 살 것 같다."

그가 밥을 다 먹은 걸 보고는 김 회장이 자리에서 일어났다.

"이만 난 내려가마. 그리고 서연이 집으로 들어오라고 했다."

할아버지의 말에 재훈의 눈에 놀란 빛이 깃들었다.

"네가 퇴근 후에 별장까지 다니면 또 쓰러지니까."

이렇게 무심한 듯 말을 하고는 김 회장은 방을 빠져나갔다. 갑자기 정적이 흘렀다. 서연은 차라리 그가 누워 있을 때가 편했다. 어색한 침묵이 계속 되었다.

"많이 놀랐겠군."

그가 고맙게도 정적을 깨주었다.

"네, 좀 많이 놀랐어요."

또 눈에서 눈물이 차오르고 있었다.

"난 할아버지의 마음을 충분히 이해해요. 사랑하는 사람들이 곁을 떠날 때의 슬픔이 너무 크니까요. 당신을 잃게 될까 봐 많이 놀라셨을 텐데 제가 놀랄까 봐 이 방에 오지도 못하고 당신이 깨어나기만 기다리셨어요."

"……."

"그러니까 다시는 이러지 마요."

"알았어."

그는 심플하게 대답을 했다.

"더 자요. 내일 또 출근할 거 아니에요."

"이리 와."

그가 그의 옆 매트를 툭툭 쳤다.

"네?"

"이리 오라고."

서연이 그의 옆으로 다가가자 그가 서연을 자신의 옆에 뉘었다. 놀란 서연이었지만 그가 하는 대로 내버려 두었다.

"자자."

그가 뒤에서 그녀를 안았다.

"다시는 이런 일 없을 거야."

그렇게 말한 그는 조용히 잠이 들었다. 그의 규칙적인 심장 소리를 자장가 삼아 서연의 눈이 스르르 감겼다.

새소리와 아침 매미 소리에 잠을 깬 서연은 눈을 뜰 수가 없었다. 피곤하기도 했고 그도 움직이지 않고 있었기 때문이었다. 한참이 지나고 모처럼 단잠을 잔 서연은 그가 침대에서 일어나는 바람에 다시 눈을 떴다.

"더 자."

"아니에요. 일어나야죠. 그래야 저도 별장에 가서 짐을 챙기고 하죠."

"그래, 그럼 같이 나가자. 내가 회사에서 내린 다음 서연이는 바로 별장으로 가서 짐을 챙겨서 오면 되니까."

"네."

그들은 준비를 하고 약속대로 그는 회사에서 내리고 서연은 별장에서 짐을 챙겼다. 별장지기 부부가 많이 아쉬워하는 가운데 서연은 집을 나섰다.

"그동안 감사했어요."

"감사야 우리가 했죠. 우리 일도 도와주시고."

아주머니가 그녀의 손을 한번 잡아주셨다. 따뜻한 온기가 퍼지고 있었다.

"아닙니다. 다음에 자주 내려올게요."

"네."

이제부터 진짜로 새로운 생활이 그녀를 기다리고 있었다. 떨리는 마음으로 그녀는 별장을 떠났다.

사무실에 들어온 재훈은 어제와는 조금 달랐다.

"사장님, 괜찮으십니까?"

할아버지가 벌써 박 비서에게 말을 하신 모양이었다.

"응, 괜찮아. 오늘 서류들은 눈에 띄게 줄었군."

그의 건강을 염려하신 할아버지의 지시가 있었겠지만 그렇다고 이렇게 갑자기 반으로 일을 줄이니 좀 허전했다.

"급한 것만 올려놓았습니다."

"그래, 잘했어."

그가 순순히 말을 잘 듣자 오히려 당황한 건 박 비서였다.

"진짜 괜찮으십니까?"

박 비서가 다시 한 번 재훈을 보며 물었다.

"그래."

서류를 보는 재훈에게 그가 쌍화차를 가져다주었다.

"커피."

"그래도 이게 건강에……."

"커피."

"네."

박 비서는 쌍화차를 내가고 다시 커피를 가져왔다.

"고마웠어."

박 비서는 순간 잘못 들은 줄 알았다. 고마워가 아니라 고마웠어라는 말은 이제 안 보겠다는 얘기였다.

"제가 혹시 무슨 잘못이라도……."

"어? 잘못?"

"저 잘리는 건가요?"

"뭔 자다가 봉창 두드리는 소리야."

"방금 고마웠어라고 하시기에……."

그제야 박 비서의 말을 이해한 재훈은 박 비서는 가지고 온 커피를 마시며 어이없어하는 미소를 지었다.

"요즘 나만 아픈 게 아닌가 보군."

"네?"

박 비서의 표정이 굳어 있었다. 둘째 소식에 좋아했는데 이건 마른하늘의 날벼락이었다.

"지난번에 준 소스 때문에 서연이 기뻐하더라고. 그거 고맙다고."

"네? 아니, 그러시면 그렇게 말씀을 해주셔야지. 놀랐습니다."

"싱겁긴."

박 비서는 놀란 가슴을 쓸어내리며 사무실을 나갔다. 커피를 마시며 자신의 회전의자를 돌려 모처럼 등 뒤의 창을 바라보았다. 눈앞에는 서울의 마천루가 펼쳐져 있었다. 태양빛을 받아 반짝이는 건물들이 황금색을 띠고 있었다.

"이런 풍경이 있었군."

그동안은 마음의 여유 따위 없었다. 나이 드신 할아버지의 뒤를 이을 날이 얼마 남지 않았기 때문에 앞만 보고 달렸고 지난 일 년은 그의 자존심을 건드린 사람들에 대한 철저한 응징 때문에 쉴 날이 없었다.

대기업의 오너가 이 정도로 열정적일 수는 없었다. 덕분에 그의 비서진들은 거의 넉다운이 되었고 그나마 박 비서가 잘 버텨주고 있었다.

어제 그렇게 쓰러지고 나서 그는 많은 생각을 하게 되었다. 할아버지의 슬픈 눈빛을 그는 기억하고 있었다. 자식들을 먼저 보낸 마음 때문에 그의 건강이 더 걱정이신 것 같았다.

"후~"

한숨이 나왔다. 정말 어제 그런 일이 없었어야 하는 것이었다. 불효를 했다. 그리고 그의 머릿속에 아픈 바늘처럼 꽂혀 있는 서연이 어제 그를 많이 놀라게 했다. 그녀가 그의 곁을 그렇게 지키리라고는 상상도 하지 못했었다.

"서연이 본가로 들어온다니……."

생각만 해도 가슴이 떨렸다. 재훈은 박 비서를 다시 불렀다.

"네, 사장님."

"집으로 장미 꽃바구니를 좀 보내. 붉은색의 최고급 장미로 열 바구니."

"메모는 어떻게 남길까요?"

"환영합니다."

박 비서가 나가고 그는 집사에게 전화를 걸었다.

"집사님."

[네, 도련님. 몸은 괜찮으십니까?]

여기저기서 다 그의 건강 걱정이었다.

"네, 집사님 오늘 장미가 갈 겁니다. 서연이 방에 놓아주세요."

[네, 좋아하실 겁니다.]

"수고 좀 해주세요."

[네, 사장님.]

전화를 끊고 나니 괜히 기분이 뿌듯해졌다. 집에 도착해서 꽃을 보고 좋아할 서연을 생각하자 미소가 절로 지어졌다. 결혼 같은 건 평생 안 할 줄 알았는데 지금 생각해 보면 서연과의 인연이 대단한 것 같았다.

드르륵.

서랍을 오랜만에 열었다. 1년 전에 그가 서연에게 주려고 샀던 반지가 그대로 서랍에 들어 있었다. 오늘은 서연에게 반지를 주고 정식으로 프러포즈를 할 생각이었다. 그의 마음이 시키는 대로 할 생각이었다.

어젯밤 그는 서연의 고백을 들었다. 차마 눈을 뜰 수가 없어서 그대로 듣고 있기는 했지만 그에게 진심 어린 사과와 그동안의 오해에 대해 그녀는 잠든 그에게 고백을 했다. 그리고 사랑한다는 말도 했다.

하마터면 그는 그 순간에 눈을 뜰 뻔했다. 그를 사랑한다는 게 믿어지지 않았다. 그리고 그도 깨달았다. 그가 윤서연을 사랑하고 있다는 사실을.

반지가 그의 손에서 반짝이고 있었다. 지금 그가 느끼는 감정은 다이아의 빛보다 더 반짝거리고 있었다. 누군가에게 사랑을 받고 사랑할 수 있다는 게 너무나 벅차오르는 감정이라는 걸 재훈은 지금 새삼 느끼고 있었다.

그리고 어제 그녀의 고백과 함께 그는 예나가 안겨주었던 트라우마에서 완벽하게 벗어났다.

"사랑이라……."

그의 인생에 절대로 없을 것 같던 일들이 윤서연이란 여자가 나타남으로 해서 일어나고 있었다. 좋은 건지 나쁜 건지 아직 알 수는 없지만 지금 중요한 건 그가 그녀와 함께 변하고 싶은 마음이 생겼다는 것이다.

지금 이 순간 그는 서연이 보고 싶었다. 회사에서 그렇게 주책을 부린 게 일 년 전이었다. 그는 앞으로 평생 이렇게 팔불출로 살아갈 것 같은 불길한 예감에 사로잡혔다. 그리고 자신의 이런 생각이 우스워 고개를 저은 그는 서류로 눈길을 돌렸다.

제13장 사랑의 맹세

서연은 짐을 챙겨서 별장을 빠져나왔다. 무성한 나무숲에 가려서 태양이 보이지 않았지만 향기로운 숲 내음과 시원함이 몹시도 그리울 것 같았다. 엄마와도 잠시 머물렀고 그와의 추억도 있는 이곳에서 떠나는 게 아쉬웠지만 별장이니 자주 올 수 있을 것이다.

별장지기 부부도 몹시 그리울 것 같았다. 기간은 얼마 되지 않았지만 그녀에게는 가족 같은 느낌의 사람들이었다.

시원한 숲길을 빠져나와 도심에 들어서니 답답한 기분이 들었다. 하지만 지금은 답답함보다는 긴장이 되었다. 이제 정말 그와의 결혼을 위한 준비를 시작할 시간이었다.

"사모님 오셨습니까?"

집사의 사모님 소리에 서연은 식겁했다. 하지만 어차피 사모님이 돼야 하는데 아랫사람들 앞에서 놀란 모습은 보이기 싫었다.

"네, 짐이 많지는 않아요."

캐리어 하나를 들고 온 그녀였다. 뉴욕에서 가져온 짐은 이게 다이고 조금 있으면 엠마가 뉴욕의 짐을 가지고 올 것이다.

"방은 어제 쓰시던 방을 그대로 쓰시면 됩니다."

"네."

집사가 그녀의 짐을 들어 그녀의 방으로 가져다주었다.

"그럼 편히 쉬십시오. 식사는 7시에 식당에서 합니다. 제가 올라오기는 하겠지만 미리 준비하셔야 회장님께서 안 기다리십니다."

"네."

그녀를 방문 앞까지 바래다준 집사가 내려가고 서연은 방문을 열었다. 그리고 서연의 눈에는 눈물이 차올랐다. 장미였다. 그가 그녀를 위해 보내준 두 번째 장미 선물이었다. 자신이 꽃바구니에 눈물을 흘릴 거라고는 상상도 하지 못했었는데 그가 그녀를 울리고 있었다.

처음보다 더 큰 감동을 받았다. 아직 그녀에 대한 미움이 가시지 않았을 텐데 그가 이렇게 꽃을 보내주다니 기뻤다.

핑크빛 봉투 안에는 '환영합니다' 라는 간단한 문구가 써 있었는데 서연은 자꾸 그게 그의 마음에 들어온 걸 환영한다는 뜻으로 느껴졌다.

"무슨 뜻이면 어때. 이렇게 좋은데……."

서연은 장미에 둘러싸여 소파에 앉았다. 그리고 한참을 펑펑 울었다.

"너무 사랑하게 되어버렸어."

엄마가 생각이 났다. 아버지의 바람에도 그리고 무관심에도 엄마는 아버지만을 사랑하다 돌아가셨다. 괜히 자신도 엄마를 닮아서 그만 바라보게 될 것 같았다.

"엄마, 난 엄마 딸이 맞나 봐."

엄마처럼 살고 싶지 않았는데 서연은 깊어가는 자신의 마음을 주체할 수가 없었다. 한참을 울고 나자 마음이 조금은 편해졌다. 시계를 보니 시간이 벌써 6시를 가리키고 있었다.

서연은 서둘러 샤워를 하고 지난번에 그와 백화점에서 구매했던 화사한 꽃무늬 원피스를 입었다. 그가 올지 어떨지는 모르겠지만 옷을 고를 때 그가 마음에 들어 한 옷이었다.

머리는 길게 풀고 살짝 웨이브를 주었다. 화장은 어른이 계시니까 최소한의 것만 했다. 옷이 날개라는 말이 딱 맞게 거울 속의 여자는 다른 사람 같았다. 화사하고 품위 있어 보였다.

"됐어."

자신의 모습에 만족을 하고 있는 그때 방문이 열리는가 싶더니 재훈이 들어왔다. 그리고 그녀의 모습을 한참이나 바라보았다. 뜨거운 열기가 에어컨이 빵빵하게 틀어진 방의 온도를 올리고 있었다.

"장미꽃이 너무 예뻐요."

어색함을 줄이려고 그녀가 먼저 말을 꺼냈다.

"장미보다 당신이 더 예쁘군."

"고마워요. 조금 있으면 저녁 식사라서 입어봤어요. 마음에 들어요?"

"어, 아주 많이."

그가 조금씩 그녀에게 위험스럽게 다가오고 있었다.

"저기, 7시에 식사인 거 알아요? 그럼 옷도 갈아입고 샤워라도……."

조금씩 그를 피해 뒷걸음질을 치다 보니 벽에 붙어 더 이상 피할 곳이 없었다. 재훈은 그녀를 벽과 자신 사이에 가두고 내려다보았다.

"아직 30분이나 남았군."

"조금 있으면 집사님이 오실 거라서……."

"내가 들어오라고 하기 전에는 들어오지 않아."

"그래도……."

그녀의 목소리가 떨렸다. 그가 뭘 하려는 건지도 모르면서 설레발을 떨 수는 없었다.

"그래도 뭐?"

"먼저 준비를 하고 기다리는 게……."

그가 그녀의 턱을 들어 올렸다.

"왜 이렇게 떨고 있지? 내가 뭘 했다고?"

"그, 그러게요."

"나의 키스를 원하나?"

오글거리는 말을 하는 말을 하는 그가 어색했지만 그 오글대는 말이 듣기 좋은 자신은 이해가 가지 않았다.

"그게 그러니까……."

뭔 말은 하고 싶은데 아무런 생각이 나지 않았다. 솔직히 지금이 그와 잠자리를 할 때보다 더 떨렸다.

"하고 싶으면 해달라고……."

그녀는 용기를 내서 발뒤꿈치를 들어 올려 그의 입술에 입을 맞추었다. 이번에 놀란 건 그인 것 같았다.

"도발인가?"

"하고 싶냐고 물었잖아요."

"그래서 했다?"

"네."

서로의 시선이 얽히고 서연은 용기를 조금 더 내서 그의 목에 팔을 감았다. 그리고 그의 입술에 깊은 키스를 했다. 지금의 민망함을 모면할 비책도 준비해 둔 서연이었다. 자신이 이렇게 꼬리

아홉 개 달린 여우일 줄은 꿈에서 상상하지 못했었다.

"이건 내가 당신에게 빚진 만 번의 키스 중에 한 번이에요."

"나에게 만 번의 키스를 빌렸나? 언제?"

"지금은 돈을 갚을 수는 없으니까 이게 저의 최선이에요. 싫어요?"

"아니, 금액이 너무 작아."

"그럼요?"

"십만 번의 키스로 갚아. 이제 구만 구천구백구십구 번 남았군. 그전에 입술이 없어지지 않을까?"

그의 말에 그녀가 피식 웃었다.

"웃을 일이 아닌데? 난 입술이 얇아서 금방 사라진다고."

그가 농담을 했다. 조금은 그의 마음이 풀린 것 같다는 생각이 들었다. 하지만 확실한 건 아니니까 그녀가 더 노력을 해야겠다고 생각했다. 그때 그가 그녀의 입술에 자신의 입술을 겹쳐 왔다.

너무나 부드러운 그의 입술에 서연은 눈물이 날 것 같았다. 그녀의 아랫입술을 부드럽게 빨던 그가 열린 입술 사이로 혀를 밀어 넣었다. 단단한 그의 혀가 그녀의 부드러운 혀를 휘감고 있었다.

처음에 부드럽던 그가 점점 더 강하게 그녀의 입술을 빨아들였다.

"츠읍츠읍."

그가 그녀의 혀를 빨아들이는 소리가 조용한 방 안을 울렸다.

그가 그녀의 원피스의 지퍼를 내리고 가슴이 드러나게 원피스를 허리까지 내렸다. 속옷 착용이 필요 없는 옷이라서 그녀의 맨가슴이 그대로 드러나 버렸다. 그는 그녀의 가슴에 자신의 입술을 내려 마구 빨아들이기 시작했다.

짐승처럼 으르렁거리는 소리를 내며 그는 그녀의 가슴을 차지했다.

"아앙."

그녀이 입에서 신음이 터져 나왔다. 그가 그녀의 유두를 지금 이빨로 살짝 물었기 때문이었다. 그가 주는 극단적인 쾌감에 그녀는 무릎을 꿇고 말았다. 그의 혀가 다시 그녀의 유두를 핥고 있었다.

똑똑.

"저녁식사 시간입니다."

"알겠어요. 금방 내려갑니다."

"네."

집사에게 그는 약간 짜증 섞인 투로 대답을 했고 서연은 그의 품에서 빠져나오려고 애를 썼다.

"우리 늦어요."

"하던 건 끝까지 해야지. 기다려 주실 거야."

"제발요. 식사 후에 해요."

서연의 말에 그가 아쉬운 듯 서연을 놓아주었다.

"식사 후에 뭘 할 건데."

"재훈 씨!"

"알았어. 같이 내려가."

그렇게 말하며 서연의 뒤로 와서 드레스의 지퍼를 올려주었다.

"이 옷이 아주 마음에 들어. 속옷도 필요 없고."

그가 그녀의 손을 잡아 자신의 팔짱에 끼웠다. 그리고 할아버지가 기다리시는 식당으로 향했다. 할아버지는 둘의 모습을 보고 만족스럽게 웃으셨다.

그때까지 그녀는 몰랐다. 그녀의 목에 키스마크가 찍혀 있다는 것을 말이다.

다음 날, 아침부터 엄청나게 타이트한 교육이 그녀를 기다리고 있었다. 어젯밤에 그가 그녀를 죽일 듯이 탐한 덕분에 서연은 지금 눈을 뜨고 있기조차 힘이 들었다.

"사모님."

"네?"

집사가 그녀를 불렀다.

"돌아가신 시아버님과 시어머님의 기일이라고 말씀드렸습니다."

"네, 죄송해요."

"피곤하십니까?"

"어제 잠을 못 잤더니 그만."

집사가 서재에서 나가더니 잠시 후에 컵을 들고 왔다.

"꿀물입니다. 드시면 피곤이 풀리실 겁니다."

"네."

"집안에 제사가 많다 보니 다른 것보다 제사를 챙기시는 게 힘이 드실 겁니다. 돌아가신 사모님들께서도 손수 다 준비를 하실 정도로 제사에는 신경을 쓰는 게 이 집안의 전통입니다."

"그럼 저 혼자 만들어야 하나요?"

"아니오, 식사 준비는 주방장이 다 하지만 제사 준비는 사모님이 하셔야 한다는 겁니다. 전을 부치고 하는 일에 참여를 하셔야 한다는 얘기고, 나머지 대부분은 주방 식구들이 합니다. 주방장이 잘 도와줄 겁니다."

"네."

순간적으로 놀랐었다. 엄마가 기독교였기 때문에 그녀는 제사를 지내지 않아서 이런 격식은 잘 몰랐다. 첫 교육부터 이러니 나머지는 불 보듯이 뻔했다. 걱정이 태산이었다.

"죄송해요. 이제는 진짜 정신을 차려야 할 것 같아요. 모르는 게 너무 많으니까 잘 가르쳐 주세요."

그녀의 똑 부러지는 말에 집사가 미소 지었다.

"그런 자세시면 금방 배우실 겁니다."

지루한 오전 수업이 끝이 날 무렵 서연은 서재에서 이상한 걸

발견했다.

"저건 뭐예요?"

커다란 화초장이 서재에 어울리지 않게 놓여 있었다.

"큰 사모님께서 아끼시던 화초장입니다."

"돌아가신 할머님요?"

"네, 여기는 주로 회장님께서 사용하시는 공간이라서 회장님께서 이곳에 저 화초장을 놓아두신 겁니다."

"……."

"큰사모님께서 살아 계실 때 항상 저 자리에 앉아서 회장님의 업무가 끝이 날 때까지 앉아서 책을 읽으시며 기다리신 자리죠."

"두 분의 금슬이 좋으셨나 봐요."

"네, 보기 좋으셨습니다. 큰사모님과 함께 하고 싶으신 마음이신 거죠."

"두 분의 사랑이 참 아름답네요."

서연은 솔직히 부러운 마음이 들었다. 어떻게 하면 남편에게 죽어서도 사랑을 받을까? 엄마가 사랑받는 걸 못 본 그녀는 자신도 엄마 같은 짝사랑을 하며 평생을 살아야 할 텐데라는 생각이 들자 조금은 서러웠다.

"사모님?"

"네? 말씀하세요."

멍하게 자신의 신세를 생각하다가 또 집사에게 걸렸다.

"이번에는 집 안 곳곳의 시설물에 대해 말씀드리겠습니다. 가만히 앉아 계시는 것보다는 조금 나으실 겁니다."

서연은 집사를 따라 서재를 나왔다. 피로가 조금 풀리는 것 같았다. 밖으로 나와보니 집은 더욱 규모가 컸다.

"여기는 제사보다 더 엄격하게 관리가 되는 장독대입니다."

"네?"

갈수록 태산이었다. 이건 완전히 종가집의 맏며느리였다. 새벽에 기상을 해서 하루 종일 집안일을 해야 하는 건 아닌지 걱정이 되었다.

"너무 놀라실 것 없습니다. 이건 매년 장 담그는 날만 신경을 쓰시면 되고 장 담그는 날에는 별장지기 유모가 올 겁니다. 유모가 매년 큰사모님을 도왔거든요."

그래도 별장지기 아주머니와 친하게 지낸 건 잘한 일인 것 같았다.

"네."

"이쪽으로 오시면 바로 주방으로 연결이 되어 있습니다."

그녀가 주방으로 들어가자 모두가 하던 일을 멈추고 그녀를 맞이했다.

"이제 사모님이 들어오시면 집안에서 하시던 행사가 많이 있을 겁니다. 저녁에 파티도 많고요. 평상시의 주방 식구들은 회장님, 사장님 그리고 사모님의 식사만을 챙기는 것뿐만 아니라 파티를 치를 수 있는 아주 실력이 대단한 친구들입니다."

"잘 부탁드립니다."

그녀는 몸을 숙여 그들에게 인사를 했다. 주방 식구들의 도움이 지금까지의 상황으로 봐서는 제일 필요할 것 같았다.

오전에 정신없이 시간을 보내다 보니 점심시간이었다. 서연은 식당으로 향하다가 어디서 많이 본 사람 때문에 자리에 그대로 섰다. 자세히 보니 재훈이 그들을 향해서 걸어오고 있었다.

집사도 갑작스런 그의 등장에 당황을 했는지 얼른 그에게 달려갔다.

"사장님이 이 시간에 어쩐 일로 오셨습니까? 무슨 일 있으십니까?"

"밥 있어요?"

"네?"

서연이 집사의 옆에서 멀뚱하게 그를 쳐다봤다.

"밥 먹으러 왔어요. 아무 일 없으니까 밥이나 줘요."

"네."

집사가 주방에 일을 알리려 빠르게 안으로 들어갔다. 긴 복도에는 그녀와 그만이 있었다.

"진짜 무슨 일 있는 거 아니죠? 아파요?"

서연이 그의 이마에 손을 얹었다. 다행히 열은 나지 않았다. 하지만 이마 위의 손은 곧바로 그의 손에 붙들려 2층으로 끌려가고 있었다.

"왜 그래요?"

불안한 마음에 서연이 물었지만 그는 대답이 없었다. 그리고 자신의 방에 그녀를 끌고 들어가서 침대 위에 앉혔다.

"재훈 씨, 뭐 하려고 이래요? 낮이에요. 일하는 사람들도 있고……."

그녀의 말은 한쪽 무릎을 꿇고 그녀 앞에 앉아 있는 재훈을 보고는 멈추었다. 재훈은 그의 양복 재킷 주머니에서 뭔가를 꺼냈다. 그게 뭔지 대충 감이 오자 서연의 심장이 미친 듯이 뛰기 시작했다.

그리고 그녀의 예상이 맞았을 때 그녀의 눈에 눈물이 맺혔다.

"어제 주려고 했는데 너무 지쳐 잠들어 버렸어."

그와의 열정적인 밤이 생각나자 그녀의 얼굴이 붉어졌다.

"저녁까지 참으려고 했는데 도저히 안 되겠어서 이렇게 온 거야."

그가 그녀의 손을 잡아서 케이스 안에 있는 반지를 끼워주었다. 반지는 자로 잰 듯이 딱 맞았다.

"다행이다."

그가 자리에서 일어나 침대 위에 앉아 있는 그녀를 일으켜 세웠다.

"사랑해. 나와 결혼해 주겠어?"

그의 말에 그녀의 눈에서는 폭포같이 눈물이 흘러내렸다.

"난, 난……."

감정이 북받쳐서 그녀는 말도 제대로 하지 못하고 있었다.

"난, 난 당신이 날 사랑할 거라고 생각 못했어요."

"내가 고집이 세서 인정하기까지 시간이 걸렸던 거야. 솔직히 비행기에서 어머니를 챙기고 승무원들의 편을 들어주는 당신의 모습에 나는 사랑을 느꼈지. 첫눈에 반한다는 게 그런 거였구나라는 생각이 들어."

"……."

"그리고 레베카에서 만나서 당신과 첫밤을 보낼 때도 나는 알 수 없는 이끌림을 느꼈어. 이게 운명이 아니면 뭐겠어."

"재훈 씨."

그가 그녀의 입술에 입술을 맞췄다.

"당신이 내가 누워 있을 때 고백했던 거 다 들었어. 몸을 움직일 수 없을 만큼 내 자신이 부끄럽다고 생각해 본 적은 그날이 처음이야. 당신을 좋아하는 날 이용했다고 생각하니 용서가 안 되더라고. 현수 문제도 마찬가지였고."

그는 울고 있는 서연을 끌어안았다.

"당신이 날 사랑한다고 했을 때 나도 당신을 사랑하고 있다는 걸 깨달았어."

그가 으스러질 만큼 그녀를 안았다.

"날 용서해 주겠어?"

"사랑해요."

그녀의 말에 그가 그녀의 입술을 삼켜 버렸다. 눈물 뒤범벅이 된 키스였지만 어느 때보다도 진심이 묻어나는 키스였다.

똑똑.

눈치 없이 집사가 문을 두드렸다.

"식사 준비됐습니다. 빨리 드시고 회사로 돌아가셔야죠."

"네."

"지금 박 실장님이 얼굴이 사색이 되셔서 기다리고 계십니다."

"알았어요."

서연은 영문을 몰라 그를 올려다봤다.

"사실은 중요한 미팅 자리를 가다가 차를 돌렸거든."

"……."

"사랑해. 이 말을 안 하면 미쳐 버릴 것 같았어."

"저도 사랑해요."

그들은 손을 잡고 식당으로 향했다. 식당 앞에는 박 비서가 진짜로 사색이 되어 안절부절못하고 서 있었다.

"오늘 밥은 혼자 먹어야 할 것 같아. 저러다가 박 비서 진짜로 죽겠어."

그의 말에 서연이 웃었다.

"알았어요. 얼른 가요."

그가 사라지고 서연은 식당에 앉아서 밥을 먹었다. 손가락에는 손톱만 한 다이아 반지를 끼고서 말이다.

약속 장소로 가는 길에 그는 웃음을 멈출 수가 없었다. 그녀가 그의 눈을 보며 울면서 사랑한다고 고백을 했다. 눈을 감고 들었을 때보다 훨씬 좋았다. 살아오면서 이렇게 행복했던 날이 있었을까라는 생각이 들었다. 하지만 한 시간 전의 상황은 그렇지가 않았다. 지금 생각해 보면 잘한 일이었다.

사우디 아라비아의 왕족과 오늘 미팅이 있었다. 사우디에 커다란 백화점을 짓겠다는 얘기였다. 성도유통이 이제 세계로 뻗어 가는 일만 남아 있었다. 이미 중국 시장은 중저가 성도마트로 성공을 거두었고 오늘 계약은 왕족에 걸맞은 최고의 초호화 백화점을 만드는 일이었다.

하지만 그는 오전 내내 그녀에게 전해줄 결혼반지를 못 주고 온 게 가슴에 남아 있었다.

"오늘 미팅이 몇 시지?"

"1시에 성도호텔 VIP실입니다."

"그렇군. 날짜 연기는 곤란한가?"

그의 말에 박 비서의 얼굴이 굳었다.

"무슨 말씀이신지?"

"아니야, 약속대로 진행하지."

11시가 되자 그는 박 비서와 성도호텔을 향해 출발했다. 성도호텔과 성북동 집은 시간이 20분 정도 걸렸다.

"박 비서, 집으로 가지."

"네?"

"중요한 일이야."

"지금 이 일도 중요합니다."

박 비서가 사장의 눈치가 이상하자 얼른 답했다. 막아야겠다는 생각이 본능적으로 든 것 같았다.

"빨리 집부터 들러."

"사장님."

박 비서는 결국 그의 고집에 못 이겨 차를 본가로 돌렸다.

"사장님, 진짜로 빨리 볼일을 보시고 나오셔야 겨우 시간을 맞춥니다."

박 비서가 당부에 당부를 거듭했다.

그는 박 비서의 말을 듣지 않고 집으로 간 건 정말로 그의 평생 가장 잘한 일이라는 생각이 들었다. 서연이 자신의 반지를 받으며 감동하는 순간에 그는 세상을 다가진 기분이었다.

웡~

그의 상념을 깨는 핸드폰 소리가 계속 울리고 있었다. 그 대신 그의 옆에서 계속 시계를 보고 있던 박 비서가 전화를 받았다.

"회장님이십니다."

영문을 모르고 전화를 받자마자 잔소리 보따리가 그의 귀에 풀어졌다.

[너 지금 어디야!]

“지금 성도호텔로 향하는 중입니다.”

[너 이번에 계약 건에 사인만 하면 되는데 이번 거 망치면 너도 회사에서 잘라 버릴 거야.]

“계약 걱정보다 손자 걱정을 더…….”

[뭐야! 이 정신 나간 놈이…….]

귀에서 전화기를 치웠다. 고막이 나갈 것 같았기 때문이다. 할아버지는 밥 드시면 목소리로만 영양이 가는 것 같았다.

“어쨌든지 지금 계약하러 가고 있어요. 할아버지, 전화가 안 들려요. 할아버지?”

이렇게 말하며 그는 전화를 끊었다. 이제 더 이상의 전화는 없었지만 조금 있으면 박 비서가 초상을 치를 것 같았다. 박 비서의 핸드폰으로 먼저 현장에 가 있던 임원진들의 전화가 빗발치고 있었다.

박 비서는 거의 넋이 빠져 있었다. 이렇게 중요한 계약 건에 사장이 사고를 치고 있으니 말이다. 그들이 호텔에 도착한 시간은 회의 시간에서 30분이 지난 뒤였다. VIP룸에 도착하자 임원들이 박 비서처럼 사색이 되어 있었다.

“어서 안으로 들어가세요. 아직 사우디 왕자 일행이 도착하지 않았습니다."

하늘도 그를 돕고 있었다. 임원들의 말에 박 비서의 혈색이 돌아왔다.

"오늘 행운은 내 편인 것 같아."

그가 박 비서의 어깨를 두드리며 안으로 들어갔다. 10분 후에 사우디의 왕족은 도착을 했고 그들의 계약은 너무나 완벽하게 잘 처리되었다.

계약을 처리하고 나오며 그는 박 비서의 어깨를 툭하고 쳤다.

"앞으로도 계속 이럴지도 모르는데 벌써부터 넉다운이 되면 곤란해."

그의 말에 박 비서의 얼굴이 울상이 되었다. 왠지 1년 전의 일만 알았던 그가 그리워질 것 같았다.

바빴던 하루를 마치고 집으로 돌아온 재훈은 빨리 서연이 보고 싶었다. 서로의 마음을 인정하고 나니 그녀에 대한 마음이 얼마나 깊은 것이었는지 그는 새삼 느끼고 있었다. 그는 성큼성큼 집 안으로 걸어 들어갔다.

"다녀오셨습니까?"

집사의 말에도 그는 대답을 하는 둥 마는 둥 하고 눈으로는 서연을 찾고 있었다. 서연은 할아버지와 식사를 마치고 나오는 길이었다. 할아버지 옆에서 미소를 지으며 걸어오고 있는 서연을 재훈은 넋을 놓고 바라봤다.

"이놈아, 정신을 어디다 두고 다닌 거야?"

아까 계약 때의 일을 얘기하시는 것이었다.

"죄송합니다."

말은 이렇게 하면서도 시선은 서연에게 가 있는 재훈이었다.

"밥은?"

"먹고 왔습니다."

지금 밥이 중요한 게 아니었다.

"알았다. 가서 쉬어."

"네."

"서연이는 잠깐 나랑 얘기 좀 하고."

"네."

눈치가 없으신 건지 아니면 일부러 저러시는 건지 재훈은 서연을 아직 놓아주지 않고 계시는 할아버지 때문에 마음이 상해서 2층으로 올라왔다.

"눈치가 너무 없으셔."

그는 거칠게 넥타이를 잡아당겨 풀었다. 슈트를 드레스룸에 벗어 던지고 그는 욕실에서 샤워를 했다. 몸에서 열이 나는지 오늘은 하루 종일 몸이 후끈거렸다. 점심때 시간이 없어서 그녀를 앞에 두고도 제대로 키스 한 번 못한 게 아쉬웠다. 집에 돌아오면 서연이 완전히 자신의 것이라고 생각했는데 예상외로 서연이 그보다 더 바빠 보였다.

좌아!

물을 더 세게 틀었다. 서연을 보자마자 반응한 그의 페니스를 잠재우기 위해 그는 찬물로 몸을 식히고 있었다.

벌컥!

그때였다. 샤워부스의 문이 열리고 완벽한 나체의 서연이 그에게 안겨왔다. 너무 놀란 재훈은 차갑게 쏟아지는 물을 잠그지도 못하고 그대로 얼어붙어 버렸다.

"난 찬물로 샤워 안 해요."

"어? 어."

물을 잠그자 그녀가 더욱 그를 강하게 안았다.

"하루 종일 보고 싶었어요."

이렇게 서연이 자신에게 솔직히 안겨들자 가까스로 잠재워 놓았던 그의 페니스가 단번에 서서 그녀의 배를 누르고 있었다.

"나 안 보고 싶었어요?"

그녀의 예상 못했던 애교에 재훈은 완전히 녹아내려 버렸다.

"보고 싶어서 일하다 말고도 오고 내가 제정신이 아니야."

"그런 거였어요? 난 또 반지를 주고 싶은 마음에 왔다고 생각했어요."

그녀가 그가 준 반지를 손가락에 끼우고 있었다.

"너무 마음에 들어요. 반지도 반지를 준 사람도."

그녀가 팔을 그에 목에 감고 깊은 키스를 남겼다.

"구만 구천구백구십 번 남았어요."

"벌써 열 번이나 한 거야? 숫자를 늘려야겠어."

"그러면 못 써요. 고리대금이에요."

"난 손해 볼 장사는 안 하거든."

그가 그녀의 가슴을 만지기 시작했다.

"이렇게 하고 싶어서 하루 종일 미치는 줄 알았어."

"이제 질릴 만큼 할 일만 남았어요."

"뭐?"

"싫어요?"

"아니."

재훈이 서연을 쳐다보며 미소를 지었다. 그가 그녀의 입술에 자신의 입술을 포갰다. 부드럽고 따뜻한 입술은 그의 마음을 녹이고 있었다. 그가 샤워기의 물을 따뜻하게 해서 그녀의 몸을 씻겨주었다.

"부드러워."

비누 거품과 함께 그녀의 가슴을 만지며 그는 말했다.

"더 이상은 못 참겠어."

그가 그녀의 몸에서 비누거품이 사라지자 그녀를 안아 들고 침실로 향했다.

"오늘은 서연이 불을 지핀 거야."

"알아요."

그가 서연을 침대 옆에 세우고 수건을 가지고 와서 대충 물기를 닦아주고는 그녀를 바로 침대로 밀었다. 열기로 인해 뜨거워진 그들의 몸이 얽혀 있었다.

"오늘은 거칠지도 몰라."

"저도 원하는 바예요."

그가 그녀의 다리를 벌리고는 그 속에 얼굴을 묻었다. 다른 날 같으면 놀란 그녀가 그의 머리를 밀어낼 텐데 오늘은 오히려 허리를 들어 그의 여성을 더 가까이 그의 얼굴로 가져왔다.

재훈은 혀로 그녀의 검은 숲의 정중앙을 가르며 들어가 얌전히 숨어 있는 그녀의 클리토리스를 찾아 혀로 자극을 주었다. 그녀의 클리토리스를 혀로 누르기도 하고 쳐 올리기도 하며 그는 그녀를 쾌락의 낙원으로 안내하고 있었다.

"여기 빠는 거 좋아?"

"네, 미치겠어요."

그는 그녀의 질에 자신의 혀를 단단히 세워 밀어 넣었다.

"아아아, 재훈 씨."

그녀가 자극에 못 이겨 몸을 비틀었다.

"미치겠어요. 어서 들어와요."

"안 돼."

그가 그녀와 자세를 바꾸었다. 서연이 이제 그의 배 위에 올라와 있었다. 아래서 헐떡이던 서연이 그의 위에 앉자 야릇한 미소를 지으며 그를 내려다보았다. 그리고 자세를 낮춰서 그의 페니스를 입안에 머금었다.

그녀의 뜻밖의 대담한 행동에 재훈은 미칠 듯한 쾌락을 느꼈다. 소리를 내며 그의 페니스를 맛있게 핥고 있는 서연 때문에 그는 지금 필사적으로 사정감을 참고 있었다.

자신의 입술 안에서 그의 페니스를 촉촉하게 적신 서연은 그의 위로 올라와서 그녀의 타액으로 젖은 페니스를 질 안으로 밀어 넣었다.

"아흐."

그녀의 입에서 원색적인 신음 소리가 흘러나왔다.

"요부가 다 됐어."

"누구 덕분이죠."

"그게 나라면 아주 자랑스러워."

그녀가 위아래로 움직이자 재훈은 말할 수 없는 쾌감에 사로잡혔다. 서연이 그를 만족시키는 법을 아는 것 같았다. 도저히 참기가 힘이 든 재훈은 그녀를 다시 자신의 아래에 두고 거침 없는 허리 짓으로 그녀를 허물어갔다.

"사랑해요."

그녀의 고백과 동시에 그는 자신의 문신들을 쏟아냈다.

"나도 사랑해."

그는 땀으로 흥건해진 몸을 그녀의 몸 위에 겹치며 말했다. 아직도 그녀 안에서 움찔거리는 그의 페니스였다. 사랑하는 여인과의 섹스는 처음인 그였다. 왜 그렇게 서연과의 섹스가 좋았는지, 왜 그렇게 달랐는지 그는 지금 온몸으로 느끼고 있었다.

사랑하는 서연을 품에 안고 그는 다시 한 번 그녀의 귀에 속삭였다.

"영원히 너만 사랑할게."

서연이 그를 보며 말없이 웃었다. 그들의 섹스는 날이 새도록 이어졌다. 서로의 영원한 사랑을 느끼면서 말이다.

에필로그

햇살이 정원의 푸른 잔디에 빛을 뿌리고 있었다. 성북동 본가의 넓은 잔디밭에 흰색 테이블이 가득했다. 그리고 바닥에는 신부를 위한 버진로드가 흰 카펫으로 길게 펼쳐져 있었다. 테이블마다 흰색과 핑크색의 장미들이 장식이 되어 있어서 고급스러움을 연출하고 있었다.

이 모든 게 5월의 신부를 맞이하기 위한 준비였다. 집사와 메이드들뿐만 아니라 웨딩업체의 사람들까지 집 안에 한 가득이었다. 잠시 후에 손님들이 도착하면 모처럼 본가가 사람들로 꽉 찰 것 같았다.

"신부님은?"

웨딩업체의 직원이 신부를 찾고 있었다.

"지금 화장실요. 아까부터 속이 안 좋으시다고."

"아참, 지금 신부 촬영을 해야 하는데……."

스태프의 속이 까맣게 타들어가고 있었다. 모처럼 잡은 재벌가의 하우스 웨딩이었다. 이렇게 재벌가의 일을 맡고 나면 소문이 퍼져서 좋은 결과가 나오기 때문에 그들은 지금 노력에 노력을 더하고 있었다.

탁탁탁!

엠마가 서연의 등을 쳐주고 있었다.

"많이 아파?"

엠마는 거의 울 것 같은 표정으로 서연을 바라보았다.

"아니, 긴장을 해서 체했나 봐."

어느 때보다 예뻐야 하는 날 그녀의 얼굴이 아주 창백해져 버렸다.

"약 사다 줄까?"

"아니, 토하니까 괜찮아졌어."

서연이 자리에 앉으려고 하자 촬영 스태프가 대기실에 들어왔다.

"식전에 신부님 촬영이 있습니다. 지금 촬영할 거예요."

립스틱을 다시 바른 서연이 정원으로 나갔다. 그녀의 눈부신 자태에 그녀를 본 사람들이 감탄에 감탄을 내뱉고 있었다. 확실히 오늘 서연은 너무나 아름다운 주인공이었다. 순백의 웨딩드레스와 끝없이 길게 드리워진 웨딩베일은 그녀를 더욱 아름답게 만들었다.

마치 화보 촬영을 보는 듯했다. 사진작가가 그녀의 모습이 마음에 드는지 연신 셔터를 터트리고 있었다.

"좋아요. 아주 좋습니다."

사진작가는 연속해서 사진을 찍었다. 서연은 어제부터 이상하게 속이 좋지가 않았다. 그래서 오늘 결혼식을 핑계삼이 그와의 섹스도 하지 않았다. 기분이 묘한 게 자꾸만 울렁거렸다.

"엠마, 나 커피 한 잔만 가져다줘."

"어?"

"도저히 울렁거려서 안 되겠어. 시원한 커피를 한 잔 마시면 개운할 것 같아."

"응."

그녀의 옆에 있던 엠마가 서둘러 주방으로 향했다. 엠마가 그녀의 곁에 있어서 다행이었다. 요즘 집사와 엠마 사이에 이상한 기류가 흐르고 있었다. 서연은 둘이 잘되기를 바라는 마음이었다. 오십이 넘어서도 솔로인 그들이었다. 엠마가 아이스커피를 가지러 간 사이에 별장지기 아주머니가 그녀를 향해 오셨다.

"이따가는 너무 바쁠 것 같아서요. 진심으로 축하드려요. 사모님."

"감사합니다."

별장지기 아주머니가 그녀의 얼굴을 보더니 걱정스럽게 물었다.

"너무 창백하세요."

"체한 것 같아요. 커피를 마시고 나면 괜찮아질 것 같아요."

"여기."

엠마가 부리나케 아이스커피를 들고 왔다.

"얼른 마셔."

서연은 아이스커피를 정말 맛있게 마셨다. 평소 커피를 좋아하지 않는데 이상했다. 그 모습을 찬찬히 바라보고 있던 아주머니께서 서연의 귀에 대고 살짝 물으셨다.

"생리했어요?"

"네?"

갑작스러운 그녀의 얘기에 서연은 놀랐다.

"좋은 소식인 것 같은데……."

별장 아주머니가 웃으셨다.

"아직 안 하기는 했지만 제가 좀 불규칙해서요."

하지만 서연은 몹시 떨렸다.

"우선 약이나 커피 같은 거 마시지 말고 있어봐요. 내가 얼른 가서 테스트기 사 올 테니까."

그렇게 별장지기 아주머니가 약국으로 간 사이에 엠마와 서연은 멍하게 서로를 쳐다보고 있었다.

"엠마, 나 지금 많이 떨려."

기다리던 아이였다. 그와 같이 지낸 지 수개월이 흘렀음에도 아기 소식이 없어서 속으로 걱정이 되긴 했었다. 그보다는 할아버지가 기다리시는 것 같았기 때문이었다. 제발 아이였으며 하는 바람이었다.

별장지기 아주머니가 도착했다. 촬영을 끝내고 그들은 마치 작당모의를 하는 사람들처럼 우르르 신부대기실로 향했다. 그리고 그녀는 떨리는 마음으로 테스트를 했다. 선명한 두 줄이었다.

화장실에서 그녀가 나오질 않자 별장지기 아주머니와 엠마는 임신이 아닌 줄 알고 문을 두드리며 말했다.

"내가 괜히 맘을 상하게 했네."

별장지기 아주머니가 문밖에서 말을 했다.

"괜찮아, 애기는 다음에 생길 거야."

엠마도 위로를 해주었다.

철컥!

문을 열고 그녀가 나왔다. 그리고 두 줄이 선명한 테스트기를 보여주었다.

"아악!"

그녀들은 환호성을 질렀다.

"축하드려요."

"감사해요."

서연의 눈에서 눈물이 흘렀다.

"신부가 울면 안 돼요."

결혼식이 끝이 날 때까지 임신 사실은 비밀이었다. 오늘은 아기보다 그녀가 주인공이어야 한다는 엠마의 말 때문이었다.

드디어 떨리는 결혼식이었다. 식이 시작되기 전에 신부를 보면 부정을 탄다는 얘기 때문인지 재훈의 모습은 결혼식 전까지 보기가 힘이 들었다. 그녀가 입장을 하기 위해 버진로드의 입구에 웨딩베일을 하고 서 있자 흰색 턱시도를 입은 재훈이 그녀의 옆에 섰다.

"아름다워."

그녀가 그를 보며 웃었다. 웨딩베일 사이로 그의 수척한 모습이 보였다. 어디 아프냐고 묻고 싶었지만 사람들의 시선이 그들을 향해 있어서 물어보지도 못했다.

넓은 정원은 꽃과 하객들로 꽉 채워졌다. 하우스 웨딩이라고는 상상하기 힘들 정도의 규모였다. 수많은 사람들이 그들의 행복한 출발에 박수를 쳐주었다.

예식이 끝이 나자 할아버지가 그들을 향해 다가오시더니 서연을 꼭 안아주셨다.

"예쁘구나, 아가."

아가라는 표현에 서연은 울음이 터질 것 같았다. 이제야 이 집의 진정한 식구가 된 기분이었다.

"이제는 회장님이 아니라 할아버지라고 불러."

"네."

할아버지가 재훈의 얼굴을 보고는 물었다.

"왜 그렇게 창백해?"

"체했는지 아까부터 좀 안 좋아요."

"그래? 얼른 김 집사에게 약을 가져오라고 해야겠다. 손님들 계시는데 신랑이 비리비리하면 안 되니까."

할아버지는 집사에게 약을 챙겨 손자에게 주라고 말을 하시고 손님들에게 가셨다.

"많이 체한 거예요?"

"그런가 봐. 어제부터 안 좋았거든."

"나도 그랬는데……."

"그래? 그럼 약을 먹어야지."

"그게 아니에요."

재훈이 걱정스러운 눈으로 그녀를 쳐다보자 서연은 웃으며 임신 소식을 말하려고 했다. 하지만 스태프가 와서 그들을 피로연장으로 데리고 갔다. 서연은 그에게 고백할 타이밍을 놓쳤다.

"춤출 줄 알아?"

"아뇨."

모두의 앞에서 그들이 먼저 춤을 추었다. 이런 걸 처음 해보니 서연은 창피해서 죽을 것 같았다.

"남들 앞에서 이러는 거 처음이에요."

"춤?"

"네."

그가 리드하는 대로 서연은 스텝을 맞추었다. 아니, 그냥 끌려다니고 있었다.

"사랑해."

그가 그녀의 귀에 속삭였다. 어색해서 그런지 한 곡의 길이가 굉장히 길게 느껴졌다.

"저기, 나 임신했어요."

"응?"

그녀의 말을 이해하지 못한 표정이었다.

"나 아기 가졌어요."

"와! 정말이야?"

"네?"

춤을 추다 말고 그는 그녀를 꽉 안았다. 그리고 그걸로 부족했는지 그녀를 안아 올렸다.

"할아버지!"

그가 테이블에 앉아서 흐뭇하게 그들을 보고 있던 할아버지를 불렀다.

"서연이 임신했습니다!"

"뭐? 임신?"

주변에 있던 사람들이 모두 박수와 환호를 보냈다. 쓸쓸했던 집 안에 갑자기 서연이 들어오면서 많은 것이 변했다. 예전에 없던 웃음소리가 집 안에 울려 퍼졌다. 서연 자신도 그런 점을 알고 있었다. 거기에 아기까지 가졌으니 서연은 그야말로 집안의 보배였다.

할아버지가 서연에게로 다가와 두 손을 잡았다.

"오늘 죽어도 여한이 없을 것 같구나."

"무슨 말씀이세요. 오래오래 사셔서 증손자들하고 놀아주셔야죠."

서연이 웃으며 말했다. 결혼식은 서연의 임신 소식에 축제 분위기가 더해졌다. 서연을 다시 안아 든 재훈은 사람들을 피해 서연을 조용한 장소로 데리고 갔다.

"사람들이 우리 찾으면 어떡해요?"

"우리가 뭘 하고 있는지 저 사람들이 더 잘 알걸?"

그의 입술이 그녀의 입술을 덮었다.

"고마워."

"고맙다는 말 하지 말라면서요?"

"이럴 때는 괜찮아."

그가 아주 매력적인 미소를 지어 보였다.

"이 안에 있는 거지?"

그의 손은 벌써 서연의 배 위를 헤매고 있었다.

"빨리 보고 싶은데……."

"나도요."

이번에는 그녀가 그의 목에 팔을 감고는 짙은 키스를 했다. 그의 아랫입술을 빨아들일 때 그의 입에서 신음 소리가 흘러나왔다.

"사모님, 이렇게 적극적이면 오늘 피로연은 참석 못하십니다."

그녀가 다시 그의 입술을 머금었다.

"진짜야, 이제는 못 나가."

그가 그녀의 드레스로 손을 넣었다. 그리고는 아주 음흉한 미소를 지었다.

"많이 야해."

"내가요?"

"응, 이렇게 속옷을 안 입고 있으리라고 누가 상상이나 했겠어?"

그는 그녀의 드레스를 급하게 걷어 올리고는 뒤에서 그녀를 가졌다.

"아흐~"

그가 그녀의 입을 손으로 막았다.

"여기서 이러면 밖에서 들릴지도 몰라."

그렇게 말을 하면서도 연속해서 그녀를 공격하고 있었다. 그녀의 신음 소리는 손으로 막았지만 그들의 살이 부딪치는 소리는 밖에까지 새어 나오고 있었다.

얼굴이 빨개진 집사는 사람들이 혹시나 들을까 밖에서 문을 지키고 있었다. 이 사실을 모르는 재훈과 서연은 둘만의 열정의 세계로 계속해서 빠져들었다. 영원한 사랑의 맹세와 함께.

5년 후,

"엄마."

채린이가 씩씩거리며 서연을 향해 걸어왔다. 손에는 채린이가 가장 아끼는 보물 1호인 토끼 인형을 가지고 말이다. 옅은 핑크색의 토끼 바니는 주인을 잘못 만나 지금은 회색이 되어 있었다.

"아아앙, 엄마."

그녀와 눈이 마주치자 코끝이 빨개지더니 울음을 터트렸다.

"왜 그래?"

"진이가 이빨로 물어뜯어 버렸어."

연년생인 채린이와 진이는 날이면 날마다 전쟁 중이었다. 진이가 누나의 것을 자꾸만 망가트리기 때문이었다.

"채린아, 엄마랑 바니 귀 수술해 주자. 그러면 깨끗이 나아."

"그럼, 엠마가 아주 바느질을 잘하니까 채린이 걱정하지 말고,"

옆에서 채린이가 제일 좋아하는 엠마가 그렇게 말하자 채린이가 금방 미소를 찾았다.

"엄마는 뱃속의 동생 때문에 힘드니까 엠마랑 채린이 방에서 수술하자. 진이 떼놓고."

"응."

진이를 떼놓는단 말에 채린이 웃었다. 엠마가 서연을 보며 윙크를 하고 채린이를 데리고 갔다. 벌써 셋째를 임신 중인 서연은 막달이 다가오자 힘이 들었다.

"여보."

평일 점심시간인데 재훈의 목소리가 집 안에서 들렸다. 아들을 목마에 태우고 그는 서연에게 왔다.

"지금 근무시간 아니에요?"

"엄밀히 점심시간이지."

"당신 집에 너무 자주 들른다고 박 비서가 뭐라 하던데요."

"그야 내 마음이지."

"박 비서가 매일 당신의 돌발상황 때문에 힘들어 죽겠다고 조금만 금슬이 덜 좋으면 안 되냐고 하더라고요."

그가 진이를 잔디밭에 내려놓고는 서연을 뒤에서 안았다.

"회사 가기 싫다."

"뭐요?"

재훈이 그녀의 목에 키스를 했다.

"이 녀석까지만 낳자. 당신하고 하고 싶어서 미칠 것 같은데 요 녀석들 때문에 난 너무 힘들어."

아이를 갖고 나서부터 그의 투정이 심해졌다. 지금 서연은 쌍둥이를 임신 중이었다. 그녀의 목표대로 네 명을 낳는 것이고, 할아버지는 증손자 넷을 다 보실 동안 건강히 살아계신다.

"채린이는?"

"엠마하고 바니 수술 중이에요."

재훈은 지저분한 바니를 좋아하지 않았다. 채린이의 애착 인형만 아니었다면 벌써 가져다 버렸을 것이다.

"아니, 그렇게 인형이 많은데 때가 꼬질꼬질한 녀석만 가지고 다니는지 이해가 안 가."

"그래서 애착 인형이잖아요."

"아무리 애착이라도……."

그때 진이가 아빠의 다리를 꽉 잡았다.

"진이의 애착 다리네요."

진이는 남자아이라서 그런지 아빠를 너무 좋아했다. 특히 아빠의 종아리를 몹시 사랑하고 있었다. 재훈이 아들을 안아 올렸다.

"진아, 아빠 다리는 엄마 거야."

"아니야!"

야무지게 말을 하는 게 아빠랑 똑같았다.

"바니는 채린이 꺼. 아빠는 내 꺼."

"채린이가 아니고 채린이 누나."

"아냐, 채린이야."

멀리서 집사가 부르는 소리가 들렸다. 식사를 하라는 말이었다. 재훈이 서연을 의자에서 일으켜 주었다.

"하나보다 둘이니까 너무 힘이 들어요."

쌍둥이는 정말 힘이 들었다.

"그러니까 이번이 마지막이라고."

"알았어요."

서연은 재훈의 손을 잡고 식당으로 들어갔다. 넓게만 느껴지던 식탁이 사람들로 가득 채워졌다. 신랑과 아이들, 그리고 유모들까지 앉자 예전에 할아버지와 둘이 먹을 때와는 확실하게 달랐다.

이게 사람 사는 모습이었다.

"사랑해."

밥을 먹다 말고 재훈이 고백했다. 눈만 마주치면 그는 수시로 그녀에게 사랑을 고백했다. 때로는 그녀가 너무 예쁘다면서 한참을 보기도 했다. 이렇게 사랑꾼인 남자가 자신의 신랑인 게 서연은 너무나 감사했다.

그들의 만남이 어떠했건 그들은 서로를 운명이라고 생각했다. 밥을 먹는 내내 그들은 자신들의 아이가 아닌 서로를 쳐다보고 있었다. 입모양으로 사랑을 고백하면서 말이다. 서연은 이 행복이 오래갈 거라 확신했다. 그건 그들이 그만큼 서로를 사랑하기 때문이었다. 영원히 말이다.

THE END